Marcella Terrusi

Meraviglie mute

Silent book e letteratura per l'infanzia

iMAGE3 in012
無字奇境：安靜之書與兒童文學
Meraviglie mute: silent book e letteratura per l'infanzia

作　　者｜瑪伽拉‧特魯斯（Marcella Terrusi）
譯　　者｜倪安宇

第二編輯室
總 編 輯｜林怡君
特約編輯｜丁名慶
美術設計｜簡廷昇
校　　對｜吳美滿

印務統籌｜大製造股份有限公司

出 版 者｜大塊文化出版股份有限公司
　　　　　105022 台北市松山區南京東路四段 25 號 11 樓
　　　　　www.locuspublishing.com
電子信箱｜locus@locuspublishing.com
服務專線｜0800-006-689
電　　話｜（02）8712-3898
傳　　真｜（02）8712-3897
郵撥帳號｜1895-5675
戶　　名｜大塊文化出版股份有限公司

法律顧問｜董安丹律師、顧慕堯律師
MERAVIGLIE MUTE: silent book e letteratura per l'infanzia
© 2017 by Carocci editore, Roma
The Complex Chinese is published in arrangement through Carocci editore
Complex Chinese translation copyright © 2024 by Locus Publishing Company

總經銷｜大和書報圖書股份有限公司
地　　址｜新北市新莊區五工五路 2 號
電　　話｜（02）8990-2588
傳　　真｜（02）2290-1658

初版一刷｜2024 年 7 月
定　　價｜新台幣 850 元
I S B N｜978-986-5406-61-5

無字奇境：安靜之書與兒童文學／瑪伽拉‧特魯斯
（Marcella Terrusi）作；倪安宇譯 . -- 初版 . -- 臺北市：
大塊文化出版股份有限公司，2024.07，272 面；17 × 23
公分 . --（iMAGE3 in；12）
譯自：Meraviglie mute: silent book e letteratura per
l'infanzia，ISBN 978-986-5406-61-5（平裝）

1.CST：繪本　2.CST：兒童文學　3.CST：文學評論

815.9　　　　　　　　　　　　　　　　　109002444

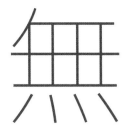

安靜之書
與兒童文學

瑪伽拉·特魯斯 著

倪安宇 譯

各方推薦

在此理論情感兼備的著作中，我們因此能夠跟著走進無字書的世界。作者讓我們更加相信，無字書也能說出最豐富的故事。跟著作者的選書，翻閱無字書，不論你是讀者還是創作者，一定都能獲得滿滿的閱讀樂趣。

陳培瑜　立法委員

當「無字繪本」被置換成「安靜的書」——義大利研究者瑪伽拉・特魯斯翻轉了我們對繪本的分析角度，讓我們發現過往在無字繪本中未曾相遇的詩意與美。

游珮芸　臺東大學兒童文學研究所所長

對希望使用連續圖像敘事的創作者來說，了解如何藉由有限元素建立能被他者進入的空間，為不可或缺的能力之一。而本書不只提供給專業人士，更從不同面向細談無字書的趣味，當讀者從毫無頭緒到逐漸感受文本之外，還有另一個世界，無字書，是擴展這特殊閱讀體驗的起點。

黃一文　繪本作家

通常別人問我為什麼我畫的書沒有字，我會說：因為沒有需要，所以就不加了。看完這本書裡面不同的例子，覺得無字書有很多可能性。

無字書可以向前讀，向後讀。無字書可以讓讀者變成發聲的那一位。無字書不會灌輸資訊給我們，反而可能令我們更加迷惘，但這可以鍛鍊我們的腦筋和想像。

廖倍恩　插畫家

從 1932 年 Ruth Carroll 創作的第一本無字書 *What Whiskers Did*，無字圖畫書從單純以圖敘事的「默片」，至今成為創作者引領讀者發揮想像和創意，突破框架的閱讀遊樂場。這本書的作者瑪伽拉・特魯斯宛如熱情精熟的導遊，透過層層抽絲剝繭的解析，引領我們走進這個安靜的閱讀奇境，無論是讀者或創作者，都能在其中盡情的享樂與拾穗！

劉清彥　童書作家與金鐘獎兒童節目主持人

當一本繪本裡只有圖畫存在時，其實它說得更多。

薛慧瑩　插畫家

我很常聽到成人說：「我不知道要怎麼讀沒有字的繪本。」或是因為「無字」，而刻意將某些書排拒於購買的名單之外。但我卻不曾聽過有小孩說「這沒有字我看不懂」，他們總是生猛地跳進圖畫之中，嘰哩呱啦，或指認或詮釋，賦予圖像意義。本書以純圖像的作品為主題，不只帶領讀者聆聽安靜中的眾聲喧譁，更看見文字之外的各種可能性與魅力。請帶著你對無字書的不安與期待同行，一同踏入書中，看看作者瑪伽拉・特魯斯如何以文字解析「無字」這塊新鮮陌生的奇妙天地。

藍依勤　繪本星球 212-7 版主

以眼傾聽

藍劍虹

臺東大學兒童文學研究所教授

　　這是一本令人驚喜和引人期待之書。台灣圖畫書不管在本土出版和翻譯引介上都日趨多元，對圖像的閱讀和視覺語言的關切日增，其中常被稱為「無文字圖畫書」日益成為關注熱點。此類型圖畫書在引發大、小讀者著迷驚艷的同時，也不無令人困惑的部分：該如何閱讀完全沒有文字的圖畫書呢？而《無字奇境》專題論述此類型圖畫書，分別由美學獨特性、發展歷程脈絡和各種表現形式與分析，給出幾乎全面性的說明和賞析的多重路徑。此書的出版，可謂恰逢其時，相信除了能為我們揭開迷霧之外，更能引領進入一個美妙無聲的視覺世界。

　　此書令人驚喜之處在於，將無文字圖畫書稱為："silent book"（無聲之書）。事實上，「無文字圖畫書」這個指稱首先就是有所錯失的。因為，此類型作品，就是以視覺語言來推動敘事，因此它根本上就不需要文字，或是僅需要極少文字。以「無文字」來指稱，是以傳統文字書的觀點來看，「無文字」才會變成其「特點」。也正因如此，才造成欣賞這類型圖畫書的障礙或困惑。課堂上就曾有一位台大畢業的研究生，請他報告約克 · 米勒（Jorg Müller）的《發現小錫兵》。心裡想說此書畫風寫實，理應沒有任何閱讀問題。然而他報告時第一

句話，卻是：此書讓他感到害怕，因為此書竟然完全沒有文字。

這次經驗讓我感到相當吃驚，隨後也發現到，這樣狀況其實發生在我們長期以來過於偏重文字閱讀傳統的讀者身上。事實上，視覺圖像的閱讀是最初的經驗，任何小孩都可以向我們驗證此事。好多年前就有一位媽媽跟我說，她怎麼教女兒看圖畫書。她不是把故事讀給小孩聽，而是讓還不識字的孩子自己先一頁頁看圖，然後依據所看到的，說故事給媽媽聽。為什麼如此？她說，因為圖畫書本來首先就是圖像，是要用眼睛去細看的，而且她女兒總是能看到更多細節，依據其想像力，說出比文字陳述來得更豐富有趣的故事來。

相信這樣的案例，也是眾多小孩的經驗。作者瑪伽拉‧特魯斯在此書中也列舉許多相關說法，指出小讀者可以藉由想像力說出自己看到的故事。如《出門度假》的「作者對小讀者深具信心（……）萬一小讀者的爸爸媽媽理解遇到困難，她建議乾脆讓小朋友把自己的故事說出來。」對此，特魯斯在書中引述義大利作家卡爾維諾，指出閱讀無聲之書，是「練習閱讀圖像及想像力創造的一間『說故事學校』」，是一種美學訓練，也是賦予故事意義且讓意義完整的基本練習。事實上，卡爾維諾從小時候就這樣閱讀圖像。那時作家還小，他的母親就為他訂購了許多《兒童郵報》，上面有很多漫畫，作家回憶：「由於我還不識字，反而輕易地略過文字，只看圖畫就夠了（……）我會花上好幾個小時（……）在腦海中講故事給自己聽，用不同的方式來解釋圖畫場景——我為同一個故事創造不同的變體版本，將個別的插曲片段串連起來，成為一個更大範圍的故事（……）讓一系列故事和另一個不同系列的故事混合，發明出新的系列故事，使其中的次要角色變成主角（……）看無字的圖畫無疑是一種寓言塑造、風格表現和意象組合的訓練。」（參見《給下一輪太平盛世的備忘錄》）

以無聲圖畫書獲得三次凱迪克獎的大衛‧威斯納，回憶他小時候就是沉浸於閱讀藝術史的畫冊：「我的眼睛在這些畫作之間遊走，從近景開始看，直到天際線，直到那用清晰到不可思議的諸多細節形塑出來的遠方（……）在我看來，每一幅畫都像是某個故事中的一個畫面，或殘存缺漏的底片。我真希望能有一部投影機可以向我展示在我所見畫作中的圖像之前和之後發生了什麼事。」就是從這樣的審視細看，孕育出視覺敘事的想望。

　　特魯斯於此書，強調「無聲」和「安靜、沉靜」。而在中文裡，「靜」，依據《說文解字》：「靜，審也。」所以，靜，絕非只是沒有聲音，而是在安靜中，進入審視細察和運思的狀態。特魯斯引述無字書作家蘇西‧李曾收到一位小學老師分享學生閱讀《海浪》的案例：那孩子如此沉浸其中，「教室中非常安靜，但是我能聽見他在心裡朗讀。」這種閱讀和一般「分析式閱讀」（analytical reading）不同，而是「冥思式閱讀」（meditative reading）。這時閱讀不再是為了汲汲於書中資訊，而是一種身心俱到的，非線性與非有序邏輯的閱讀，是為了追求個人體驗的閱讀。冥思性的閱讀在無聲圖畫書中是異常豐富；繪畫上的種種表現與細節，還有色彩、造型與筆觸的交會節奏，觸動語言之外的感官感受體驗，常常令人達致藝術體驗。

　　無聲圖畫書，不僅可以衍生想像的多重敘事音調，不只可以聽見安靜，更可以聽到多彩靜默的聲音與音樂。如書中提到的《樹的協奏曲》，揚起的樹葉變幻出不同節奏的群鳥舞姿，構成給眼睛傾聽的協奏曲。或是近年蘇西‧李最有野心以繪畫詮釋展演韋瓦第的《夏天》，其中精彩繪畫性元素，尤其最動魄的第三幕，以各種密集擴延的織線來展現提琴弦音：從鉛筆線條到極細色線，密布演奏者之外空間；線條移動擴散與提琴手顫動的手與提琴，表達了時間的

持續性，也讓整個樂音充滿空間；在音樂最濃烈情狀時，以寬筆刷的濃色筆觸快速移動造成大面積色面來震攝我們的視覺。那是給眼睛聆聽的視覺化音樂。

　　特魯斯在《無字奇境》透過諸多大小讀者的共讀經驗，追溯揭示無聲圖畫書發展案例，援引創作者親身解說，在細膩優美道出分析的同時，旁徵博引美學、哲學和文學的珠璣字句，啟人以思的方式，揭示出「以眼睛傾聽」的多層次視野。

靜謐之妙

瑪伽拉・特魯斯

　　大塊文化出版《無字奇境》中文版，對我來說是莫大榮幸。榮幸之外，能在完成這本書這些年後透過新版序跟讀者交流，也讓我分外感動。很開心能夠參與這次跨國出版合作，讓大家知道有一群人活力十足，努力不懈，視童書文化為己任。

　　在一切不得不靜滯的疫情期間，這本書翻譯成中文出版，就像是讓住在義大利波隆那的我有了出門旅行，與相距遙遠的讀者見面、共度一段閱讀時光的機會，進而邀請大家進入繪本世界裡與我相遇，期盼著能陪伴你們展開新的閱讀之旅。

　　我的《無字奇境》啟程前往台灣，與幾位優秀義大利前輩的作品，如強尼・羅大里（Gianni Rodari）的《想像力的文法》（*Grammatica della Fantasia: Introduzione all'arte di inventare storie*）、布魯諾・莫那利（Bruno Munari）和亞歷山卓・桑納（Alessandro Sanna）的繪本在大塊文化編輯台上集合。我多次引用羅大里這本絕妙之作，對研究與兒童一起閱讀並探索兒童故事裡那個世界的人而言，這本書猶如一座燈塔。只要是鑽研或設計童書感知體驗的人，就不可能不談莫那利做的種種書實驗。桑納的繪本則是首極其精緻文雅的視覺詩歌。

　　所以，我是懷著忐忑不安、感恩且欣喜若狂的心情踏上了這趟「東方之旅」。

這本書於 2017 年在義大利出版的時候，應是截至當時為止以純圖像繪本為探討主題的第一本著作。今天我想問的是，在那之後有什麼變化嗎？我有幸可以就近觀察波隆那童書展，注意到無字書書單變長了，無字書的出版和發行量似乎都有增長，相關的評論和教學講習開始出現，而且愈來愈多。開始有人撰文討論無字書的特色及語法，書店和圖書館開始為小朋友設立無字繪本專區，相關獎項、展覽及活動也應運而生。繪本沒有了文字，更有利於跨國發行，成為在校內外進行教學、研究、跨文化活動時，供不同文化背景的孩童和讀者交流、文化調解、建立關係的媒介首選。

初次接觸無字書，會覺得不可思議，但我認為對這類書籍語彙的集體討論已經形成氣候，也有一定的聲量。我希望我的研究結果能為這個充滿活力的領域做出有價值的實質貢獻，讓參與的教育工作者、老師、學者、圖書館館員、書店人、出版人、藝術家、孩童和青少年能夠有所對照，覺得耳目一新。

遵循研究兒童文學的「波隆那學派」觀點，這部研究視繪本為一般文本，視繪本內頁圖像為一般敘事性角色，而敘事對象「也包括孩童」，探索貌似無關的圖像和故事之間的相似性和演變，並認為繪本是可以帶領不分年齡層的讀者體會真實感受的「跨界」創作。

無字書的作者和編輯面對小讀者，給自己訂下的任務野心勃勃，充滿遠景。希望自己能夠不負期望，成功描繪本質，描繪詩，描繪生命律動，描繪有各種變形的那個世界，和那個世界裡因相似及組合變換而令人著迷的形式，描繪充滿符號、包含萬千意義的紙本世界，那是一個可以讓人成長、交會的地方。

無字書是透過鞏固和激發圖像與孩童、創作者（插畫家或圖片創作者）與孩童之間與生俱來的同盟關係，與讀者互動。這種由情感出發的同盟關係，會

鼓勵讀者在流暢、開放、意想不到的空間裡探險，只有熱情勇敢的故事，可以在這個空間裡引領我們前進。

常常有年輕的教育工作者向我坦承他排斥或害怕無字書，因為有字書會提供答案，無字書不會。但其實有一些無字書能即時、快速地帶動讀者愉悅情緒，即便反覆閱讀，依然保有驚喜感和新鮮感。

當書寫文字保持靜默，思索、遊戲、源源不絕的創意、凝視和驚奇便會出現。教學時不可或缺的聆聽與靜默息息相關，唯有靜默才能聽見其他讀者的聲音，看見他們的手勢和眼神，領悟詮釋和意義的多種可能性，同時尊重作者透過圖像傳達、沒有訴諸於言語的聲音。

無字書這個（聲音和時間的）空間可以讓人聽見各式各樣的聲音，不同的慣用語、個性、願景、變位和人格特質，無視大人、小孩、市民或外國人的教育背景，在書中探索新關係和新文字風格的可能性。優秀的插畫藝術家用無字書為詩意的內在宇宙建起了花園，開啟了窗戶，他們在兒童繪本中找到了描述簡短詩意故事的最佳形式，沒有其他方法可以取代。這些藝術家以隱喻和非隱喻手法探索無法言喻的風景。

亞歷山卓・桑納便是如此。他是傑出的藝術家，在收藏豐富的大塊文化書架上有一席之地，帶有神祕氣息的《皮諾丘前傳》是他的代表作。桑納長於處理肢體動作、構圖設計、色彩和畫面呈現，讓他精彩的作品多了一分形而上的況味。小木偶皮諾丘的故事家喻戶曉，在桑納的筆下變成影子、象徵、原型、晨曦微光、原始物質，透過水彩不同層次的清透感，那些符號和近似電影畫面的頁面構圖氛圍飽滿，引人入勝。

《皮諾丘前傳》是小木偶故事的倒敘，木頭還沒出現，一切都還沒出現，然而即便讀者還沒讀過原著作者柯洛蒂（Carlo Collodi）寫的小木偶，即便讀者

可能只看過電影版的小木偶，即便讀者只約略聽人說過小木偶的故事，《皮諾丘前傳》開頭那些跑來跑去的線條圖案，代表的是讀者心中既定的某些角色。那些線條圖案很小，但是在背景烘托下很搶眼。彷彿宇宙生成時的大爆炸，《皮諾丘前傳》的色彩和形式也經歷了大爆炸，像生物學的受孕和化學的有機反應那般物質暴脹。彷彿來自童話或神話的那些小圖案好似桑納家鄉的柳樹，乾淨俐落的枝條在迷霧平原清晰的地平線上垂直勾勒出嚴肅、簡約的情節，創造出一格格兼具動態和形而上況味的畫面，朝天空延伸，那樣一個空間，或許屬於人類，或許屬於幻夢，就像桑納獻給波河的那本安靜之書。

如果讀者願意跟我一起走過會途經一百多本無字繪本的這趟旅行，就能發現無字書的本質是令人不安的、迷惘的、變形的遷徙者和旅人。它很安靜，也很吵，很幽默，也很詩意，很樂於接受來自讀者的新聲音和凝視。

童書出版和童書文化可以說天賦異稟，能將字母與符號、圖像與形式、故事與思想結合起來，建構一個集體、多元、開放、和平和多聲部的論述。

非常感謝郝明義先生對我張開雙臂，以及義大利波隆那童書展顧問高瑞俠（Grazia Gotti）將我推介給台灣的大塊文化出版社。謝謝他們兩位讓我得以透過這本書，與中文讀者有了新的對話機會。

謹在此向我未來的讀者問候致意，謝謝你們，展卷愉快。

波隆那，2021 年 12 月 10 日

目次

Chiara Carrer 繪圖

前言

　　要是傻傻以為（我就這麼認為）任何一本無字書（libro senza）
──當然態度嚴謹的知名插畫家作品尤佳──都能夠跨越語言隔閡，
獲得更多潛在大眾的喜愛，恐怕是過於天真的想法！事實上，大家給
小孩買書的目的都是為了讓他們學會閱讀，將來變成博學之士、專業
人士或知名人士，舉世皆然。

　　當然，買書也是為了能在小孩睡前讀給他們聽，讓他們平心靜氣、
心滿意足地進入甜蜜夢鄉，永遠不會變成追殺父母的電鋸殺人魔。除
此之外，買書同時是為了讓小孩能夠安靜一段時間，而且這段時間愈
長愈好，如此一來就無須跟他們互動（如果小孩看的是無字書，這段
時間能有多長？五分鐘？兩分鐘？）。

　　有人買書，則是為了讓小孩學習對人生有助益的事。我看過有些書
提供了人活一輩子，甚至好幾輩子可能遇到的所有問題的答案（至於
那些非但沒有提供答案，還提出更多問題的書怎麼辦？如果一本書強
迫讀者自行尋找答案，誰會想看？如果沒有人教，我們有沒有能力觀
察、閱讀並詮釋圖像？我會喜歡我也不確定自己有沒有看懂的東西嗎？
我該從什麼角度切入思考？如果一本書沒有文字，如何判斷那是不是
一本好書？）[1]。

上面這段話出自維森特・費雷爾（Vicente Ferrer），他寫於 2006 年。他和

1　本書引述的外文文本若非出自義大利出版社譯本，西班牙文皆由瓦倫提娜・阿洛迪（Valentina Allodi）翻
　　譯，法文及英文皆由作者本人翻譯。

貝歌妮雅・羅伯（Begoña Lobo）於 1998 年在西班牙瓦倫西亞成立半條牛出版社（Media Vaca），推出的第一本書是繪本，書名就叫作《我無言》（*No tinc paraules*），在新世紀即將展開之際，為「無言體」這個「新浪潮」揭開了序幕。

　　費雷爾提出的種種質疑，觸及純圖像繪本面臨的一些問題。多年來，我在大學課堂、研討會、研習營、學術會議上，跟小朋友面對面的時候，或是在教學研討活動中，也收集了許多問題。早年熱情的參與者往往會把他們的問題寫在便條貼上，提問者包括學生、教育工作者、企劃人員、繪本畫家和老師。

　　面對沒有文字的繪本，他們的問題不外乎：如何閱讀這類繪本？為什麼稱之為無聲書（silent book）[2]？繪本說的故事屬於什麼類型？無聲書的經典作品有哪些？無聲書的歷史是什麼？閱讀一本沒有文字的書，會發生什麼事？這些書是給誰看的？

　　能夠回答這些問題的，永遠是書本身和讀者自己：採用某些策略模式進行集體閱讀，便於大家作分組討論溝通、協力體會感受、表達不同的個人想像或文化見解，藉此理解文本，並賦予文本價值。我帶領集體閱讀與討論所採用的策略模式，是我自 2012 年起加入的一個國際研究小組合作研擬出來的方法。過程中，我唯一做的事情是觀察、聆聽不同年齡的讀者跟著大家（不管這些讀者是大人或小孩）一起投入閱讀以圖像語彙書寫成的那些故事時，自然而然形成的獨一無二氛圍。我想就這些經驗提出一些看法，以及幾點批判性假設。

　　文字之所以「沉默不語」，是為了變相鼓勵讀者發聲，以及獨特語彙的生成。閱讀繪本的時間看似短暫，書頁空間有限，卻能進行難能可貴的高密度交流與對話，建立默契，甚或交鋒。國際兒童讀物聯盟（IBBY，International Board on Books for Young People）創辦人吉拉・萊普曼女士（Jella Lepman）在她的自傳

2　【編按】本書中提及「無聲書」時，作者原文使用 silent book；提及「無字書」時，原文為義大利文 libro senza parole，二者幾無差異，但仍請讀者依循上下文脈絡閱讀。

中有一段話常常被引述，她說書是「沉默的教育工作者」，無字繪本則是兼具獨特清晰聲音和絕佳聆聽能力的教育工作者，跟讀者攜手合作，共同創造出一個又一個交會處。書的作者是園丁，而書是花園，是可供居住的房屋，讓人在一望無盡的地平線上尋覓路徑，迷失方向，然後找到路標。這些精心構思的無聲書可以藉由不同感官一探究竟。

我在進行集體閱讀研究的過程中，不以前人的論述或理論去詮釋、介入讀者和無聲書之間，以免影響他們直接體會文本的樂趣。理由有三：第一，我不具備厚實的文學或科學批判基礎來評論這些書；第二，誠如我在《談繪本》（*Albi illustrati*）書中所言，我不傾向從文化界人士觀點出發，眼界未臻成熟的我更樂於被其他讀者引領前進，希望能與其他讀者切磋，學習如何閱讀圖像。

第三，也是最重要的一點，在跟年齡（小孩或大人）、國籍和專業能力互異的陌生人接觸過程中，這些無聲書始終是絕佳的關係催化劑，有助於立即啟動集體閱讀的後設溝通，和溝通時的同理心，是令人安心的導引，我們只需要跟隨在後，就能發現詩意盎然、耳熟能詳的詞彙和想像，跟其他人（其他讀者與作者，不分形式與觀點）對照後的喜悅心情，也來自於對自己多了一份認識，這就是集體閱讀的收穫。

分享美學體驗可以建立怎樣的關係，或許是集體閱讀最重要的元素，也是在討論繪本的時候，就後設文本層次而言，最受關注的議題之一。在時間和空間裡相距遙遠的人物之所以能夠相遇，是因為在躲藏和尋找的遊戲中，不同題材在持續變換的背景中遊走追逐，敘述生命週期的形式不斷演變，透過主題的變奏說出留下的是什麼，而流逝的又是什麼。在我們的集體想像和內在視覺辭典中，處處都是這些變形、律動不止的人物。

探究不同元素之間的關係，我覺得是無聲書最富有想像力的使命，因為唯有「形式」，不管是隱喻或抽象形式，才是最好的陳述方式。我很感激所有讀者、

教育學系學生、插畫畫家、企劃人員、老師、圖書館館員、不同年齡的小朋友和我的同僚，讓我得以跟他們分享我對無聲書的發現和研究。因為有他們，也是為了他們，我決定將所有研究成果、歷史文獻和相關評論整理成冊，作為集體閱讀經驗的紀錄和回憶，也可以作為日後進一步研究、研習的有用工具。

當然，要忠實呈現大家齊聚一堂閱讀精彩繪本有所發現時的活潑和熱情氣氛並不容易。我無意直接複製貼上，事實上我並未利用任何紀錄試圖還原當時的對話和討論內容。我僅就省思、報告、文獻，以及作者、出版社和讀者回饋進行彙整後，將此書分成三大部分：

論述，說明與這個研究主題相關的種種爭議，以及跟其他文本不同、獨樹一格的基本問題；

歷程，勾勒出跟繪本這類圖書的歷史有關的幾種發展脈絡及重要評論；

發展路線，以不同的創作核心為架構，羅列出五種方向的參考書目。至於創作核心，或是文藝核心，沿用的是我和其他讀者在描述無聲文學繪本佳作的美學、存在和創作機制時，整理出一個詞彙表中的幾個名詞：驚喜、變形、靜謐、空白、小與大、循環、關係、記憶、茫然、野性、歡樂。其中幾個詞彙自有其歷史淵源與傳承延續，我會加以說明。

為了解釋我提出的每一個主觀性批判中的引文和對照，我會引用來自不同領域的文本舉例說明，採用的是我的老師安東尼歐・法艾提（Antonio Faeti）研究我們一般稱之為「兒童文學」的想像議題時提出的方法。

我談及的幾個元素在辯證中往往結伴出現，而這些文藝元素和形式是以對立的關係存在，例如靜默／聲響、變形／同一性、小／大，可想而知，讀者會比我看到更多組合。這些都是旅行筆記，一點一滴逐步拼寫出一張完整的地圖。

圖像故事歡迎讀者進入視覺敘事的世界裡，然後胸有成竹地大聲說出在圖像汪洋裡、在集體想像力裡，有符號、形式、故事、夢境和人類一直以來寄託

於藝術和文學的希望，還有俯拾可見的美學和存在元素，共同建構了一個兼顧感官和快樂的知識體，同時兼顧了個人和集體的福祉。無聲文學的幾本佳作中，常常陳述極大和極小之間的關係，無論是東方或西方哲學都對這種二元論有高度興趣。用其他方式說不出來的，改用圖像來說，彷彿喚醒了語言的原始力量，邀請它來探究兒童這個階段的一大謎題，亦即「變形」。以此提醒我們，人類本來就會不斷改變，我們注定會受自然型態和文化元素的影響而有所改變。

我衷心希望讀者能將這本書遺留的空白填滿，在卵石小徑和零散的小石頭間另闢一條屬於自己的路徑，從一個章節出發，走上隱形的小徑，邁向另一個章節。希望閱讀無聲書的讀者能像其他童書作品、童書作者和出版社走向讀者那般，踏著輕盈無聲的步伐前進，帶著同樣豐富的情感和多元視角前進。這些無聲書不但保障了實驗自由，還用多樣性對抗思想的侷限，積極抵制語言的貧瘠，反對人與人之間的冷漠隔閡、封閉守成、不敢作夢，支持開放的全新探索，向我們展現在集體想像中其實蘊含無限可能，可療癒，可成長，可蛻變。

最後我要說的是這本書的書名。我借用了知名平面設計師、藝術收藏家及出版商法蘭克‧馬俐亞‧李齊（Franco Maria Ricci）的一句話：**Meraviglie mute**（意即「靜謐之妙」）。那是他在 1981 年為義大利建築師兼藝術家路易吉‧瑟拉菲尼（Luigi Serafini）出版《瑟拉菲尼抄本》（*Codex Seraphinianus*）這本只有圖像的絕美百科全書時，在編者注中向讀者說的話。我因為這句話給我的幸福感受選擇它作為書名，也是因為後來我看到完整版的編者注，不但邀請讀者在童稚、文學、藝術、羅大里（Gianni Rodari）的想像力、科學和歷史之間悠遊探索，在路徑蜿蜒曲折、難以預測但有各種聲音吟唱著這個世界的詩意與感性的迷宮中探險，同時也邀請我們對妙不可言的童稚之美有更進一步的體驗和認識。

論　述

「為所有可能讀者而寫」
無字書之藝

藝術家建構的無非是以想像為牆垣的一座輕盈建築，裡面只有少許裝飾品，等待陌生的訪客到來。

陳志勇[1]

澳洲當代作家陳志勇在〈這些書為誰而寫？〉（Per chi sono questi libri?, 2014b）一文中討論無字書的藝術時如是說。這篇文章是以四個國家（包括義大利）孩童為研究對象的一本國際論文合集（2014a）的前言，針對大家面對無字書最常提出的問題，著有《抵岸》（The Arrival）一書的陳志勇表達了自己的看法。【圖1‧2】他先簡短回答了他最常被問到的問題：「這些書為誰而寫？為所有可能的讀者，為大不相同、天差地別的所有可能讀者而寫。」之後他陳述自身經驗，說他經歷過兩種截然不同類型的閱讀見證，也就是說兩種不同類型的讀者，不過他先用一幅美麗的建築圖像勾勒出作者和讀者協力體會感受的畫面。他認為無聲書如同一門布置會客空間的藝術，也是一門經過規劃、能夠同時照顧讀者和敘事者的藝術：

---

1 陳志勇（Shaun Tan, 1974-），澳洲插畫家兼作家，代表作品有《觀像鏡》（The Viewer）、《兔子》（The Rabbits）、《失物招領》（The Lost Thing）、《緋紅樹》（The Red Tree）、《抵岸》。亦參與皮克斯動畫工作室製作。

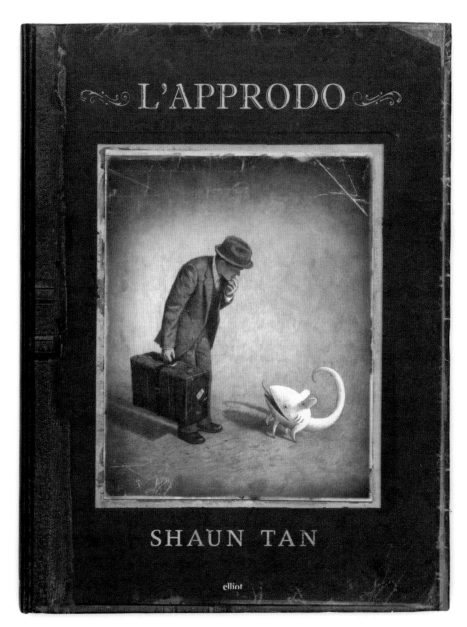

圖1：《抵岸》（台灣版由格林文化出版），陳志勇

藝術家建構的無非是以想像為牆垣的一座輕盈建築，裡面只有少許裝飾品，等待陌生訪客到來。唯有接受邀請的人會用他的心和內在資源讓此處活化，用感覺填滿空白。（……）請敘事者和讀者在想像的客廳裡坐下，一起看看裡面有什麼，唯一需要做的事情就是準備展開討論。這不是考古工作，不需要挖掘出任何既定的、一成不變的感覺，所有詮釋都是鮮活的、正確的，而且不斷變化。我的書有兩種讀者給了我最難忘、最出乎意料的回饋：一種讀者是孩子，一種讀者是其他文化背景的人（跟我這個在郊區長大、只會說一種語言的澳洲人不一樣的人）。孩子有什麼說什麼，詮釋時自由自在，而且天生就有觀察細微處的能力；大人則忙於擷取意涵，追逐偉大概念、意識形態、教條和各種主義。（2014b）

　　難道這是因為孩子習慣於在陌生體制內感受事物，對詮釋時的侷促不安已經能夠做到泰然處之？其實小孩投入繪本的方式不一樣，更直觀，也更有自信。如果一個故事馬虎草率、前後不一致、虛有其表或冗長囉嗦，他們能一眼就認出來。如果一個故事不如遊戲正確、好看、有趣或困難，很可能會被棄之不理。

　　孩子不管年紀多小，都有可能跟無字書作者培養出一種默契，成為世界的探索者，不畏艱難，也不畏懼開放空間裡的種種意料之外，他們的態度是不放過任何一條線索，毋須言語，就能在或許不對稱或無意義的世界裡優游自在，準備好隨時可以出發尋寶，可以迷失方向，也可以開始玩理解意義的遊戲。

　　大家一起閱讀一本無字書，打破讀者之間的階級隔閡，讓孩子負責扮演第一詮釋者的角色，讓那些只關心認知層面，因而簡化或無視故事想像力主軸的人提出的問題，有時看起來莫名所以、偏離主題。陳志勇寫道：

　　　　我們必須不斷提醒自己，世界的意義是由我們每一個人自己建構的，意義由人主動賦予，不是被動由外界接收。孩子和外來移民對這

圖2：《抵岸》內頁

一點很清楚，我們應該向他們學習。這牽涉到兩個先決條件，童稚和遷徙，是阻礙，也是優點：他們因為年紀或語言的緣故無法看懂周遭世界，感官變得更加敏銳。也就是說，他們不受強制認同的桎梏，也不受約定俗成現實框架的禁錮，而我們卻受困其中，無法看見事情真正的樣貌。

這些書為誰而寫，能不能跟詩一樣拂去長年累月覆蓋在事物上的塵埃？「專為兒童出版」不足以回答這個問題。早在17世紀，摩拉維亞（今捷克）教育家康米紐斯（Johann Amos Comenius）就在他編寫的圖文教科書《世界圖繪》（*Orbis sensualium pictus*）中寫道，孩子不會自然而然被圖像吸引，圖像也不必然能讓書與讀者有交流，這其實是有待進一步討論的美學和教育經驗相關文化議題：

> 與無字書創作有關的特定問題之一是，讀者打開書的第一個反應很可能會覺得這本書太過安靜。老實說，就連孩子也常常鄙視繪本，我指的是比較年長的孩子。他們覺得自己已經能夠閱讀文章，更遑論

　　　　　　　　　　　　　　無字奇境：安靜之書與兒童文學

沒有圖的散文（彷彿這些等級劃分乃理所當然，與文化無關，實則不然）。其實一個人看書的時候，在他心中出現的想法和情感本就是悄然無聲，需要足夠時間才能在內在範疇中慢慢浮現，也無須大聲召喚，需要的是堅持按圖索驥的個人態度。

該如何教導他人與無字書的內在建立關係呢？自然得透過經驗，接觸世界上最美的書，並分享自身有所發現時的喜悅。陳志勇鼓勵所有為守護或激發想像力投注心力的人，並稱他們為教育工作者：

> 這時候教育工作者的角色不可或缺，他們不需要做教條式的說明，或解讀那本書，只需要分享閱讀經驗，請大家集中注意力，觀察很可能會被忽略的所有細節，提出開放式問題讓大家一起討論就好。

「一起」是關鍵字，跟之前說到閱讀的個人、私人或深層面向並無衝突，就教育角度而言，反而有助於或確保大家進入書和文化的世界。「一起」的目的是包容，透過誠摯溝通、交談和對照，讓每一個人都有可能建構自己的養成歷程，並且在感受的網絡中找到位置，正視自己的感受並全然接受。這麼做是為了呵護並捍衛書「抵岸」的權利，因為書就像是允許書的持有人在集體想像世界裡自由進出的護照。而書之「抵岸」，是指讓所有孩子變成文字和圖像讀者的同時，也走進能夠建立關係的視覺作品裡：

> 究其實，對一位藝術家和像我這樣的作家而言，最重要的不是讓故事或人物具體成形，而是讓人與人之間建立關係，得以作思想交流，作經驗交換。看到某樣東西覺得十分喜歡或受到驚嚇，以至於慌亂無措或得到啟發的時候，我們都渴望身邊有人作伴，以確認自己不是孤單一人。我們乍看之下雖然大不相同，其實骨子裡並無二致。

圖 3：《海底來的秘密》（台灣版由格林文化出版），大衛·威斯納

徜徉在圖像海洋中：書一宣言

　　我想跟讀者分享一本無聲書的代表作，這本書可以回答關於無聲書如何發揮作用及其創作觀點等諸多常見問題：《海底來的秘密》（*Flotsam*），作者是大衛・威斯納（David Wiesner）。【圖 3～6】這本繪本清楚展現了圖像擁有建立關係的能力，讓地球上不同時空的人在此相遇，呼應現代圖像文化研究的論述。

　　《海底來的秘密》用海洋隱喻視覺文化，訴說照片和圖像的敘事能力，肯定孩子在這個靈活運用照片和圖像說故事的過程中主動參與、成為書中主角的可能性和權利，在想像的海洋中探險，看見不同時間及背景的故事。在這個充滿故事的海底世界，有各種奇怪的海洋怪物、人類和文化遺址、機器魚、傳說中的生物和機械設備、美人魚、海神使者崔萊頓、外星人和外太空星球殘骸，在完美的後設文本架構中，以不可思議的樣貌陸續出現在讀者和書中主角眼前，每個都讓人瞠目結舌說不出話來。

　　這個海洋也是地理空間上的自然海洋，一翻開書就看到一片沙灘面對著汪洋大海，在海面上有一個東西載浮載沉，讓人忍不住聯想到傳統的瓶中信，但其實那是一個紀錄、傳遞影像的機械裝置（Gilles Deleuze, 2000），一個水中照相機，一個視覺的黑盒子，可以在自然與文化、文字與視覺之間來去自如；而且還是一個老式相機，外殼有貝殼及珊瑚附著，上頭還刻有「梅爾維爾」字樣。

圖4、5：《海底來的秘密》內頁，張震洲攝

此一設定並非偶然，說明這個黑盒子在海水裡泡了許久，同時開宗明義告訴大家，參考的世界觀來自偉大的旅行文學及海洋文學。那個照相機名為「梅爾維爾」，而不是梅爾維爾這位作家筆下最著名的小說《白鯨記》主角莫比・迪克。

我們翻開書，第一頁是放大鏡後面被放大的人眼，檢視著手中的寄居蟹。眼睛的主人是一名少年，也是出現在故事一開頭、會主動觀看發掘的觀察者。少年像科學家，熱衷於觀察實物，他到海灘去，除了隨身攜帶鏟子和桶子以便挖掘感興趣的東西外，還帶了一支放大鏡，和一個貌似珠寶盒的小匣子，裝著各種神祕工具。

無字奇境：安靜之書與兒童文學

　　除此之外，他還帶了一個顯微鏡，包裝後看起來像是一艘帆船。多虧了這個顯微鏡，讓他得以展開時光逆流之旅，回溯海洋的歷史，起點是他把相機裡的底片送去沖洗後看到的一張女孩照片，伴隨而來的是一幀幀千奇百怪、異想天開的超現實海底世界畫面。照片中的女孩手中拿著一個男孩的照片，男孩手中拿著另一張照片，而這張照片中的男孩也拿著一張照片，以此類推構成了符合「德羅斯特效應」的一個畫面。

　　「德羅斯特效應」一詞源自於荷蘭可可粉品牌德羅斯特（Droste）一款產品包裝，該包裝設計中有無限循環重複出現的縮小版包裝圖案，也稱之為遞迴圖

案。《海底來的秘密》裡面的照片是同一個主題的變奏，每一張照片裡都有另一個孩子的照片，讓人覺得眼花撩亂，無法用言語描述也無法複製。這種結構類似俄羅斯娃娃，讓讀者和故事裡的主角都覺得稀奇，為了揭開謎底而動用各種工具，從邏輯推演到顯微鏡，思辨觀察，同時也突顯出圖像表象和認識世界之間的關係。**操作者、觀看者和幽靈**（語出羅蘭·巴特，1980）在這個與觀看有關的後設文本中，既符合各自的角色，同時也交換了角色：在這個故事裡，照片裡的孩子除了是共同作者、讀者、未完待續的故事主角之外，也同時是觀看者、作者和攝影對象。

義大利繪本作家朱莉亞·米蘭朵拉（Giulia Mirandola, 2007）在她討論繪本文化的著作中提出批判和假設，常常引用蘇珊·桑塔格（Susan Sotag, 1978）的一段話，也可以作為威斯納這本書的註解：

攝影影像的超凡智慧之處在於它說出了：「這是表象。現在你想想，或應該說，你用直覺體會一下，表象下面有什麼，如果它看起來是這個樣子，那麼真相應該是什麼？」照片本身無法解釋任何事情，但是它邀請你持續推論、思辨和幻想。照片，當然是人造物，但是在一個照片殘骸四散堆疊的世界裡，照片引人入勝之處在於它的狀態看起來像是被尋獲的物件，屬於未經謀畫的世界的一部分。因此照片同時擁有藝術的優勢和寫實的魔幻，既是朦朧的想像，也是資訊的子彈。

《海底來的秘密》書名原文 Flotsam 的意思是廢棄物，邀請你持續推論、思辨和幻想，邀請大家超越圖像的表象，進入深層肌理之中，探究繪本的結構、插畫的視覺策略、寫實與超寫實圖像的結合，及攝影的歷史。《海底來的秘密》封面是一隻魚眼（或是舷窗？），裡面其實有一個小小的綠色平行六面體倒影，要等到翻開書看見照相機才會反應過來。封面那個魚眼是威斯納用圖案設定的

謎題，也是一個線索，透露這本書的意涵。魚眼的英文 fisheye 也是一種很特別的攝影或電影專用超廣角鏡頭，可以獲得大於 180 度的極寬視角，讓畫面變成圓形，做出地球曲線的效果。

一個小東西可以包羅萬千世界，在相機的魚眼鏡頭裡，或藝術家和觀察者的魚眼裡，有一整片海洋的故事。在這本平行六面體－殘骸－繪本裡，有美國學者尼古拉斯·莫則夫（Nicholas Mirzoeff, 2007）所說的「視覺文化」，邀請小朋友參與其中，而且言明他們不只是被故事所包容吸納，同時也要負責讓故事繼續下去。

魚眼和鏡頭的「圓」同時也是這本書的主要基本架構。這些故事的故事並未在此結束，因為書中主角設定了自動快門，以大海為背景，用新底片拍下自己，見證他觀看手中拿著另一個孩子照片的那張照片的瞬間，用新底片裡在他之前就看過或負責說故事的孩子照片，讓故事繼續下去。集所有故事之大成的照相機「梅爾維爾」繼續運作，紀錄各種意想不到的畫面，直到照相機落入另一個沙灘上另一個女孩手中，展開另一段旅程，永不間斷。每一個讀者都是這一段視覺歷史的見證人和主角，文化史的發展也是如此。

無字繪本安靜無聲地沉浸在圖像文化裡，以圖像傳播為題作後設文本論述。在遼闊且層次分明的視覺和藝術故事空間裡，兒童讀者和藝術家一起妝點會客室好接待其他讀者，他們發明新的遊戲方式，穿過陌生的海洋和星球，抵達新的落腳處。這些落腳處永保如新，因為每一次觀看它們的眼神都是新的。

集體閱讀《海底來的秘密》時，我都是這樣安排的：建議大家先翻閱繪本，讓我得以在跟讀者一起看書的同時，觀察他們如何進行詮釋和理解，之後我才會要求已經自動形成小組的大家討論這本書和其他無聲書的特性，並試著回答剛開始集體閱讀時大家問的問題。來自不同年齡、地點和背景的集體閱讀參與者留下大量錄音、筆記，和極富教育意義的各種「冒險」紀事，清楚紀錄了他

圖6:《海底來的秘密》內頁,張震洲攝

們發現無聲文學佳作時的喜出望外,以及大家一起討論無聲文學的快樂心情。

　　閱讀無聲書最重要的就是從頭到尾都必須看得很仔細,要有耐心,要保持一定的速度。大人常常會跳頁,批評圖像優劣,或停在某些書頁上的時間過久,要求他們尋找故事主軸的時候不知所措。閱讀無聲書,要返回未識字狀態,忍受一知半解的煎熬,必須抽絲剝繭、從細微處推斷;循序漸進看到最後,過程中要持續謙遜、抱持懷疑,因為不完整、無法窺得全貌,才會感到驚奇,要讓

思緒跟著眼睛走，要能夠轉換不同方式去領會。而且還要常常做內部檢驗，返回前頁，例如在《海底來的秘密》內頁看到紅色的機器魚，要想確認它跟封面那隻魚是不是同一隻——畢竟封面的魚眼雖然有可能是舷窗但未必是舷窗——就得重新觀察封面。

　　閱讀這本無字書需要用到自身經驗，也得對這個世界的影像有一定的判斷能力，包括：顯微鏡放大倍率如何操作、照片中孩子身上並不常見的衣服款式、

從風景辨識地理方位、照相機底片和電池有何不同、發現神話人物美人魚和海神使者崔萊頓，還有從所學或個人經驗探索海洋生物學。還要懂得發問，以尋求其他人對所感、所知、所見、所識的肯定。所以無聲書的內建指示讓人可以正確享受閱讀樂趣。因為每一本書都有自己的「典型讀者」。安伯托‧艾可（Umberto Eco, 2005）是這麼說的：「文本在創作之初，不僅把典型讀者設定為合作夥伴，也試圖創造自己的典型讀者。」與書相關的那些超文本，包括編輯文案或作者說明，也發揮同樣功能，形塑童年觀點、引導方向、突顯書未曾言明的價值觀及想說但未曾說出口的那些話。

按照艾可所言，「詮釋的主要任務」是「體現文本內虛構的讀者」，不管此一說法是否流於虛幻，這就是接下來觀察的目的之一。觀察過程依情況而定，資訊收集來源包括題材、讀者、閱讀和經驗。在「專為兒童出版」這個前提下，屬於經驗讀者的孩子會放大義大利詩人帕斯科利筆下那個存在於每一個讀者心中的「小少年」[2]，在音樂、節慶和圖像歡樂語彙的召喚下奔向心靈之窗。

2　喬瓦尼‧帕斯科利（Giovanni Pascoli, 1855-1912），義大利詩人、文學評論家，19 世紀義大利文壇頹廢主義派的代表人物。1897 年發表的〈小少年〉（Fanciullino）一文將詩人比喻為永遠的少年，觀看世界萬物都覺得新奇，因為他們能看見成人理性眼光看不到的事物面向。

「看得見的沉默之聲」
為何稱之為「無聲書」(silent book) ?

我本來打算認真研究，但是哈彌爾先生說得沒錯，了解我們的人早已闕如，徒留憧憬而已。

羅曼·加里[3]

我們習慣用 silent book 指稱沒有文字的繪本，奇妙的是這個用語在英語系國家並不常見，近十年來反而在義大利廣為運用（參見特魯斯，2014b；佐珀麗，2016b）。

採用外來語，難免讓人以為義大利語相較於務實、著重描述的英語，有浮誇和隱喻的傾向；同時對這類書籍的圖像、聲響、再現、觀察訓練和詞彙生成之間的聯覺性，似乎多少帶有批判性暗示。關於第二點，容後再議，而我們確實看到英語系作家、評論家和編輯對「無聲」的聲聲呼喚。早在 1999 年，一位藝術評論家談及向俄國攝影師阿列克謝·布羅多維奇（Aleksej Brodovič）作品

---

3 羅曼·加里（Romain Gary, 1914-1980），法國小說家，俄籍猶太人後裔，以《天根》（*Les Racines du ciel*）和用筆名撰寫的《如此人生》（*La vie devant soi*）兩度獲頒龔固爾文學獎。「哈彌爾先生」是《如此人生》書中人物。

集致敬的一本繪本時，便以「無聲書」稱之，並邀請大家一起聆聽「看得見的沉默之聲」（Gubbins, 1999）。

　　一天到晚在義大利文中夾雜英文，可想而知會遇到反彈，像我朋友的爺爺恐怕就會用方言抗議：「這場仗我們輸了！」這麼做固然情有可原，但也有商榷餘地。不容否認的是，silent book 這個用語的正面價值在於簡潔俐落，也在於從「無聲」可以聯想到「無字」。英文 silent 跟義大利文 silenzioso（靜謐）之間存在類韻關係，不過這個英文形容詞的正確翻譯應該是「緘默」（muto）或「噤言」（zitto），就義大利文而言隱含無能或強制的意思。總之，因為這個或那個緣故，silent book 在義大利博得了一席之地。

　　然而，截至目前為止，國際兒童文學評論界談及無字繪本的時候並不用 silent book 一詞。這個用語開始在國際間通用，主要是因為 2012 年由國際兒童讀物聯盟義大利分會和羅馬展覽宮藝術書圖書館共同推動的「無聲書，終點站蘭佩杜薩島」計畫[4]，以及兩年一度在倫敦舉行的國際兒童讀物聯盟大會。

　　今天，英語系國家兒童文學研究學者、出版業者、作者和讀者說到這類書籍的時候，依然用很務實的 wordless book 一詞，字面意思是「無字書」。不然就是用 silent narrative（無聲敘事）、wordless picturebook（無字繪本）或更吹毛求疵的 almost wordless book（近乎無字書）一詞，這是早期探討這類書籍的一本著名專書書名（Richey, Puckett, 1992）。法文 album sans paroles 是「無字繪本」；德文 Wimmelbücher 的意思是「擁擠的書」，指的則是有密集圖案，沒有全部展露出來就無法一眼看清楚的那種圖畫書。

　　我跟伊芙琳‧阿里茲佩（Evelyn Arizpe）、卡門‧馬丁內斯‧羅丹（Carmen

4　「無聲書，終點站蘭佩杜薩島」計畫（Silent Books Final Destination Lampedusa），由國際兒童讀物聯盟（International Board on Books for Young People）義大利分會和羅馬展覽宮（Palazzo delle esposizioni di Roma）共同企劃的展覽，邀請全世界超過二十個國家捐贈無字書，待巡迴展結束後將書送往義大利最主要的非法移民收容地蘭佩杜薩島，建立繪本圖書館。

Martínez-Roldán）、倫納德・S・馬庫斯（Leonard S. Marcus）、史蒂文・瓜倫納西亞（Steven Guarnaccia）、派翠西亞・狄恩（Patricia Dean）、蘇菲・范德・林登（Sophie Van der Linden）、多洛蕾斯・普拉德斯（Dolores Prades）和厄爾尼・邦德（Ernie Bond）這幾位學者常有機會交流，互通有無，他們都很喜歡 silent book 這個說法的暗示性，可以讓人聯想到「無聲閱讀」（silent reading），也就是「用心閱讀」，還有「無聲電影」（silent movie），也就是默片。韓國把這類書籍叫作글 없는 그림책，首爾大學藝術史教授李芝元（Jiwone Lee）告訴我可以翻譯成「無文本繪本」（textless picturebook）。在這方面，義大利是韓國的主要參考依據。

「讓世界和我們得以完整」

無聲書說些什麼？

所有好書（……）都是用陌生語言書寫而成，我們可以說，那個語言強迫讀者進入完全疏離狀態。所有讀者都必須自行打造這樣一個語言，戒掉對約定俗成的依賴，打破一個又一個的既定迴路。

馬力歐・拉瓦傑托 [5]

　　無聲書說的無非是圖像構築的生活、圖像之間的相似性，以及圖像的不斷循環、揉合及相互關聯。無字繪本是專門為視覺養成進程準備的歡迎儀式，是視覺敘事的入門辭典，而視覺敘事所言，是圖像語彙之大成，讓讀者、圖像和故事得以跨越時間和空間的限制，彼此溝通無礙，讓讀者在感到愉悅之餘還能有新的發現。無字繪本是假想的美學辭典，遊走在兒童建構的完美三角形三個端點之間。三個端點分別是美學驅動和內在驅動、形式（視覺藝術），及這個世界的故事。

　　看著在某些書店或圖書館內設置的無聲書區，以及國際兒童讀物聯盟彙整的無聲書書單，想問的問題，不會只是閱讀的經驗和模式，或讀者的角色和參

5　【譯註】馬力歐・拉瓦傑托（Mario Lavagetto, 1939-），義大利學者、文學評論家。

與，或作者沿用集體想像形式與結構加入的藝術及文學參涉；還有，那些故事之間的關聯性、詩意由何而來，才能釐清無聲書是怎麼回事，同時自問那樣的敘事有何共通之處？哪些故事沒有文字能說得更好？為什麼那些作家選擇用圖像說故事？

總而言之，到底無聲書說了什麼？或是換個方式來問：純圖像繪本會局限看世界的觀點和視野嗎？

這麼問，不是為了把焦點轉移到書的主題，或書中隱含了哪些了不起的訊息。文學作品，包括繪本文學，不是翻譯原已存在的論述，它自身即是論述。

在談及推廣閱讀時，波隆那薩拉博沙兒童圖書館（Biblioteca Salaborsa Ragazzi a Bologna）館長妮可雷塔・格拉曼提耶利（2012）特別提出近年來為了呼應「發展課題」，也就是幼兒成長的特殊階段或因素，如何針對不同主題及議題的書執行「篩選」或整理，並清楚說明如何避免落入簡化的謬誤之中：

> 可以想見，家長和老師都傾向搜尋有明確主題的書。不過我會建議大人從書出發來尋找主題，而不是從主題出發去找書。我會向他們示範，一本悉心建構、各方面都兼顧，而且就敘事角度而言，故事合情合理的書，你想要什麼主題，幾乎都找得到。

不可能，也不建議強將無聲書（任何藝術形式皆然）套進如出一轍的既定框架裡，掛上叫人安心的標籤，明確指出裡面裝了什麼，用泡在福馬林裡面的圖像跟小讀者們說了什麼，以及怎麼說。

無聲書理應各自從不同立基出發，以不同方法用繪本的圖像語彙和語法要素為許許多多讀者說許許多多不同的故事。如此做難免有風險，跟《海底來的秘密》主角手中那個匣子一樣，我們會看到可怕的觸鬚從所有縫隙中爭先恐後

往外擠。當代繪本群像有點像馬西莫‧卡恰（Massimo Caccia）以現代筆觸改寫經典諾亞方舟故事的那個圖像作品，他很篤定，並透過各種形式變化告訴我們：《大家都有位子》（C'è posto per tutti）。［圖 7］

對這些反璞歸真或加入個人特色與愛好，足以被視為某種類型（簡短、充滿詩意和視覺感）的文學母題或敘事結構，我們可以作出各種假設。若從敘事結構角度切入思考，無聲書的架構，就像是在圖像裡玩尋寶遊戲：有的書視覺感強烈，需要讀者睜大眼睛看清楚，隱晦的情節半藏半露；有的則以漸進式猜謎的邏輯為本，預告最後會揭曉謎底，或者會有驚喜；有的邀請讀者觀看的是純粹形式，以及同一主題的連續變形；有的敘述四季變遷，跟隨遊戲的千變萬化，以全新觀點或從旅行及空中俯瞰的間接角度切入圖像，自由聯想引人入勝，彷彿睜著眼睛作夢。這些書要求讀者填補意義上的空白，填補距離和缺憾。

這些書喚醒建構故事的欲望，在混亂中看出秩序。這些書促使你讓所有渺小跟所有偉大產生連結，例如書本、書頁和廣袤的世界。

這個再現遊戲所呈現的核心價值，從未能暢所欲言。但繪本因為沒有文字，每一種文學形式皆有的空白得以突顯，在玩捉迷藏、躲貓貓、邏輯跳躍這些需要在書頁間尋找關聯線索、解讀圖像論述內在意涵並代為發聲的遊戲時，低調地發揮作用。

準備就緒的讀者，通常是小朋友，會以高度好奇心回應遊戲，接受邀請加入遊戲開始摸索，在書頁間穿梭如同身處花園和森林中，同時被和諧及怪誕吸引，隨時可能開口詢問書中種種細節的發展路徑，也有可能在看似遙遠的點和點之間創造連結。

讀者是渴望新視野的探索者，只要美學和詩意能彌補意義的空缺，就甘於接受無意義。準備就緒的讀者知道一本好書是一場絕妙的遊戲，好玩，開心，能創造關係、律動、情緒、理解和歷險，讓看似自相矛盾或無意義的練習產生

圖7：《大家都有位子》內頁，馬西莫・卡恰

意義，引導另一個人的想像，笑著迎接世界的不對稱。

　　一本沒有文字的書是一片寂靜之地，讀者可以在那裡無拘無束大聲喧譁；一本沒有文字的書是一個恬靜的空間，可以竊竊私語，可以耐心冥想，可以在等待後發現奇蹟或呆若木雞，像南義進入夏季後的午後小憩，有人睡午覺，有人在一小方陰影裡玩牌、聊天和嬉笑。

　　圖像敘事這種類型的作品，除了具備義大利小說家伊塔羅・卡爾維諾（Italo Calvino）所說的快速、簡短、顯見和多樣這幾種特性外，我們還要加上「留白」，這是所有文學的共同點，也是陳志勇用圖像呈現的「輕盈建築」。一般而言，文字是我們預期會在書中看到的元素，沒有文字並不代表欲言又止。事實上有

些敘事作品沒有文字但夸夸而談，有些經過設計規劃的教學用書會一步步帶領讀者理解預設的文本，但是讀者卻很少會以閱讀其他書的好奇心或喜悅重複閱讀這類文本，除非有其他原因。

當然，我們還是有可能會打開一本圖像過於工整呆板、文字八股說教，以至於意義被放大或扭曲、特別滑稽可笑的書，就像有人對飛機上的緊急逃生須知大發議論一樣，頗有喜感。一本純教科書若是採用新的準則，接受邏輯跳躍和留白，說不定也能搖身一變成為文學作品。

從以上簡略描述的種種要素來看，無聲書是與文學和藝術建立關係的基石，開宗明義就表明作者不書寫、不說話，不會一次展現全部，但是會帶領視線、思維和情感去建構獨一無二的閱讀模式，既藉助讀者自身所知，也藉助讀者的直覺、假設和新觀點。

無聲書很快就向小讀者吐露一個祕密：文學本來就是「留白」的，那是所有可能場域、論述和觀察的沉默軌跡，是供讀者這個創意體遊走的空間。從教育意涵來說，重要的是每一個人從一開始就是主角，無論你是小男孩、小女孩、外國人、移民、女性、瘖啞人士或識字不多的人，都可以擔起這個古老的說故事任務。而在純圖像敘事林間漫步的同時，讀者的故事也熱鬧登場。

每一個讀者、每一個思維、每一個觀點都是人類的共同資產，也是全物種和全文化的資源。以實質和抽象行動在人與物之間（如荷蘭繪本作家妮可・德寇可〔Nicole De Cock〕的《彼岸》〔Aan De Overkant〕），真實與預設之間，具象世界和想像世界裡的假設、幻象、夢想、希望及恐懼之間，在我們和他人之間搭建橋梁並建立關係，乃是人類存在之本。〔圖 8〕

研究兒童心理發展的美國學者艾莉森・高普尼克（Alison Gopnik）在《哲學寶貝》（The Philosophical Baby）書中寫道，因為對所有新鮮、意料之外事物的好奇進而了解世界，因為圖像而將自身情感與他人情感作連結進而發掘自身

和他人的某樣東西，建構關於真實的替代性假設，同時比較兩者之間的因果關係，「需要知識，也需要愛」，而所有這些心理及哲學行為都與個人生活和成長環境有關，也跟閱讀、視野和集體想像有關。

我們在優秀的無聲書中會看到這些情感上的歷險奇遇，讀者受邀加入意義練習的遊戲，其中有高風險，也有讀者和繪本作者的付出和投入。通常無聲書不會說意圖明確的故事或眾所周知的事實，讓文字退位；也不對美學的實用性評分，只有故事與讀者的交會。

這些佳作的唯一共通之處，是兼顧了《正義與美》（*Giustizia e Bellezza*，路易吉·左雅〔Luigi Zoja〕，2007〕），這兩個面向被視為「一體兩面，既是美德，也代表卓越」。精神分析學者左雅在這本書中討論古典的二元概念結合如何在現代失去了原本的一體性，而我之所以引用書名及書中某些段落，是因為我認為他的論述可以充分應用在教育倫理及相關議題上。

包含了許多「小德」（piccole virtù，借用義大利女作家娜塔莉亞·金茲伯格〔Natalia Ginzburg〕的書名，1998）的大德，是教育的本質和根基，今天是否要以此來要求圖像文學作品呢？左雅說正義和美之所以一分為二，正是因為看事情的角度分歧：倫理涉及正義問題，因此關注醜陋的事物，心懷校正醜陋的高尚情操。然而，執行時因為會連帶使得體驗範圍縮小，或從負面角度出發，導致視角狹窄，讓心靈生病。左雅認為心靈一旦狹窄就會感到痛苦，讓心理陷入焦慮，或窄化，生活焦慮在今天十分普遍，被視為一種慢性病，而美可以是解藥，提供更多樣、開放、大器的觀點，對自身有所助益或有用，而且提振士氣。

左雅將正義和美分家歸咎於主導西方世界的抽象功能主義，對美的崇高價值視而不見，認為追求美會不利於經濟發展。其實不然。心靈仍然將這兩個價值視為一體，因為對此二者的追求已經深植人心，並視其為救贖。

對生於自然景色之中，與自然融為一體，利用大自然但不濫用大自然的希

圖 8：《彼岸》內頁，妮可‧德寇可

臘劇場，以及研究有效傳播形式的平面設計來說，美是能夠跟妥協、停滯、希望破滅、抹滅記憶相抗衡的概念。

我們可以說，美追求的是圓滿和廣袤，而「魚眼」正好可以讓今天十分普遍的生活焦慮和觀看焦慮得到喘息的機會。成年人如果有「幽閉恐懼」，就無法給予孩子尊重和快樂。多樣性和驚喜可以被視為倫理價值，希望則能讓人把每一個改變都當作是「善」的凱旋，例如烏托邦，具有教育價值（Bertin,

無字奇境：安靜之書與兒童文學

Contini, 2004）。

　艾可（2004）在《美的歷史》書中用許多圖示來闡述「美」的概念會隨著時間有所轉變，並非一成不變。他認為，如果我們今天毫不猶豫地認定藝術即美，不是因為藝術具有崇高本質，或藝術家看見了其他人沒看見的東西，而是因為藝術家、詩人、小說家透過作品，把他們對美的觀點和思維傳遞給我們同時，也傳遞給了集體記憶。需要進一步思考的是何為美，美的概念如何改變，

美的歷史演變跟大自然密不可分，而在自然界，美的先決條件是「巧奪天工」。至於我們談的無聲書，並不是藝術作品，而是「設計」作品，其定義如下：

　　　透過可預先規劃、複製的流程，完成的人工設計物或事件。除了物品可以拷貝外，事件也可以拷貝，例如表演藝術。（法奇內里，2014）

　　從義大利知名視覺設計師李卡多・法奇內里（Riccardo Falcinelli）這段說明來看，我們除了要問無聲書「是什麼，有何意義」之外，更要問「誰設計了無聲書，為什麼要設計無聲書」。同樣的問題也可以套用在閱讀，以及事件上。

　　關於「誰設計，為什麼設計」這個問題，前者的答案自然是無聲書的作者，透過設計作品，也就是無聲書，作者將他對美的觀點以及世界觀交付給我們；至於後者，我們首先可以觀察到無聲書有節奏快、簡短、充滿詩意、有趣、輕盈、留白的特性，此外，無聲書偏好變形、旅行、同時性、相似形式、書信、圖像、夢境、遊戲、反覆出現、距離、關聯、侷限、越界、小與大的關係，簡而言之，偏好所有是與否的關係。

　　當然，答案有多種可能，而且在文本和讀者之間會持續出現其他答案。關於為什麼要為我們創作無聲敘事作品，以及我們為什麼在無聲書中看到了美、正義和喜悅這個問題，從《論未曾言明之留白》（*Lacuna. Saggio sul non detto*）作者妮寇拉・卡迪尼（Nicola Gardini, 2014）下面這段話或許可以找到答案：

　　　生活是文學的原型。生活一如文學，透過缺和盈的持續對照愈來愈充實，同時填補經驗上的空白，讓原本不完整的世界和我們得以完整，與無意義抗爭，並反抗最沉重的無聲，也就是死亡。文學的留白，正是為了讓我們準備好面對自己的結局。每讀完一頁，將天生缺漏的文學再現意義填補起來，就給了生活勝利的機會，即便只是暫時的。

閱讀模式，敘述模式：
經驗、交會、可能性

我們閱讀無聲書的方式，僅有部分跟我們在懂得閱讀之前，觀看其他圖像成品的方式相近，那些圖像成品包括家族相簿、植物標本、郵購目錄、人偶和漫畫，借用伊塔羅・卡爾維諾的說法（1999），那就像是練習閱讀圖像及想像力創造的一間「說故事學校」。用現實生活中那些感官片段來玩「因需要而創作」的遊戲，是一種美學訓練，也是賦予故事意義且讓意義完整的基本練習。

德國學者阿比・沃伯格（Aby Warburg）的知名圖像作品《記憶圖輯》（*Mnemosyne Atlas*）是將話語權交給圖像、開放詮釋的最佳範例，他以上千張屬於不同時代、地理背景和藝術流派的作品黑白相片做拼貼組合。這位文化史學者兼藝術評論家在《記憶圖輯》中，用來自東方傳統、北歐、義大利古代和文藝復興時期的一幀幀圖像展現各種形式，這些在藝術風格成形過程中匯集而成的素材，特別關注手勢、姿態和情緒表達，也就是情感表達模式。《記憶圖輯》是瓦堡系統化重組排列圖像的教學成果，同時呈現了歐洲文化記憶的積累。

阿比・沃伯格特別感興趣的是調查情感如何透過視覺傳播，他稱其為「悲愴公式」（Pathosformel）。他主要研究圖像的手勢和情緒之間的關係，這也是從文化角度研究形式的圖像學這門現代學科的基礎（Didi-Huberman, 2015）。瓦堡藉由比對相片語彙，建構了一個新的圖像觀看模式。

這樣一個「圖像全覽」可以引導觀看者思索記憶的進程，思索重新浮現的

記憶、想像的創建、圖像和文字的關係，以及悲愴和知識的關係。閱讀圖像書的模式，和圖像本身，可以用不同學科的工具和視角著手，例如從神經科學、圖像學、視覺設計、平面編輯、視覺文化史、敘事學、符號學，以及從「圖像視讀」（visual literacy）觀點切入研究。

我們無意探究圖像敘事以書的形式與讀者互動，能帶動多少和哪些自身天賦和文化熱情。我們關注的是哪些模式能對讀者閱讀無聲書有所幫助，特別是跟學校、教育和家庭有關的那些文本；還有，當我們閱讀無聲書的時候，故事中的圖像會激發讀者對過程和想像產生怎樣的疑問。

從閱讀無聲書出發，可以衍生出不同樣態的活動，包括改寫、畫圖、註解筆記、渲染改編、說故事、由藝術角度切入做比較，不過閱讀無聲書的體驗不只、也不限於這些衍生活動。我認同英國格拉斯哥大學教授伊芙琳·阿里茲佩（2013a）的看法，她是享譽國際的無聲書研究學者——我們認為讀者閱讀無聲書之後的回饋，並不一定要訴諸文字，或只能訴諸文字。

美國童書及繪本作家倫納德·S·馬庫斯（馬丁·沙利斯伯利[6]，2015）認為，一本無文字的圖像書是展開老派對話的好機會，原本的良好習慣因為各種原因漸漸被摒棄，其實是人與人之間的「自由、正常」關係，跟娜塔莉亞·金茲伯格在 1951 年所言「沉默惡習毒害了我們的年代」相悖。金茲伯格說的沉默，是人際關係冷漠、缺乏聆聽，肇因於社會偏見或沉痾，閱讀無聲書甚或可以被視為一種對抗與挑釁，成為公民權的實質伸張，象徵國際間的和平對話，也象徵願意搭建起反孤立的溝通橋梁。

伊芙琳·阿里茲佩和卡門·馬丁內斯·羅丹啟動了「與移民讀者同遊的視

6　【譯註】馬丁·沙利斯伯利（Martin Salisbury），插畫家，於劍橋藝術學院（Cambridge School of Art）兒童圖書插畫系任教，著有《童書插畫新世界》（*Play Pen:New Children's Book Illustration*）、《兒童繪本典藏 100》（*100 Great Children's Picture Books*）等。

覺之旅」（Visual Journeys with Migrant Readers）計畫，因為跟外來移民的小朋友一起閱讀無文字繪本，意味著讓那些在學校裡因語言表達、課業表現或來自偏鄉地區而常被視為能力不佳的學生有發言的機會。我於 2010 年在西班牙聖地亞哥‧德‧孔波斯特拉舉行的第 32 屆國際兒童讀物聯盟大會活動中獲邀加入。這個計畫一共有來自四個國家（英國、美國、西班牙和義大利）共十四名學者分別進行多年的調查研究，研究成果彙整成冊後由布魯姆斯伯里出版社（Bloomsbury）印行出版。後面還會談到。

在國際支持下，成立六十餘年的國際兒童讀物聯盟，在全世界超過七十個國家推廣閱讀，其義大利分會為解決暴力性沉默和弱勢邊緣化的歷史問題，推動了「無聲書，終點站蘭佩杜薩島[7]」計畫【圖9】。計畫發起人是熱情的書店老闆黛博拉‧索利亞（Deborah Soria），她希望能成立一個國際無聲書基金會，以及「一個以書為主的空間，以便於交流，創造情感、話語和共同記憶。（……）因為今天蘭佩杜薩島的問題無處不在」，這是繪本作家齊婭拉‧凱瑞爾（Chiara Carrer）於 2013 年在羅馬展覽宮藝術書圖書館舉辦的童書展覽專書（羅馬展覽宮藝術工作坊暨國際兒童讀物聯盟義大利分會主辦，朱莉亞‧法蘭奇〔Giulia Franchi〕主編，2013）上發表的一段話。

「無聲書，終點站蘭佩杜薩島」計畫是由國際兒童讀物聯盟義大利分會於 2012 年在倫敦舉行的第 33 屆大會上提出，呼籲全世界的出版社共同成立第一個圖書基金會，捐贈圖書給蘭佩杜薩島，而且是無聲書，以便突破語言障礙，好讓島上能設置一間圖書館，象徵國際集體發聲，讓位於地中海心臟位置的這座島嶼上所有兒童、旅人和移民都能享有閱讀文學、體會文化、表達個人意見和享有藝術人生的權利。

7　【譯註】蘭佩杜薩島（Isola di Lampedusa），位於義大利最南端，距離非洲大陸突尼西亞海岸 113 公里，是非洲非法移民偷渡歐洲的最大轉運站。

圖9：「無聲書，終點站蘭佩杜薩島」計畫小冊。上方文字（左）出發地羅馬，2013年5月7日；（中）無聲書，目的地蘭佩杜薩島；（右）目的地蘭佩杜薩島。

《聯合國兒童權利公約》[8] 第 13 條條文明定如下：

> 兒童應有自由發表言論的權利；此項權利應包括通過口頭、書面或印刷、藝術形式或兒童所選擇的任何其他媒介，尋求、接受和傳遞各種資訊和思想的自由，而不受限於國界。

第 31 條條文則申明：

> 締約國確認兒童有權享有休息和閒暇，從事與兒童年齡相宜的遊戲和娛樂活動，以及自由參加文化生活和藝術活動。
> 締約國應尊重並促進兒童充分參加文化和藝術生活的權利，並應鼓勵提供從事文化、藝術、娛樂和休閒活動的適當和均等的機會。

蘭佩杜薩島跟許多地方一樣，並沒有圖書館，儘管島上孩童和青少年超過一千人。大家都叫這個計畫中的圖書館為「未來圖書館」，2012 年因國際閱讀推廣計畫而生，長期暫設於一處臨時空間，由來自全義大利（及國外）的國際兒童讀物聯盟志工和當地熱心人士布置管理。

2013 年 11 月 20 日世界兒童日當天，在國際兒童讀物聯盟義大利分會會長希爾瓦娜・索拉（Silvana Sola）帶領下，一個集結了各方人馬的工作小組在蘭佩杜薩島上不同地點舉辦了閱讀推廣工作營，除邀請當地孩童和老師參與，還有童書作者、繪本畫家、出版編輯、不同級別的學校代表出席。工作營有數場讀書會選擇閱讀無聲書，也搭配其他書籍，書的來源除了西諾斯出版社

8　兒童權利公約於 1989 年 11 月 20 日由聯合國通過，公約內容可在聯合國兒童基金會網站下載。

（Sinnos）的「安東尼歐圖書館計畫」[9] 外，還有私人捐贈。讀書會以不同方式進行閱讀，嘗試不同的組合、交流與觀察。主要參與活動的是當地孩童，因為外來移民的孩童在蘭佩杜薩島僅停留短暫時間後便會離開，不過與外來移民的少年讀者倒不乏有一些互動機會。

　　閱讀圖像故事總會有一些驚人發現。由任職於國際特赦組織的阿貝托・艾米雷提（Alberto Emiletti）企劃及帶領的幾場讀書會中，我們請小讀者在所有繪本中選出最能代表兒童基本權利的圖像。這些就讀於小學的孩童分配到的書來自不同國家的捐贈，他們分組閱讀，意外發現手中的書沒有文字後，大家看起來頓時鬆了一口氣。他們兩、三人一組，以不同方式進行閱讀，先從頭看到尾，擷取整本書大概的理念，之後會因為某些人物意義不明，或因為某些圖像特別漂亮，或色彩特別明亮，再回頭看。

　　在選擇圖像的時候，他們展現了細膩的詮釋能力，互相協商，共同創造意義。他們也知道如何向其他小朋友介紹並清楚說明書的內容，並選出代表兒童基本權利的圖像。例如在德國繪本作家英格莉德・舒伯特及迪特爾・舒伯特（Ingrid & Dieter Schubert）合著的《紅雨傘》（De paraplu）中，看到渡海場景，小朋友說「不要淹死」是基本權利，那是 2013 年秋天，數週前的 10 月 3 日剛發生了非法移民的海難悲劇（特魯斯，2014a）。

　　於我撰寫此書的同時，圖書館底定館址後的興建工程正在進行中，圖書館活動也未中斷，這要感謝島上居民的付出，特別是擔任學校老師的安娜・薩朵內（Anna Sardone）。蘭佩杜薩市長朱熙・妮可里尼（Giusi Nicolini）為前述 2013 年羅馬展覽宮藝術工作坊展覽專書第一版撰文，談及這個圖書館興建計畫的意義：「在島上為路過的孩子們成立一間兒童圖書館，讓他們超越國境看見

9　為紀念西諾斯出版社創辦人安東尼歐・斯皮內利（Antonio Spinelli），於 2005 年成立的基金會，旨在推廣閱讀。透過捐贈獨立出版社的書籍，協助偏遠地區成立青少年圖書館。

世界，知道蘭佩杜薩島不只是旅途中的一站。透過書，才能建立包容的文化，才能學會尊重，學會參與。」

2015 年，國際兒童讀物聯盟義大利分會還在島上成立了研究中心，由任教於羅馬第三大學的教育學者艾蓮娜・茲茲歐莉（Elena Zizioli）出任中心主任，她彙整這個圖書館計畫的相關資料、見證和經驗分享，出版了一冊專書（2017）。同一時間，蘭佩杜薩島上的無聲書以圖書書目展的形式巡迴全義大利，由各地圖書館或其他單位邀請展出，透過獨特的推廣、教育和研究內容，讓不同讀者看見這些與眾不同的書。此外，在羅馬展覽宮藝術書圖書館內亦設置了固定的蘭佩杜薩圖書諮詢展覽區，是為第三個據點。

閱讀模式不勝枚舉，約等於閱讀人數乘以無聲書數量的結果。以下我簡要談談「與移民讀者同遊的視覺之旅」相關研究的一些心得，包括國際研究小組採用的方法，以及在不同場合、條件下與讀者和學者交流的經驗。

閱讀品質取決於選擇的書本身的價值，也取決於閱讀該書的空間和時間。眾所周知，如果一場會議的與會者圍坐成一個圓，大家會更有參與感，覺得自己跟其他與會者不分軒輊，會更積極參與。為了讓大家都能夠清楚看到書，最好在閱讀者輪流傳閱書的同時，也將書投影出來。選書的人要負責帶領大家閱讀、翻頁、放慢速度、暫停或回頭比對，或重複翻看，總之，他要為其他看書的人服務。帶領閱讀的人可以用開放式問題確認並激發大家的注意力，或單純一頁頁展示沒有文字的繪本內容，若是經驗不足者，如果覺得有助於讓其他讀者更加投入，也可以把自己看到的說出來。

開放式問題（用「如何」、「什麼」、「誰」、「哪裡」、「何時」、「為什麼」發問的問題）不僅可以釐清書中人物發生什麼事，也可以鼓勵其他讀者互相交談，或聆聽他人詮釋。在此第一個階段，成年讀者會在回答時表現得更為猶豫不決，因為他們不習慣他人質疑自己所見，除非發問者是孩童。然而他們一旦

了解說故事遊戲也是一種自我陳述的方式，有時候反而會受到這個可能性的鼓舞而遠離文本，生出其他假設，脫離敘事路線。

用開放式問題提問，要能接受所有可能答案，在回頭檢視確認文本意涵前，答案可以重複羅列。大多數情況下，文本會自行修正並篩選假設。第一次閱讀無聲書的順序是從頭看到尾，但這個過程通常有多層次的內部意涵指涉。

很多無聲書典型的循環式結構會帶領讀者反覆閱讀。有時候，無聲書封面的意義要看到書的結尾才揭曉。

有些小組在初次閱讀時，如果各種條件成立，他們很可能會始終保持沉默，在心照不宣的情況下集體對書中圖像和人物發出感嘆、哄笑、驚嘆或讚嘆，表示敬佩或同情。這涉及到不易回想起、可是一旦經歷過要遺忘同樣不易的教育、美學和情感經驗。每一個讀者都會把自身世界的種種投射到敘事圖像上，包括對科技的認識、內在知識的博學多聞，以及與個人文化環境、閱讀經驗和家庭經驗相關的能力。

只有看過鯊魚卵或魔鬼魚卵的人才能在《海底來的秘密》【圖10】扉頁上認出這兩樣東西的圖像，而認出來的人肯定很興奮，如果他心情輕鬆，就很有可能願意陳述自己在哪裡見到過或撿拾過，說出他跟圖像有所連結的那一塊內心世界，同時讓其他人對眼前的書有新的、更準確的定位。只有知道《白鯨記》作者的人，才能捕捉到那個水中相機上刻有「梅爾維爾」字樣的意義。每個人都會從自己的人類學、語言學和圖像學知識出發，去辨識熟悉或陌生的景物和特質。

我們和一群十歲的孩童一起閱讀《抵岸》，他們每個人都展現了不同的閱讀模式，不管是口語敘述、對圖像的感傷氛圍，或對同伴回應的感知模式（Grilli，特魯斯，2014a、2014b）。有人擅長渲染；有人擅長將故事連結到個人聽聞；有人不說話，在聆聽同伴假設後統整得出具邏輯性的故事推論；有人

圖 10：《海底來的秘密》（台灣版由格林文化出版）內頁，大衛‧威斯納，張震洲攝

一直不說話，但之後提出鉅細靡遺的觀察結果，讓其他人茅塞頓開。每一個人都在這次集體閱讀練習中擁有前所未有的發言權，並且跟他人分享自己所見的心得。即便是那些從來不在課堂上發言、有表達困難或不喜歡集體閱讀的孩童，因為圖像意涵豐富又含糊難辨，也紛紛加入發言，就像加入一場遊戲。

當大家一起閱讀一本無聲書，也會產生爭競心（拉丁文字源 cum-petere，有「協力」的意思）、意見分歧和衝突，因為文本有時候是故意含糊，需要讀者在爭論中支持某方意見。這也往往會產生義大利兒童文學作家羅大里所說的「愉悅效果」。

網路上有人為閱讀無聲書擬定了十條守則，而守則裡既不需要讀者，也不需要書。敘事作品總能為這個世界的無法解釋找到理由，在情節、意義形式和圖像裡都能找到理由。以陳志勇的《抵岸》為例，他透過不同圖像元素訴說 20 世紀的移民潮，而今天在故事裡面或外面的我們依然四處遷徙、居無定所，依然是異鄉人。「與移民讀者同遊的視覺之旅」研究計畫裡的孩童在閱讀陳志勇的《抵岸》後，接受非正式系列訪談時表示他們不僅從這個繪本得到心靈撫慰，而且覺得自己身處在那個文化體驗的中心，認識了集體想像力的衝擊力，還在紀錄很久以前他人遠在異鄉的文獻資料、夢境、故事和個人視角的這樣一本藝術作品裡發現，每個人自己的故事也屬於集體歷史（特魯斯，2013）。

面對陳志勇那些難以解讀的非語意語彙符號，這些孩童互相質疑，甚至質疑對方的語言能力。有個孩子還問說如果換成他的父親來看，是不是就有可能看懂。他們看見書中主角的茫然無措，那是難以避免的人性反應。他們看見書中以藝術手法表達分離的哀傷，那對他們而言並不陌生；看到一家人團聚的那一幕時，他們開心地從椅子上跳起來。當他們的同學要求參與計畫時，他們從旅人變成嚮導，在兩班五年級學生組成的觀眾面前，用開放式問題、聆聽和耐性引領大家閱讀。他們結交了新的朋友，以共同經驗為基礎建立起良好默契，

而且根據班級導師的回饋，這些孩子的自尊心提高了，也更融入班級。他們非但玩得很開心，而且樂於表達。他們說自己愛上了書。他們還學會了義大利文，儘管這並非計畫設定的教學目標。

　　如何閱讀無聲書？從頭看到尾。不過有時候也可以回頭看，多看幾次。安安靜靜地看，一個人看，也可以把最美的部分跟他人分享，例如令人拍案叫絕的轉折，第十次才看出端倪的細節，至今見過最具詩意的情境。把書當成尋寶遊戲，或邀請書加入推理和猜謎遊戲，一個接著一個投入跟詩同樣靜默的敘事中，尋求他人協助閱讀。閱讀模式是所有參與的讀者和繪本作家的總和，敘述模式是所有懂得聆聽自己聲音、圖像聲音和其他讀者聲音（不管他們說什麼語言）的人的總和。

歷　　程

很久很久以前有一座城堡

　　無聲書的歷史發展寫在兒童繪本史裡。義大利兒童繪本的第一個分水嶺，是 1966 至 1967 年，羅瑟莉娜・阿爾沁托（Rosellina Archinto）也在那個時期創辦了 Emme 出版社。期間有許多以書籍、圖像和兒童為對象的研究進行，其中義大利知名藝術家布魯諾・莫那利（Bruno Munari）的作品和研究，扮演了至為關鍵的角色。這段歷史的重點，是書籍的平面設計演變，包括表現力和趣味實驗，以及紙張技術革新，例如穿孔和開刀模。

　　其他國家的表現也不遑多讓，出現了勇氣十足的出版社，有兒童作家展現新視野，藝術家則從繪本、繪畫、漫畫、照片、電影、戲劇、默劇和音樂汲取養分後，投入研究圖畫書的圖像語彙。無聲書也躋身其中，對我們看向文化圖像的目光進行教育和引導。就此觀點而言，我們既然取得了「使用」話語和圖像的權利，也就確保、落實或捍衛了我們批判性積極參與視覺文化的可能性。

　　翻開這本歷史相簿，我想請各位讀者在 2000 年初那一頁暫停。照片中的地點是一座城堡，城堡裡每個廳室裡都擺滿了童書。那是位於義大利中部波隆那（Bologna）的小強尼・斯托帕尼兒童書店（Libreria per ragazzi Giannino Stoppani），歷史悠久。我那時候在書店擔任工作人員。我們之所以要回到那一年那個時刻，是因為我相信查明千禧年之初義大利有哪些無聲書，有助於釐清現況。回想我最早接觸過哪些無聲書，對我也有幫助，一方面可以知道我的興趣因何而生，另一方面可以勾勒出這些書在兒童繪本近代史中的光輝時刻。

打開這些書，閱讀，觀看。你們會發現這些書兼具趣味、感性和智慧，讓孩童得以展開認識與發現之旅。

　　羅瑟莉娜・阿爾沁托的女兒法蘭綺思卡於 1999 年創辦 Babalibri 童書出版社，這段話是羅瑟莉娜為她初次發行的 1999 年 9 月～ 12 月季刊目錄所寫（羅蕾達娜・法琳娜[1]，2013）。

　　Babalibri 除了與法國開心學校出版社（L'école des loisirs）合作出版外，也重印 Emme 早年出版的繪本，其中包括美國插畫家莫里斯・桑達克（Maurice Sendak）和雷歐・李奧尼（Leo Lionni）的作品。2004 年起，開始出版伊艾拉和恩佐・馬俐（Iela & Enzo Mari）早年合著的無聲書。這些作品頻頻再刷，說明其經典地位不容撼動，而且受到書店、圖書館、教育學者、評論家的真心肯定和推崇，這一點至關緊要，畢竟現代化設計並不等同於教學指南或暢銷保證。

　　這些經典作品，之所以能夠持續出現在專業書店推薦給幼稚園、小學和圖書館的書單上，也是因為不同組織單位給予支持的緣故，其中表現最突出的是「為閱讀而生」（Nati per leggere），這是針對零到六歲兒童的一項推廣閱讀計畫，由圖書館員、兒科醫師及書店人員合作，同樣於 1999 年在義大利啟動。

　　自 2001 年 12 月 13 日開始，波隆那薩拉博沙兒童圖書館為建立適合零到六歲兒童的閱讀書區，每週舉行一次書店人員與圖書館員對談，有時候也有學校老師或教育學者參加，是互相交流、交換意見和研究心得的絕佳機會。這些「媒合者」不但在孩童與書交會的時刻扮演關鍵角色，也有助於培養、給養並強化關注兒童文化的批判性思維。

　　我在書店工作時最早接觸到的無聲書，不乏外國作品。其中一本用圖像說

1　【譯註】羅蕾達娜・法琳娜（Loredana Farina），是義大利第一家專為幼兒出版遊戲書、立體書的 La Cuccinella 出版社創辦人之一。

話的書來自英國，書名是《雪人》（*The Snowman*）【圖11】，作家雷蒙德‧布里格斯（Raymond Briggs），1978 年出版。由 EL 出版社總編輯歐莉耶塔‧法圖奇（Orietta Fatucci）引進義大利出版：

> 我記得雷蒙德‧布里格斯的《雪人》是 1979 年在義大利出版，就在英國哈米什‧漢密爾頓出版社（Hamish Hamilton）出版的第二年，那是我編輯生涯的高峰。我認為，而且至今依然認為，那本書雖然輕薄短小，卻是一本鉅作。就因為這一點，我選擇了它。這本書沒有文字，卻未讓我有絲毫退縮。後來那些年，我看過、評估過許許多多其他沒有文字的書，那些書因為沒有文字讓我扣分。《雪人》沒有文字卻是加分。那本書不需要文字，一看就明白，沉默確實是金。小朋友只要翻開這本書，就能感受到沉默帶來的呼之欲出的感傷、同情和感動。[2]

《雪人》這本書用漫畫式一格格連續場景，細膩描述小男孩和雪人之間的情誼在夜晚展開。布里格斯讓故事發生在如夢境般寂靜無聲的世界裡，帶有淡淡的憂傷和溫柔，喚醒童年想像世界的祕密，創建虛構的熱情，以及跟想像中好友互動的重要性（高普尼克，2010）。

身為書店工作人員的我反覆閱讀《雪人》，畢竟這本書是推薦送給年齡不拘的讀者禮物選項，而且那一種語言先前未曾出現在我們的書架上，它的鋪陳手法很接近影視作品，特別是電影。我主要看中它的「跨界」特質，也就是說這本書適合所有年齡層的人閱讀。

後來法圖奇還出版了其他無聲書，例如 1980 年的《被困在書裡的小老鼠》（*Histoire d'une petite souris qui était enfermée dans un livre*），作者是瑞士藝術家莫妮克‧菲利克斯（Monique Felix），這是另一本佳作。莫妮克‧菲利克斯這

2　歐莉耶塔‧法圖奇與本書作者往來信函，2016 年 7 月 19 日。

圖 11：《雪人》（台灣版由上誼文化出版）內頁，雷蒙德‧布里格斯

本方形小書頗受肯定，在多國出版，書中有一隻小老鼠在書頁之間玩耍，把書當成一個盒子，探索其邊界。牠啃食掉空白頁後，發現下面有一張圖，那片田園景色是一處鄉間，坐著書頁摺的紙飛機就可以飛過去。菲利克斯虛構的這隻小老鼠後來又成為其他繪本的主角，用後現代美學的敏銳，將偉大的敘事故事轉為一格格圖像，再三反思、嘲諷、突破既定限制，用形式來玩耍。

還有一些來自外國的無聲書，是從法國、美國、英國、德國和西班牙圖書目錄上選出。有些書則獲得國際書展和大獎肯定，包括義大利波隆那童書展（Fiera del libro）、法國蒙特伊（Montreuil）兒童青少年書展、德國青少年文學獎（Deutscher Jugendliteraturpreis）、美國凱迪克獎（The Caldecott Medal）、英國凱特格林威獎（The CILIP Kate Greenaway Medal），或是斯洛伐克布拉迪斯拉瓦插畫雙年展（Biennial of Illustrations Bratislava）選書，以及國際安徒生插畫家獎得主的作品，這些書都是由小強尼・斯托帕尼兒童書店孜孜不倦的從業人高瑞俠、提茲雅娜・羅維斯（Tiziana Roversi）、希爾瓦娜・索拉和薔寶拉・塔爾塔里尼（Giampaola Tartarini）發掘後訂購，其中有故事書，有很多繪本，也有精心挑選的為數不多的無聲書。某些無聲書是經典作品，見證繪本現代史自有其深厚根基。有些書則格外與眾不同、別出心裁，以嶄新的形式概念重新詮釋繪本和兒童讀物。

以下我列舉記憶中印象最深刻的幾本書，唯有在今日做此綜觀回顧，才能為那些年出版的無聲書在前一段出版史中找到定位。

法國的《呵癢遊戲》（Les chatouilles）【圖 12】，作者是克里斯汀・布魯爾（Christian Bruel）和安妮・博澤萊克（Anne Bozellec），1997 年由 Être 出版社出版。繪本開本不大，黑白印刷，沒有文字，敘述兩個小孩的玩耍嬉戲。主角是大約三、四歲的一個小女孩和一個小男孩，以及一隻貓，一張床，一根羽毛，還有幾個玩具。兩個主角的遊戲開始於小女孩踮著腳尖走去叫還在睡覺的玩伴

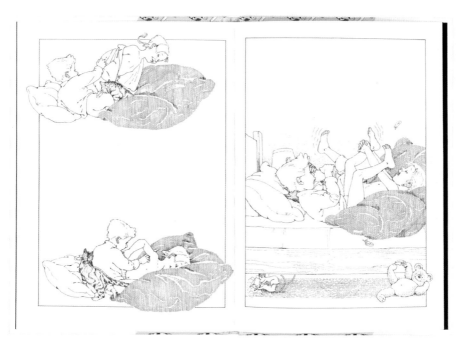

圖 12：《呵癢遊戲》內頁，克里斯汀‧布魯爾、安妮‧博澤萊克

或弟弟起床，然後兩個人開始在床上的羽毛被外和羽毛被裡互相呵癢、打架、擁抱，翻滾，床下有兩隻老鼠和玩具熊模仿他們的動作，可以說是對照組，負責陳述床上發生了什麼事，藉此緩和成年讀者解讀圖像時無法避免會產生的緊張情緒。《呵癢遊戲》的確會讓人感到不安，因為在這些兒童遊戲中清楚展現了性慾。儘管佛洛伊德對這個議題的研究已成經典，但是兒童情慾跟許多與身體有關的議題一樣，依然是禁忌。

　　其實 1997 年 Être 出版社發行的是新版。《呵癢遊戲》初版時間是 1980 年，由 1975 年成立的 Le sourire qui mord 出版社「樂讀」（Plaisirs）叢書系列（副標題是「無文字書或少字書」）發行，出版社創辦人是克里斯汀‧布魯爾和法國學生運動期間成立的一個組織。Le sourire qui mord 出版社從 1975 年到 1996

年出版的大多是反潮流的繪本，他們堅持要「破除成人與孩童之隔，重視反思與想像，拒絕刻板和禁忌」（瑞士悅讀出版社〔La Joie de lire〕官方網站上可見這段宣言），這是受到另一位出版人呂伊－維達爾（François Ruy-Vidal）破舊創新的理念啟發。常引發爭議的資深出版人呂伊－維達爾跟美國出版人哈林·奎斯特（Harlin Quist）自 1966 年至 1972 年間合作，說服文學巨擘如法國荒謬劇大師尤涅斯科（Eugène Ionesco）、瑪格麗特·莒哈絲（Marguerite Duras）與美國插畫家艾提安·戴勒薩（Etienne Delessert）、法國插畫家妮可·克拉芙露（Nicole Claveloux）及蓋伊·比洛特（Guy Billout）合作撰寫童書，為童書打開了新的設計和教育視野。

羅瑟莉娜·阿爾沁托在一篇訪問中說到：「他（哈林·奎斯特）跟呂伊－維達爾知道我做的書不大一樣，所以來找我合作。我出版了不少他們的書，他們也出版了我的書。」（佐珀麗，2013）呂伊－維達爾呼應羅瑟莉娜·阿爾沁托的說法，直言不諱說出下面這段引發爭議的言論：「只有藝術，沒有兒童藝術；只有圖像語彙，沒有兒童圖像語彙；只有色彩，沒有兒童色彩；只有文學，沒有所謂兒童文學。」他還說：「依據這四項原則，我們可以說，一本適合大家閱讀的好書，就是一本好的童書。」克里斯汀·布魯爾的 Le sourire qui mord 出版社選書方向便是依循這個概念，同一路線也在他 1985 年新創辦的 Être 出版社獲得延續，以認識兒童的圖像故事書為主，包括性慾和自主性。

那些年從法國引進的還有胡耶格（Rouerge）出版社的方形開本書，再一次帶領大家重新思索何謂兒童繪本，其中一本用不同技法和語彙完成、讓風格迥異圖像並列的繪本是凱蒂·古萍（Katy Couprie）與安東奈·路夏合作的作品，看似工整，實則溫柔，書名寓意深遠：《大千世界》（Tout un monde）【圖 13】。

西班牙來的書很怪，具有讓人耳目一新的獨特個性。其中一本就其細膩的圖像表現來看，不像為兒童所畫，然而那是特意安排用雙色印刷的結果，一個

圖 13：《大千世界》（台灣版曾由上誼文化出版）內頁，凱蒂・古萍、安東奈・路夏

選擇是考慮「圖像」，另一個選擇則是考慮「寓意」。這本書由先前提到的半
條牛出版社發行，出版人是加泰隆尼亞一對具有革命精神的伴侶：維森特・費
雷爾和貝歌妮雅・羅伯。

　　半條牛出版社於 1998 年發行的第一本書，是阿爾納爾・巴雷斯特（Arnal
Ballester）的《我無言》（*No tinc paraules*）【圖 14】，這本純圖像書同時開啟了
半條牛的「兒童讀物」（Libros para niños）叢書。《我無言》描述住在輪船上
的一個馬戲團，主角是里法可利（沒有寫出來，但是作者心裡認定那就是主角
的名字），以循環式結構進行的故事最終畫面跟全書第一個畫面相同。至於為
何選擇無聲書作為出版社的創業作，兩位出版人說，因為我們認識了一位特別
的作家阿爾納爾・巴雷斯特和他的作品，因此決定「宣告我們打破既定模式的
企圖和意願」。

　　《我無言》參考了比利時木刻畫家法朗士・麥瑟萊勒（Frans Masereel）的
作品，他的「無字小說」不僅讓人物一舉一動皆躍然紙上，也具體而微地再現

圖 14：《我無言》，阿爾納爾・巴雷斯特

了他們的心理狀態，半條牛出版社在評論《我無言》的時候借用德國小說家赫
曼・赫塞（Herman Hesse）的話，說它「刻畫人類七情六慾」。此外，阿爾納爾・
巴雷斯特也明顯參考了莫那利同樣以書的形式呈現馬戲團多重感官之旅的《米
蘭迷霧》（Nella nebbia di Milano）。半條牛出版社從初期就用下面這段文字來
介紹阿爾納爾・巴雷斯特的作品，至今仍寫在出版社網頁上：

　　　　　　　　　　　　　　　　　　　　　　　　無字奇境：安靜之書與兒童文學

這本書雖然沒有文字，但是依然要張開眼睛看。一首沒有歌詞的歌依然是歌，沒有答案的謎題（躲在頁尾註解裡）不會比較簡單。當我們打開這本書，要按照為該書寫跋的多洛雷斯‧富茲利（Dolores Fuzilli）所說，就像平時走在路上，「仔細觀察每一個細節，或看向顯然一切都更有趣的窗外」。

之後，半條牛出版社選書的文化和美學路線有了更鮮明的政治傾向，貝歌妮雅‧羅伯則持續關注教育，特別是移民讀者。他們公開表示不打算區分讀者：

我們無法，也無意，給孩童設定年齡。孩童並非整齊劃一的群體，區分孩童和成人的那條界線有時候模糊不清。

這是出版業堅持的大無畏信念之一，或許也是圖書館員和其他從事童書篩選工作人員的信念，因為特定和預設年齡層讀者尺度限制考量，而必須排除或選擇某些書，是他們難以掙脫的困境。那個時候半條牛出版社的書很難推，用透明封膜包裝的那些書寄到書店之後，我們心懷崇敬拆封翻閱，感覺像面對前所未見、無人能出其右的奇珍異寶，而我們是這個全新且炙熱的出版作品的守護者和最終所有人。後來我有機會跟貝歌妮雅‧羅伯、我的老師安東尼歐‧法艾提以及古巴插畫家阿朱貝爾（Alberto Morales Ajubel）一起參加丹尼爾‧狄福《魯賓遜漂流記》無聲書版新書發表會，阿朱貝爾這部作品讓半條牛出版社贏得了 2009 年波隆那童書大獎。【圖 15】

2001 年，義大利交會點出版社（Il Punto d'incontro）發行了一本美國出版的無聲書，其視覺語彙同樣讓人耳目一新。大衛‧威斯納的這本《7 號夢工廠》（Sector 7），是回應小朋友提問「雲從哪裡來」的作品，探討想像力的生成機制。主角是一個小男孩，他去曼哈頓最具代表性的摩天大樓帝國大廈遊玩，遇到一

圖 15：《魯賓遜漂流記》內頁，阿朱貝爾

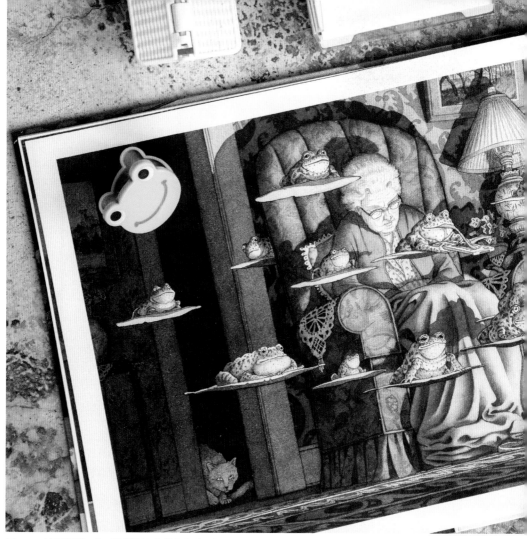

圖 16：《瘋狂星期二》（台灣版由格林文化出版）內頁，大衛・威斯納，張震洲攝

個雲做的古怪傢伙，帶他到雲的設計和分類部門參觀。於是非比尋常之事闖入了尋常生活。這本書跟大衛・威斯納其他作品一樣採用循環結構，最後一張圖讓故事有了延續下去的可能。

數年前，大衛・威斯納已經以《瘋狂星期二》（*Tuesday*）【圖16】贏得了他擁有的三個凱迪克金牌獎之一，這個繪本也令人拍案叫絕，描述在某個美國小鎮的某個星期二有一群飛天蛙入侵。故事中融入了性質截然不同的參涉，包括

無字奇境：安靜之書與兒童文學

《聖經》啟示、電影恐怖大師希區考克的作品、1950 年代的科幻片和虛構的警匪偵查事件，所有這一切都發生在一個逗趣的異想故事裡，而繪本結尾用小捲尾巴的陰影預告下一波入侵的會是飛天豬。

　　大衛‧威斯納是至今唯一一個三度榮獲美國凱迪克獎殊榮肯定的繪本作家，每一次的得獎作品都是無聲書，今天這種類型的繪本在國際間被視為重要指標。《瘋狂星期二》之後，大衛‧威斯納另外兩部金牌獎得獎作品是 2002 年

的《豬頭三兄弟》（*The Three Pigs*，獻給他的插畫家好友大衛·麥考利〔David Macaulay〕）及 2007 年的《海底來的秘密》。他的其他繪本作品，如《7 號夢工廠》和《夢幻大飛行》（*Free Fall*），也都受到榮譽獎肯定。但是時至完稿此際，義大利仍未引進他所有重要作品，例如《鬆餅先生》（*Mr. Wuffles!*），以貓的角度看世界，書中穿插極為簡短的文字，小小外星人在大衛·威斯納筆下說的外星語則是一種象形文字。

2003 年，德國插畫家蘇珊娜·伯納·羅陶（Susanne Berner Rotraut）的繪本作品在義大利由歐莉耶塔·法圖奇的 Emme 出版社出版〔圖 17〕。以展開的跨頁圖像訴說多個故事，封面就像是一幅視覺圖例，匯集了之後會出現在內頁裡的人物和景物，再現城市裡的四季，輕易便能吸引小小孩的目光。在書店裡，看著一歲多一點的小朋友居然能在翻頁後用手指指出他之前就看到的細節，總是讓家長和小讀者自己驚嘆不已。這些孩童－書－圖像的實證觀察，總會帶來感動和喜悅。

其實圖畫導向機制已臻成熟。至少有三代讀者都（在真正開始閱讀之前）讀過理察·斯凱瑞（Richard Scarry）筆下飽滿有趣的故事。二至三歲的孩童已經準備好辨識、追蹤細節和視覺暗示，也就是說，他們已經準備好一旦遇到可見的線索，便開始進行尚顯生疏的「間接範式」（卡洛·金茲伯格[3]，2000），在充滿細節的圖像中找尋特定元素，發現用圖像呈現的故事裡那個世界如此繁複多樣而感到開心，以觀看水族箱的同樣好奇心觀看書頁，被嚴謹但是又以自由聯想、荒謬矛盾取勝的圖像故事吸引。看到豐富有趣的圖像故事時，孩童會開口尋求見證和肯定，他們能立刻感受到圖畫書對他們發出「一起看」的邀請，能敏銳察覺跟他們一起看的人是否投入。在書店裡，幫助我們讓其他大人認識

3　【譯註】卡洛·金茲伯格（Carlo Ginzburg, 1939-），義大利歷史學家、散文作家。是娜塔莉亞·金茲伯格的長子。

圖 17：《夏天》內頁，蘇珊娜·伯納·羅陶

這些圖書的往往是孩童。

在千禧年之初，無字繪本還是少見的異類，但我們很快就習慣於看到愈來愈多這類圖書。Babalibri 出版社率先於 2001 年出版荷蘭插畫家婕爾達·繆勒（Gerda Muller）的繪本，跟著她的足跡一探究竟。第一本《猜猜看發生什麼事：不見人影的足跡》（*Indovina che cosa succede. Una passeggiata invisibile*）【圖18】，從書名就可知玩什麼遊戲，數年後又出版了第二本《猜猜看誰找到了小熊》（*Indovina chi ha ritrovato Orsetto*）。

2001 年，Babalibri 出版社開始出版法國當代最偉大藝術家克羅德·朋蒂（Claude Ponti）的繪本。但我們發現，這位作家的繪本作品中，義大利竟然錯過了一本無聲書《阿黛兒的圖畫書》（*L'album d'Adèle*），只能參考 1988 年出版的法文版。在伽里瑪出版社（Editions Gallimard）網站上，對這本大開本繪本

圖 18：《猜猜看發生什麼事：不見人影的足跡》內頁，婕爾達‧繆勒

有簡短介紹如下：當小女孩阿黛兒打開這本書，書就變成了一個帳篷，她在那裡會遇到剛孵化的小雞和其他人物。其實任何小朋友面對一本專門為他構思的圖畫書時，不需要任何指引，他自然會心無旁騖投入，或把書當成避難所，或沉浸其中。法國有多位權威人士為《阿黛兒的圖畫書》寫書評，在國家推廣閱讀計畫中，這本書更被政府指定為適於兩歲以上的兒童讀物。

2003 年，義大利出版匈牙利插畫家伊斯特凡‧曼艾（Istvan Banyai，或譯為「易斯凡」）的無聲書《小鏡頭外的大世界》（*Zoom*，1995 年在美國出版）；一年多以後，出版了《另一邊》（*The Other Side*）【圖 19】。這位文雅的插畫家自 80 年代起活躍於美國出版界，獲邀為《紐約客》繪製封面。曼艾定居康乃狄克州山林間之前，曾住過布達佩斯、巴黎、洛杉磯和紐約，他的超現實敘事加上讀者期待和假動作，產生的效果不禁讓人聯想到蓋伊‧比洛特筆下某些令人惶惶不安的畫面，以及那本莫測高深的經典作品《24 號公車》（*Bus 24*，1974 年在法國由哈林‧奎斯特出版社出版）。

《小鏡頭外的大世界》很有電影感，從一個小細節出發，不斷把鏡頭拉開，

圖19：《另一邊》（台灣版曾由格林文化出版），易斯凡，張震洲攝

呈現細節形式及其所屬的畫面全貌，每一頁重新賦予細節新的意義和背景。《另一邊》則是在每一頁的正、反面排列並置一組圖，就像是電影的正拍和反拍鏡頭。每一個圖像以出人意表的自由聯想延續到下一個圖像，例如從摺紙飛機開始，跟著它飛翔、觀看、穿越一個個富有想像力的場景和虛擬舞台。

《另一邊》是一種概念遊戲，用敘事探索悖論和虛構的力量，試圖在每一頁用藝術手法展現再現時難以捉摸的維度、具有歧義的視角、不對稱、不確定性和失序，來制衡秩序、完成品和親身經驗，卻始終無法完成這個不可能的任務。的確在《另一邊》中，並沒有與「這一邊」正好完全相反的景象，因為從頭到尾都沒有所謂完美、完整的固定視角，那是不可能做到的，因為每個視角

都是某個透視的結果。只要換一個角度，就有可能讓我們對原本認知的形式產生懷疑。這個遊戲製造疏離感，透過圖像營造出很多現代藝術家，如比利時畫家馬格利特（Magritte）和美國動畫家溫瑟‧麥凱（Winsor McCay，漫畫及動畫《小尼莫》〔Little Nemo〕作者）偏好的夢境和荒謬情境。曼艾作品教人感到驚嘆又驚豔，藉由解讀後設文本意圖和自省，開拓無聲書讀者的視野，而這一點正是無聲書最為人所熟知的動能之一。

2004 年，幾本經典義大利繪本重新面世，其中伊艾拉‧馬俐的《蘋果和蝴蝶》（La mela e la farfalla）[圖20]、《雞和蛋》（L'uovo e la gallina）和《紅氣球》（Il palloncino rosso）立即再刷。2007 年，《樹木之歌》（L'albero）也重新出版。2010 年起，她的其他繪本作品也陸續再版，例如《他吃我我吃你》（Mangia che ti mangio，台灣版譯為《這是誰的尾巴？》），讓讀者重新擁有購買這些繪本的機會，畢竟圖書館裡的藏書無論封面或內頁都已經磨損，可見多年來讀者對它的喜愛不曾稍減。

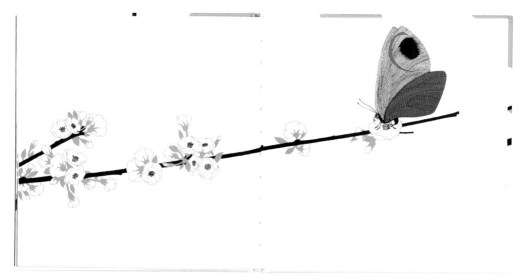

圖 20：《蘋果和蝴蝶》（台灣版曾由青林國際出版）內頁，伊艾拉‧馬俐

2005 年，小強尼・斯托帕尼文化協會策劃了一個展覽，向羅瑟莉娜・阿爾沁托致敬，是當代重新發掘 Emme 出版社對童書出版史貢獻卓著的重要時刻。多人協力整理 Emme 出版社的文獻檔案後，出版了專書《獻給出版人羅瑟莉娜・阿爾沁托的 Emme 出版社》（*Alla lettera emme. Rosellina Archinto editrice*，小強尼・斯托帕尼文化協會，2005）。這個展覽及專書可作為日後進一步研究的基礎。

2007 年，美國繪本作家芭芭拉・雷曼（Barbara Lehman）數年前已經在美國問世的《紅色的書》（*The Red Book*）於義大利出版。曼艾和雷曼的繪本見證了美國自 1990 年代起，因為受到威斯納作品的刺激，對無聲書這種敘事型態展現了高度興趣。這兩位作家的繪本在義大利是由河狸出版社（Il Castoro）出版。河狸出版社原先專攻電影類書籍，自 1999 年開始出版童書，且延續原始出版動機，特別關注繪本獨樹一格的視覺表現。

《紅色的書》帶領讀者沉浸在圖像間的往復循環，書中以清晰明瞭的藝術手法循序漸進描述兩個小讀者之間的默契和心有靈犀，最後小女孩抓著一大把氣球升空，環遊世界，說明透過文學的想像可以認識世界，與他人交流。當那個小女孩走在處處積雪的大都會裡，在馬路上找到一本小紅書，透過翻開的書頁跟遠在世界另一頭的小男孩溝通時，書既是窗戶，是鏡子，也是網路視訊鏡頭（特魯斯，2007）。

顯示義大利無聲書出版已臻成熟的重要轉折，是位於米蘭的頂尖畫家出版社（Topipittori）與國際合作，展開新的圖像論述，其中瑪雅・切麗雅（Maja Celija）的《出門度假》（*Chiuso per ferie*）【圖 21】初版是在義大利發行，時間是 2006 年。朱莉亞・米蘭朵拉（2012）寫道，這本繪本帶來了新氣象，或至少可以說它開啟了義大利繪本的新類型。時至今日，這個類型的繪本依然欣欣向榮。瑪雅・切麗雅的《出門度假》有意從看得見的事物、人物的過往、照片和物品的祕密生活等角度切入，敘事元素可分為極大和極小、現在和過去、看得

圖 21：《出門度假》內頁，瑪雅‧切麗雅

見的和看不見的。

　　《出門度假》要表達的是對孩童而言至關緊要的議題：小東西也有權利擁有祕密生活，看不見的或看似不重要的東西也有其意義，想像力內含多少正義與美；同樣重要的是，孩童能看見別人未必一眼就能看見的東西。在這個敘事遊戲裡，當家中主人出門度假後，照片裡的人像就活了起來；當原本涇渭分明的東西不按牌理出牌、混為一談，就有可能重建世界，向達達主義藝術家看齊，重新詮釋物品和生活空間的使用功能，例如用烤箱把自己曬黑，把湯匙當成船槳，把線團當作床，還有，探索各種事物不為人知的生活面。

　　頂尖畫家出版社為提供更多閱讀練習機會，進一步提升繪本文化價值而發行的《書目大全》（Catalogoni）年鑑第一期中，朱莉亞‧米蘭朵拉（2007）便撰文〈無聲史詩〉（Un'epopea silenziosa）評論《出門度假》。文中引用了編輯為該書撰寫的一段文字：

　　　　　　　　　　　　　　　　　　　　無字奇境：安靜之書與兒童文學

作者對小讀者深具信心，她認為不需要把這個故事翻譯成文字，只需要託付給想像力就好。萬一小讀者的爸爸媽媽理解遇到困難，她建議乾脆讓小朋友把自己的故事說出來，一頁一頁慢慢說，那些發生在他們身上的故事。　（http://www.radicelabirinto.it/un-libro-silenzioso-2/）

隔年，在頂尖畫家出版社提議下，Babalibri 和 Beisler 兩家童書出版社加入了《書目大全》第二期編輯工作，多人撰文討論經典和現代的有字或無字繪本，同時紀錄了繪本的發展歷程，包括在那條道路上新留下的足跡、新創圖像語彙的可能、書的複雜性、編輯工作的自覺性、以兒童為主的文化論述展現的全新生命力，以及圖像和想像力，等於大家攜手建構了一本具批判精神的辭典。

第二期《書目大全》（米蘭朵拉、特魯斯主編，2008）的編輯前言，談及義大利對繪本的批判論述慢半拍，舉出國際間表現突出的幾個例子，包括義大利童書繪本作家安娜・卡司塔紐利（Anna Castagnoli）的部落格「書中插畫」（Le figure dei libri）和法國雜誌《出框》（*Hors cadre[S]*），另外，還翻譯了法國知名繪本評論家蘇菲・范・德・林登（Sophie Van der Linden）於 2007 年發表在《出框》無字繪本特刊上的一篇短文，她特別指出這類圖書的幾個重要問題：

無論何種年齡層都有文盲，自然也有圖盲。在我的教學生涯中也遇到過十多個。無法閱讀無文字繪本的他們有可能是學校老師，或是圖書館員。閱讀的首要意義是解密和示意。並不需要為此感到難為情，別忘了無文字繪本有自己的編碼矩陣（……）。無文字繪本跟散文一樣，不接受隨機、冒進的多重意涵。無文字繪本並不能隨興虛構故事，或賦予無盡詮釋。意涵只有一個，最多兩個或三個（……），不能天馬行空想像出一百個。

《書目大全》繼續出版，連學術圈也開始關注繪本，提出質問。2011 年那一期是由波隆那大學教授艾米・貝瑟齊（Emy Beseghi）等人主編（貝瑟齊、Grilli, 2011），他們稱兒童文學為看不見的文學。這波無文字繪本風潮是在 2000 年初靜悄悄成形，最初只有讓大家覺得非常奇怪的突發零星案例，之後慢慢串成一個網並向外擴散，今天則變成我們可以駐足停留的實體書區，或反覆思索的議題。批判性論述捍衛了童書、圖畫書、書中插畫的文化性，並持續探索無聲書的藝術性、敘事豐富性及詩意語彙。我做這個研究的想法，跟當年引導我穿梭在那間城堡書店的想法一樣，希望能像所有文學愛好者，拿起並翻開我覺得最出人意表、叫人魂不守舍、不容錯過的那些書，推薦給其他讀者，讓他們知道我的內心悸動。

　　義大利和國外新一代的無聲書，無論是開本、故事和符號運用都千變萬化，但也都保留了跟自身成長史有關的記憶。有人採用伊艾拉・馬俐的方形開本；有人用密集的風景畫延續德國的「擁擠」傳統；有人深諳用堆疊、並列、主題變奏的浮誇圖像玩按圖索驥或尋寶遊戲的手法；有人在書頁上做穿孔、重疊和開刀模；有人讓書中角色掉進書頁夾縫裡；有人加入新的美學教育體驗；有人向讀者展示並宣告個人偏好，而不以他們的年齡、語言、能力和文化做區分；有人則展示並宣告圖像敘事作品是人類無形的文化資產，應該從小就有所接觸。今天義大利無聲書也有了屬於自己的落落長書單，擁有主題書區，坊間還有不同閱讀及推廣活動。在蘭佩杜薩島第一間常設兒童圖書館動工的同時，有人開始討論要為無聲書設計一個代表圖騰，作為圖書館學編目專用。

「讓孩童與讀者們重新獲得自由發言權」

鑑古觀今

　　圖像的歷史悠久，繪本可以說是圖像史的無限延伸變形。使用圖像作為裝飾的有史前洞窟壁面、法老王陵墓、希臘神話英雄人物阿基里斯的盾牌、器皿、三角楣飾、古希臘神廟的簷壁飾帶、羅馬列柱、早期基督教墓穴、拜占庭馬賽克、加洛琳王朝教堂的木質或青銅大門、《聖詠經》的象牙封面、掛毯、中世紀泥金裝飾畫手抄本，以及所有不需要文字就能運作的東西。同樣符合這個條件的還有銀版——法國舞台布景畫家路易·達蓋爾（Louis-Jacques-Mandé Daguerre）於 1839 年在他的工作室發明了銀版，宣告攝影和底片的誕生。今天又多了一個符合條件的《出門度假》。

　　《書目大全》年鑑第一期收錄了朱莉亞·米蘭朵拉（2007）這篇精彩文章，此文精彩之處，不僅在於一眼就能看盡歷史長廊裡所有敘事圖像的魅力所在，其中尚且年輕的無聲書亦頗具代表性，絲毫不遜色，也在於作者採用極為細膩的分析方法，並在文章鋪陳過程中一一體現，而我們可以從她對注視、攝影和藝術的批判性省思找到有助於研究兒童繪本的專有名詞、指引和「觀看方法」。換言之，每一本無聲書都被寫入了圖像史之中，也常常被寫入（我們之後會看到）它並不諱言自身所屬的這個歷史的元文本敘事中。

　　隨著古騰堡於 1455 年發明活字印刷術，書本再製變得容易許多，遂漸漸走向現代形式，開始循著新路徑四處旅行。第一本圖文書《寶石》（*Der*

Edelstein）是一本木刻版畫集，1461 年於今德國班堡（Bamberg）印製（Tuzzi, 2006）。在那之後，圖像開始慢慢以書的形式頻繁進入家庭，同一時間出現在許多相隔遙遠的讀者面前。大約要再等兩個世紀左右，才會出現經過深思熟慮、特地為孩童設計、旨在向他們描述「如何感知世界」的一本圖畫書，也就是大師康米紐斯的作品《世界圖繪：所有基本事物及日常活動的圖像與名稱》，1658 年於紐倫堡首印。

《世界圖繪》首開先例，專為孩童設計，運用圖像對孩童的吸引力，滿足孩童渴望透過感官體驗認識世界的需求，有意且刻意地把這本書當作輔助教材，以類百科全書的現代架構，圖文並茂對孩童陳述並描繪自然界的真實、感官事物，以及文化與象徵元素。從《世界圖繪》橫跨到當代繪本的這段漫長歲月裡，展開了一個既豐富又複雜的故事，探討的議題包括文學和圖像在教育中的功能，如果無法虛構、詮釋並想像世界就不可能闡述世界，以及對讀者扮演積極角色的全新認知，因為讀者會從自身的能力、喜好、原先具備的知識，以及接觸書的當下氛圍出發，為符號賦予意義。

若想在古代圖像史和今日的圖書之間找出交集，或許高聳冷硬的圖拉真柱[4]可以作為代表案例。卡爾維諾（2015a）在一篇散文中寫道，圖拉真柱「無疑是古羅馬留給我們最教人嘆為觀止，卻也最陌生的古蹟，儘管它一直在我們眼前。」而且「是至今所有圖像敘事作品中最壯闊完美的呈現」。

圖拉真柱以環繞柱身、長二百公尺的淺浮雕記述歷史，用圖像敘述羅馬皇帝圖拉真兩度發動達契亞[5]戰爭（分別是西元 101、102 年間，以及 105 年），

4　【譯註】圖拉真（Trajan, 53-117）是羅馬帝國五賢帝之一，在位期間的羅馬帝國疆界版圖為羅馬史上最大。他以圖拉真柱（Colonna Traiana）紀錄自己的功績。卡爾維諾的相關討論文章，收錄於文集《收藏沙子的人》（時報版）中。

5　【譯註】達契亞（Dacia），古羅馬時期歐洲中部喀爾巴阡山（Carpathian）與多瑙河之間的王國，兩度遭圖拉真攻打，戰敗後成為帝國行省。

接續的畫面、場景、人物精雕細琢，細節與構圖皆栩栩如生：

> 誠如偉大史詩中所描述，每一場戰役都跟另一場不同。圖拉真柱的雕刻師將每一場戰役定格在決定命運興衰的那個瞬間，依照視覺結構鋪陳順序，清晰鮮明。

卡爾維諾口中「淺浮雕背後的導演」跟當代的無聲書作者一樣掌控著敘事和構圖，「善於操控畫面情緒」，懂得安插垂直圖案，就像是幫一組鏡頭切換畫面（若在一本書裡就是翻頁），也懂得安排圖像的水平延伸（其實應該說是圖像的斜向延伸），掌握節奏，引導視線，催促讀者－觀者往下看。

有一些無聲書採用經摺裝幀就是類似的長形結構，一般口語稱這種裝幀手法為風琴裝幀。安娜・卡司塔紐利（2016）在一本談插畫家的專書裡，以清楚圖示說明了延續性序列敘事和蒙太奇敘事的原理。其他的延續性視覺敘事作品，還有東方文化如日本和中國的傳統卷軸式山水畫或敘事畫，也很古老，但遠比圖拉真柱年輕。日本繪本作家安野光雅（Mitsumasa Anno）的「旅之繪本」無聲書系列就有紀錄這類視覺敘事作品及壁畫作品。除此之外，不能不提兩本經典的延續性繪本，分別是大衛・威斯納的《夢幻大飛行》和伊艾拉・馬俐的《他吃我我吃你》，風琴裝幀繪本佳作則有阿貝婷（Albertine Zullo）與傑曼諾・祖羅（Germano Zullo）合著的《威尼斯謠言》（*La rumeur de Venise*）。

為了嘉惠不識字的觀眾，用繪畫或其他不同媒材呈現具有代表性的新聞、歷史與事件時，往往會採用「系列」或「序列」敘事模式。出自文藝復興初期喬托（Giotto）和保羅・烏切羅（Paolo Uccello）兩位大師之手的偉大敘事繪畫作品，讓畫與畫之間的關係就像書頁或漫畫，以自成一格的敘事序列講述精心安排的場景。

18 世紀的英國版畫家、畫家及走在時代前端的政治諷刺插畫家威廉・賀

加斯（William Hogarth）以他同時代的社會現實為主題完成了多組系列敘事版畫，例如八張一組的《浪子生涯》（*A Rake's Progress*, 1732-33）及六張一組的《時髦婚姻》（*Marriage A-la-Mode*, 1743-1745）。賀加斯對當時及後世兒童繪本文化的影響，除了獨具特色的繪畫風格外，還有他桀驁不馴的態度、敏銳的洞察力、處理圖像鮮明的幽默感和高超技巧，以及他信手拈來的戲謔嘲弄。賀加斯宣稱他的參考依據是喜劇和默劇。當代也不乏以默劇和啞劇為本的無聲書作者，例如英國插畫家昆汀‧布萊克（Quentin Blake）就說他的《小丑找新家》（*Clown*）創作靈感來源跟兩百五十年前的賀加斯一樣，並且說自己刻意刪去文字，以圖像代之，「以便用默劇說故事」（桑德拉‧貝克特〔Sandra Beckett〕，2012）。

1988 年，一個以歷史事件為主題的全新序列敘事視覺作品在英國展出，這個大尺寸長幅全景圖，設置在特地打造的圓柱體空間裡，空間正中央是在參觀者面前緩緩展開的巨型卷軸。堪稱全世界最長的這幅全景圖，由英國藝術家約翰‧詹姆斯‧斯托里（John James Story）於 19 世紀繪製完成，他是加里波底迷，以 83 公尺長、1.5 公尺高的《加里波底全景圖》（*The Garibaldi Panorama*）敘述這位英雄人物直到 1860 年為止的功勳偉業[6]。今天這幅全景圖已由美國普羅維登斯市布朗大學收藏，在馬西莫‧利瓦教授（Massimo Riva）籌畫下完成數位化工程，可供觀賞（2010）。

從圖拉真柱到繪本，圖像敘事史的演化不僅推動了圖書的發展，跟向孩童陳述並解釋世界是怎麼回事的教育需求緊密結合，同時也跟攝影史展開了重要對話。捕捉移動中物體的畫面是知名英國藝術家兼發明家邁布里奇（Eadweard Muybridge）的一大挑戰，根據不同傳記描述，他個性古怪但絕頂聰明，愛好旅

6　【譯註】這幅兩面全景圖，是斯托里（1785-1851）於英格蘭諾丁漢以水彩繪作，描繪了義大利政治家加里波底（1807–1882）輝煌一生中許多戰鬥和戲劇性事件，包含了四十二個場景。

行和發明，多次替自己改名，勇於面對各種挑戰和狀況。邁布里奇在 19 世紀身兼書商、編輯和自然風景攝影師，攝影主題包括加州優勝美地國家公園和中央太平洋鐵路。之後他策畫並完成了以計時攝影方式紀錄馬匹奔跑姿態的著名實驗，被視為動態攝影先驅。

　　邁布里奇在 1870、80 年代用序列攝影讓馬、人和其他動物快速移動的過程被人看見，徹底改變了我們從解剖學角度對動物運動的認知，展現的科學真相包括馬奔跑時馬蹄的位置、鳥飛翔時翅膀如何拍動，以及人在跳舞或走路時四肢如何擺動，這些畫面讓藝術家和科學家既感到詫異又讚嘆不已，對後來藝術界和科學界的觀察和創作，包括插畫在內，都造成決定性影響。

　　時間回到 1872 年，曾任加州州長的企業家利蘭・史丹佛（Leland Stanford）出資委託邁布里奇揭開始終未有定論的馬匹「無支撐通過」爭議，希望透過攝影釐清究竟馬奔跑時是否四隻腳都離地騰空，即便只有短暫瞬間。那幾年間，科學家很熱衷於透過分解攝影「捕捉」到的多個瞬間，再現運動過程，例如法國天文學家皮埃爾・讓森（Jules Janssen）於 1873 年發明了「攝影左輪手槍」以紀錄金星經過太陽前面的過程；或是法國生理學家艾蒂安－朱爾・馬雷（Étienne-Jules Marey）在 19 世紀 80 年代為了捕捉鳥類飛翔過程中的瞬間畫面，發明了計時攝影機，也稱「攝影槍」。有趣的是，結合了藝術、科學和狩獵特質的計時攝影使用 shoot 這個動詞，英文的意思是「拍攝、在底片上壓印、錄影或攝影」，同時也是「開槍射擊」。

　　邁布里奇之所以未能立刻完成馬奔跑動態拍攝這個委託案的原因之一，是他開槍射殺了妻子的情人，這個戲劇性事件讓他因謀殺罪遭到判刑，坐牢兩年，直到 1875 年。那一年，雖然法院開庭期間爭議不斷，媒體大肆報導，但他因為眾所周知的專業能力獲得輿論支持，最終得到釋放。為了解開馬匹移動的所有謎題，邁布里奇沿著跑道架設了二十四台照相機，上面綁了二十四條細線，在

THE HORSE IN MOTION.

Illustrated by
M U Y B R I D G E.   AUTOMATIC ELECTRO-PHOTOGRAPH.

"SALLIE GARDNER," owned by LELAND STANFORD; running at a 1.40 gait over the Palo Alto track, 19th June, 1878.

圖 22：《運動中的馬》，邁布里奇

馬匹經過的時候觸動細線啟動快門，拍下二十四張照片。這些照片足以證明，
因速度過快肉眼無法看清的奔跑過程中，馬匹確實是「騰空」的，但是在四隻
腳向內縮的時候發生，而不是像某些畫家所以為的，在四隻腳向外伸展時騰空
離地，像羅浮宮收藏的法國畫家西奧多‧傑利柯（Théodore Géricault）作品《賽
馬》（*Le Derby d'Epsom*）那樣。

　　1878 年拍下的這組序列照片名為《運動中的馬》（*The Horse in Motion*）【圖
22】。邁布里奇還設計了一個環狀跑馬燈，可以說是電影放映機的原型，放上定
格相片，旋轉後看起來就像是運動持續進行中。邁布里奇做動物和人的運動研
究，以及讓森和馬雷的實驗，都屬於集體視覺想像，宛如浮水印一般，在每一

次用序列圖像在紙上表現動態過程的時候浮現。

　　1895年，與邁布里奇相隔近二十年後，一個劃時代的革命徹底改變了我們觀看和感知世界的方式。法國里昂的奧古斯特·盧米埃（Auguste Lumière）和路易斯·盧米埃（Louis Lumière）兄弟發明了電影，讓世界展現了全新的動態樣貌（參見波隆那電影圖書館，2016）。一直以來兒童插畫家就格外重視圖像人物的動感表現。備受英國插畫家碧雅翠絲·波特（Beatrix Potter）及美國插畫家莫里斯·桑達克推崇的藍道夫·凱迪克（Randolph Caldecott），在兒童繪本插畫中便展現了絕佳的動感，每年由美國圖書館協會頒發的重量級兒童繪本凱迪克獎便是為了紀念他而命名。倫納德·S·馬庫斯（2013a）就曾懷疑凱迪克說不定看過邁布里奇於1873年在維也納萬國博覽會上展出的幾幅作品。

　　美國知名插畫家諾曼·洛克威爾（Norman Rockwell）於1952年完成的一幅序列圖像作品，從美學類比角度探討現實、攝影、繪畫和插畫之間的關係，他讓一個小女孩擺出不同姿勢拍攝下來後，將所有照片複製描繪到單一畫面中，完成的油畫構圖既具備計時攝影的特質，也很像漫畫。這幅畫名為《小女孩的一日生活》（*A Day in the Life of a Little Girl*），同年被《週六晚郵報》（*The Saturday Evening Post*）雙月刊採用作為封面。這幅安靜無聲的序列圖像作品呈現了一個美國女孩一日生活中的不同時刻，跟三個月前同樣被《週六晚郵報》採用作為封面的《小男孩的一日生活》（*A Day in the Life of a Little Boy*）完美呼應。

　　這個作品之所以受到肯定，一方面是因為洛克威爾處理人像的技法高超，同時也是因為他選擇呈現的兒童日常生活片段最能夠代表美國，立刻贏得了許多讀者的認同。描述小女孩日常生活點滴作為創作體裁的這個選擇，說明現代教育氛圍視童年為個人尊嚴的載體，而個人尊嚴可以用文學和藝術語彙呈現。

　　在洛克威爾的作品和創作觀中，童年世界至為重要，美國民權運動代表畫

作《我們共同面對的難題》（*The Problem We All Live With*）正出自他之手。畫中主角是露比・布麗基，她於 1960 年在警察護衛下，成為最早走進白人小學讀書的黑人小孩[7]之一。

被繪入童書或用其他媒材表現的歷史不勝枚舉。跟許多不同敘事體展開靜默對話的無聲書選擇用圖像說歷史，只是大家對於「書」這個媒材居然沒有文字始料未及。雖然與原本的期待不符，但是無聲書很快就用美學發揮吸引力，邀請讀者重新檢視自身的期待，暫停期待，去觀看，去回想，去連結，去感覺，把文字暫時放在一邊，改用眼睛去聆聽故事。

《沉默之書》：緘默、祕密、不發一語的書

我們如果從「無聲書」和「無字書」這兩個詞的字面意思和它們隱而不宣的暗示出發，試著重建系譜，會發現不少特別的議題。接下來就是針對這些需要用眼睛觀看、詩意盎然且氣韻獨特的沉默圖書之間，可能存在的系譜關係進行分析。

「沉默」之書的始祖是集世界煉金知識之大成、只有圖沒有文字的《沉默之書》（*Mutus Liber*）【圖 23】。這本書於 1677 年出版，時間比康米紐斯的《世界圖繪》略晚，由皮耶・薩沃萊特（Pierre Savourette）於法國西部拉羅謝爾（La Rochelle）印行出版。扉頁上這本書的作者署名是一位神祕的不知名人士阿圖思（Altus，拉丁文的意思是「深奧、神祕」），用十五張版畫呈現煉金基本操作，

7　【譯註】1954 年，美國最高法院就「布朗訴托彼卡教育局案」（Brown v. Board of Education of Topeka）中因種族隔離法導致「黑人和白人學童不得進入同一所學校就讀」做出判決，認為該法剝奪黑人學童的入學權，因而違憲，但未明確訂定相關措施的改善期限，在南方各州陸續解除入學限制時遭遇了不同程度的反彈和抗議，必須動用武力護送黑人學童入學。其中，露比・布麗基（Ruby Bridges）於 1960 年 11 月 14 日在聯邦法警護衛下，走進路易斯安那州紐奧爾良的威廉法蘭茲小學。

圖 23：《沉默之書》

但並未按照步驟順序排列。畫中以令人費解的人像代表煉金術,而之所以訴諸圖像語言是因為禁止用言語表達這個偉大智慧的祕密。只有書名和出現在第一張、倒數第二張和最後一張版畫上的簡短注解,違反了這個規定。

《沉默之書》預設讀者都擁有相同的煉金知識,若不懂煉金,也不明白所有那些奧祕難解的圖像彼此互相呼應的同時,又各有其所屬的神祕意涵,就算有文字也毫無意義。這些圖像對應的是讀者內心淵博的煉金知識,喚醒他們原

有的智慧，支持同樣具有文化和符號理解能力的讀者之間培養默契、結為盟友，讓他們跨越國籍和語言障礙，成為同一個文化資產裡的完美同儕。這個視覺文本是用一種祕密代碼的邏輯所建構、認可並提出質問的一個共同標的作為運作依歸。這本無聲書的對象，非但不是不識字的讀者，而且正好相反，讀者必須能夠從圖像看出他們已經在煉金實務過程中學會的那套繁複用語無法訴諸於話語的意涵，而且知之甚詳。

獨一無二的《沉默之書》最後一張版畫上有一句訓世格言"Oculatus Abisæ"（用尚無定論的作者姓名 Jacobus Sulat 字母重新排列），意思應該是「有視野者走天下」或「有遠見者遊四方」，這本書果然堪當無聲書始祖而無愧（Canseliet, 1995）。以轉換之藝為主題的《沉默之書》最後允諾要帶給讀者新視野。

「無字書」（wordless book）這個英文詞彙，則源自於享有後世給予「傳教士王子」美名的英國浸信會傳教士查爾斯・司布真（Charles H. Spurgeon）於 1866 年 1 月 11 日，在倫敦都城會幕（Metropolitan Tabernacle）第一次用一本「沒有半個字」的小書向信徒講道，那就是《無字書》，是基督教的一本傳統福音書。【圖 24】這本書注定受到青睞，在全世界廣為流傳，時至今日仍然被一代又一代的孩童和不同年齡的信徒翻閱、吟唱、引述。這本書的書頁是彩色的，最初只有三種顏色，黑色、紅色和白色。「閱讀」方式是在自身信仰帶動下，陳述已知，說出記憶中的《聖經》內容。《無字書》不但沒有文字，也沒有圖像，只有彩色頁，像某種視覺備忘錄，用顏色排序提示接下來要說的祈禱文順序。

這本宗教無字書逐漸變得愈來愈厚，加入了象徵其他與上帝有關的面向，1939 年起由萬國兒童布道團（Child Evangelism Fellowship）負責印製。由《無字書》持續衍生出各種不同的講道模式和其他出版品，包括專門指導如何閱讀該書的手冊，如何在閱讀過程中與孩童互動，以及如何用這本仰賴視覺進行教

圖24：《今日男士 n.16》，查爾斯・司布真

義問答的書吟唱福音詩歌。唯一不變的是顏色與相對應的概念：黃色代表上帝、光明和喜悅；黑色代表罪惡；紅色代表耶穌的血；白色代表潔淨—耶穌的赦免；綠色代表你若信耶穌將會得永生。【圖25】

《無字書》是《玫瑰經》和布魯諾・莫那利《無字天書》（*Libro illeggibile*）完美的綜合體，自19世紀80年代起就是孤兒院內最常見的教材，

圖 25：《無字書》，查爾斯·司布真

特別是用來進行跨文化宣教，對象並不限孩童。這本書透過不同顏色代表的象徵意義、讀者耳熟能詳的文本，以及唱歌和祈禱的時間順序，形塑出一個跨越國界的共同交集，是具有強大能量的宣傳工具。【圖 26、27】

　　記憶和無字書之間的關係，是讓這本宗教性質的《無字書》得以發揮功能的重要關鍵。這一點，在安徒生於 1851 年發表的一個童話故事裡也同樣重要，這個童話的丹麥文標題是 Den stumme Bog，也就是「無聲書」，英文版收錄在 1899 年由英國 Ward, Lock & Co. 出版的《無聲書和其他故事》（*The Silent Book and Other Stories*）童話集中。這則童話說的是一本記憶之書的故事，是一個憂鬱青年用視覺和植物寫成的日記。那是一本植物標本集，裡面有插在小餐館花瓶裡的忍冬花、一根光禿禿會割手的草、一朵鈴蘭花，和見證了一段被遺忘的

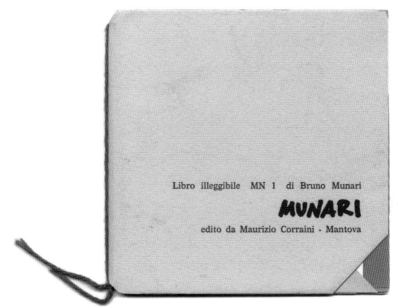

Libro illeggibile MN 1 di Bruno Munari

MUNARI

edito da Maurizio Corraini - Mantova

圖 26：《無字天書》，莫那利

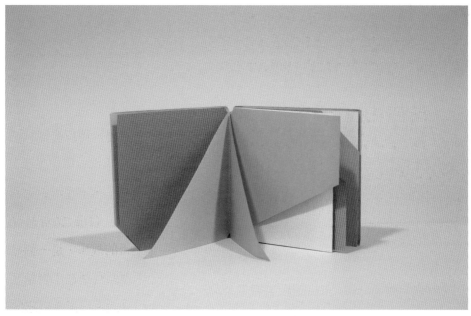

圖 27：《無字天書》內頁

友誼的一片落葉，它們喚醒並保存了所有記憶，還將在短短幾行字的書寫時間裡便消逝的脆弱生命集中在一起。這本無聲書對偉大的丹麥童話作家安徒生而言，是一本收錄了自述、圖解和花草植物的相簿，隨著作者一起進了墳墓，既然作者不再，也就不再發言。

平面設計師李卡多・法奇內里的《視覺設計隨評》（*La critica portatile al visual design*, 2014）在義大利獲得巨大回響，同時掀起對設計和文化議題的熱烈討論，他在書中談及莫那利的「無字天書」系列。法奇內利認為視覺設計是承載兒童文學繪本文字論述（不過「無字天書」系列既沒有圖案，當然也沒有文字）的容器，他說那是「我們用眼睛感知、且與其他感官聯覺的關於想像的一切」。莫那利的第一本《無字天書》於 1949 年出版，就是這種錯綜複雜關係與感知的成果，那個系列作品不僅是藝術品，也是視覺設計作品，是可用工業模式複製的計畫，目標讀者不分年齡大小。《無字天書》每一頁的色彩、重量、質感、刀模形狀和材質都不同，著重於「物本身的敘事潛能」。

閱讀莫那利的無字書是怎麼一回事，法奇內里有如下描述：

> 翻頁就像是一個期程，一個時間進行式。作為空間單位的每一頁都跟另一頁之間存在著時間維度關係，所以書頁是某種節奏元素。沒有固定的行進路線，書會隨著讀者不同而有所不同，證明散裝書頁的前衛作法實屬多餘。也因此得到一個顯而易見的悖論：翻頁是敘事經驗，而非文學經驗。

延續同一條路線，莫那利於 1980 年策畫出版了一套《書前書》（*I prelibri*），每一本材質各異，長寬皆為十公分，沒有文字，僅在一模一樣的封面和封底有標題「書」（Libro）字樣，是為幼齡孩童設計的圖書。這一套共有十二本小書，展示了不同的設計和感知可能性，皆與敘事無關，而是與激發「關

乎想像」的聯覺感知如觸覺、視覺有關。《書前書》邀請大家認識書，認識書的多元感知形式，類似於某種具有明確美學和文藝創作目的的非宗教儀式，教大家懂得書，懂得體會書的形式及圖像語言的樂趣。材質、刀模、形式、色彩因書而異，每一本書都是獨一無二的體驗，每一本書各自透過體驗和記憶在感官記憶中定錨停泊。套用艾可的「典型讀者」公式，《書前書》預設讀者接觸書的初體驗首先來自於身體和聯覺，而接觸到書的那份驚喜就是應該「心領神會」或「牢記在心」的真正文本。

這個世界永遠分為兩派，其一是相信「觀看先於語言」者，例如約翰‧伯格（John Berger, 2009），其二是引經據典、相信「太初已有聖言」者，例如卡爾維諾（1982）。或許兩方之所以立場互異，只是因為各自的傾向和感知力不同？無論如何，都可以用圖像敘述、閱讀、祈禱，甚至辯論。身兼藝評家和作家的約翰‧伯格就出版了幾本純圖像書。他在其中一本的作者註中寫道：

> 純視覺屬性的論述文章想要提出的問題數量，不亞於以文字鋪陳的論述文章。有時候這些視覺系文章中的圖像沒有附帶任何資訊，那是因為我們認為，圖說有可能模糊論證焦點。

選擇在一本書或一則故事的標題之後、在一頁書或一段文字之後留下空白，或選擇在曲名之後於樂譜上寫下漫長的休止，是一種敘事形式，甚或是一種論證形式。

文學作品中最常被提及的「空白」，肯定是福樓拜的《情感教育》。法國文學評論家蒂博代（Albert Thibaudet, 2014）評論這位偉大的小說家如何巧妙呈現時間感時寫道：

我認為《情感教育》最美妙之處不在於句子，而在於空白。福樓拜長篇累牘地描寫、陳述弗雷德里克‧莫羅所做的種種不值一提的小事。接著他看見一名手握長劍的警察，與一名起義人士對峙之後殺死了對方。「弗雷德里克瞠目結舌，認出那人是塞內卡爾」，後面空白，沒有任何過渡，就讓時間單位從十幾分鐘轉眼變成十幾年（……）。

　　「弗雷德里克瞠目結舌，認出那人是塞內卡爾。

　　他踏上旅途。
　　體會過待在汽船上的寂寥，帳篷下醒來的寒冷（……）。
　　然後他返回故鄉，開始參與世俗生活。」

　　可想而知，那段空白是滿的，不是空的。美國當代小說家戴夫‧艾格斯（Dave Eggers）借短篇小說集《我們有多餓》（*How We Are Hungry*）對此擴大實驗，其中一個短篇〈有些事他該有所保留〉以五頁空白作為開場白。美國還有一個頗受歡迎的出版案例是「空白書」，書名《男人所知道的女人的事》（*Everything Men Know About Women*）頗具煽動性，打開來全書空白。

　　韓國當代知名無聲書作家蘇西‧李（Suzy Lee, 2012）寫道：

　　如果書頁留白對豐富文本意義必不可少，那麼沒有文字和圖畫的頁面就不是空白頁面。

　　美國作曲家約翰‧凱吉（John Cage）寫了一首曲子獻給寂靜，曲名〈4'33"〉指的是這個音樂作品的時間長度為 4 分 33 秒，分為三個樂章。這並不是歷史上第一首無聲樂曲，不過是同類概念藝術創作中最廣為人知的作品。〈4'33"〉原意在於創造一個無聲的環境，但不是絕對無聲，因為每一次演奏過程中都會出現各種不同的聲響。凱吉的靈感來自於消音室，他以為待在消音室裡就聽不

見任何聲響，結果卻聽見了自己身體發出的聲音。另一個靈感來源是美國畫家勞森伯格（Robert Rauschenberg）1951 年在舊金山現代藝術博物館展出的「白色繪畫」系列（White Paintings），跟〈4'33"〉的樂譜一樣空白。

這種減法悖論的魅力也吸引了法國幽默作家阿爾馮斯·阿萊（Alphonse Allais），他是備受凱吉推崇的法國鋼琴家兼作曲家艾瑞克·薩提（Erik Satie）的好友，19 世紀末兩人常出沒巴黎的黑貓咖啡館。阿萊於 1883 年完成了一幅版畫，名為《下雪日貧血女童初次領受聖體》（*Première communion de jeunes filles chlorotiques par un temps de neige*），畫框內一片空白。1896 年，阿萊完成另一幅畫作《為一名偉大失聰者譜寫的葬禮進行曲》（*Marche funèbre composée pour les funérailles d'un grand homme sourd*），樂譜上沒有半個音符，這一次阿萊的靈感來源似乎是某本完全沒有文字的書。

美國藝術家兼童書作家雷米·查利普（Remy Charlip）於 1957 年出版的《貌似白雪》（*It Looks like Snow*）是向凱吉的無聲曲致敬之作，二十四頁空白，僅有頁腳一個短句。空白會說話，一如寂靜，一如默片電影中沒有聲音的畫面。說到電影，有聲片問世時曾遭到非議。有人十分不以為然，發言捍衛無聲的價值，稱其為電影語彙的基本元素，包括魯道夫·安海姆（Rudolf Arnheim, 2013a），著有多本研究形式知覺、視覺藝術及電影視覺理論的心理學專書，以及英國知名導演兼作家卓別林。

在電影播映前、音樂會開始前，或在祈禱、靜思冥想、分享看法之前，刻意短暫地保持沉默，至多只保留單音，有助於專注凝神，並突顯接續種種的重要性。靜默片刻這個集體神祕儀式存在的理由，就在於暫停的力量，這個儀式如同電影藝術，也有其明確的誕生日期，或許還可以是自成一格的藝術品或文藝之作，最終變成一種特定的儀典：

那一分鐘靜默象徵時間中斷，在我看來，所代表的並非停頓，而是一種魔力，宣告在第一個生命動靜、第一個吐息或讓地球成形的宇宙大爆炸之前萬物起源的無聲降臨。哈姆雷特說「其餘皆沉默」，生命的騷動有比武、鮮血、愛情和行動，其餘則是開始和結束的神祕靜默。苦行者、登山者、五感俱全入水游泳的普通人、潛水者和離開城市到鄉間散步的人尋找的正是那份靜默，我們在那靜默中尋找的不是死亡，而是奧義，是騷動的暫停。這一切不僅是戲劇，生活之所以美好在於各種聲音，城市喧囂、港口鳴響、工廠鏗鏘、大都會吵雜，生活充滿了聲響和律動。但是如果不能與靜默共存，生活就缺少靈魂。（姆薩皮，2015）

至於這個同時適用於喪禮及喜慶的儀式是誰發明的，義大利作家兼詩人羅貝托・姆薩皮（Roberto Mussapi）撰文重建了一段罕為人知的歷史：

可想而知，發明者是一位詩人，也是一位宗教人士。我不知道他寫過什麼詩，也不知道他對宗教有何高見，但我知道這個人想到用靜默表達哀悼，要求集體緘默不語甚至屏住呼吸，展現了佛斯柯洛[8]風格的獨特詩意、掙脫黑暗得到救贖、回憶及生者生命的延續。也展現了典型的宗教意義：人類對高於或超越死亡的存在抱持懷疑的團體有歸屬感。

默哀的發明者是一名澳洲記者愛德華・喬治・霍尼（Edward George Honey），他於 1919 年 5 月 8 日向《英國新聞報》（*English News*）建議以默哀五分鐘的形式紀念第一次世界大戰停戰一周年。他說：

8　【譯註】佛斯柯洛（Ugo Foscolo, 1778-1827），義大利作家、詩人，是新古典主義、浪漫主義的代表人物。

神聖代禱。與那些為我們贏得和平的光榮死者共融，從共融中得到新的力量、希望和對未來的信心。當然還要有宗教儀式，儀式可以在教堂裡舉行，但是如果你願意，也可以在街頭、家中和劇場裡舉行。凡有生命脈動處，就有生命止息。

姆薩皮接著寫道：

因為後續有人附議，國王喬治五世採納此案後，於 1919 年 11 月 11 日付諸實行。五分鐘似乎太長，一分鐘太短，決議時長兩分鐘。除所有大英國協成員國外，法國和比利時也跟進。我個人揣測，在某些國家默哀時間由兩分鐘縮短為一分鐘，是因為地中海沿岸的某種畢達哥拉斯思維，認為一是絕對完美數字。但是我沒有任何佐證。可以確定的是，一分鐘沉默是人類對戰爭悲劇的回應。具有宗教性質的絕對沉默，帶著虔誠的回憶，祈禱或希望人類時代在和平中重生。

一本書沒有文字，也是一種表態，甚或可以上升到一種儀式，讀者面對純圖像文本表現出來的遲疑，其實有助於「人類時代在和平中重生」，因為此一重生的本質建立在有形與無形之間的全新關係、讀者間的全新關係、有默契和見證的無聲驚奇，和找到以視覺為主要表現的語彙之上。省略文字讓傳統的階級制度的革命契機乍現，讓憂心忡忡的教誨和喋喋不休的說教都被消音，讓孩童和其他自由讀者擁有發言權。從這個角度觀之，無聲書像是一種裝置，邀請使用者以共同原型為基礎，建立起一種感知與文化的共構關係，加入「大博弈」。

「無法解讀的字面之下藏了一個祕密」

無聲的先人

「無字書滿天飛。」
芭芭拉・巴德爾

　　無聲書這種說故事方式今日方興未艾，我們可以藉由幾位大師回顧其起源與發展。大衛・威斯納是無聲書的傑出先鋒作者，1992 年首次獲得凱迪克獎肯定，在頒獎典禮上致詞時，談及只用圖像說故事這個想法如何隨著時間漸漸成熟，說他小時候結束對恐龍的迷戀階段後，開始熱愛畫圖，之後研讀藝術：

　　我擺脫恐龍後，發現了讓我印象極為深刻的其他圖像。我坐在紐澤西的邦德布魯克公立圖書館裡，盯著藝術史專書一看就好幾個小時。我很快就被文藝復興藝術家迷倒，例如杜勒（Albrecht Dürer）、米開朗基羅、達文西等等。《蒙娜麗莎》肖像之美固然叫人屏息，但肖像背後的風景更讓我著迷，那美妙的怪誕景色與其說是義大利，不如說是火星。希耶羅尼米斯・波希（Hieronymus Bosch）也讓我難以自拔；老彼得・布勒哲爾（Pieter Brueghel）筆下的風景更是叫我心醉神迷。我的眼睛在這些畫作之間遊走，從近景開始看，直到天際線，直到那用清晰到不可思議的諸多細節形塑出來的遠方。我對超現實畫家也念念不忘，馬格利特（René Magritte）、德・奇里訶（De Chirico）和達利

（Salvador Dalí）都能精妙準確地畫出他們的夢境。在我看來，每一幅畫都像是某個故事中的一個畫面，或殘存缺漏的底片。我真希望能有一部投影機可以向我展示在我所見畫作中的圖像之前和之後發生了什麼事。（威斯納，1992）

威斯納描述的是自己沉浸、觀察不同時代的藝術作品所完成的一次視覺教育。而他對「視覺敘事」的渴望，對那些畫面發生之前及之後的觀察與好奇，在發現了林德·沃德（Lynd Ward）這位美國木刻版畫藝術家之後獲得了滿足。林德·沃德在 20 世紀無聲書的發展史中，扮演了不可或缺的關鍵角色。威斯納說自己在羅德島設計學院就讀時，接觸到沃德著名無字小說的其中一本：

就讀大學一年級時，我的室友邁克爾·海斯（Michael Hays）跟我談起一本書，這本書後來成為我所有視覺創意的重要催化劑。他在卡內基美隆大學韓特圖書館（Hunt Library, Carnegie-Mellon University）的稀珍書展上看到那本書。那是一本給成年人看的寓意小說，談善與惡、生與死，以及靈性。全書沒有一個字，而是用一百三十幅版畫來說故事。這本書在我腦中揮之不去。一年半後，我去匹茲堡找邁克斯，第二天上午我們是最早出現在圖書館的兩個人。那本書是林德·沃德的《狂人之鼓》（*Mad Man's Drum*），他的童書作品《最大的熊》（*The Biggest Bear*）贏得了 1952 年的凱迪克獎。我坐在圖書館保存古籍的空調室裡翻看那本狀態完好的無字小說。我一邊看，一邊感覺到我大腦中開啟了一扇門，而且愈開愈大。等我回到學校，就開始探索不用文字的所有敘事可能。

無字小說風行於 1930 年代，這些走在時代前端的圖像敘事作品出自美國畫家林德·沃德和羅克韋爾·肯特（Rockwell Kent）、比利時畫家法朗士·麥

圖 28：《諸神之子》內頁，林德‧沃德

綏萊勒（Frans Masereel）及德國畫家奧圖‧努克爾（Otto Nuckel）之手，其中麥綏萊勒早在 1918 年就開始創作無字故事。瑞士藝術史學者芭芭拉‧巴德爾（Barbara Bader, 1976）研究美國圖畫書歷史，說這個年代「無字書滿天飛」。這幾位作者用木刻版畫的無聲圖像訴說長篇故事，黑色書頁上的人物展現強烈的表現主義風格，體現了雕刻手法的力道。

　　透過散發不安氛圍的圖像講述故事，頗符合那個年代美國社會普遍存在的危機感，華爾街股市大崩盤發生在沃德第一本無字小說《諸神之子》（*Gods' Man*）【圖 28】於 1929 年出版前一個月。他將這本書題獻給三個人，一位是藝術史學者，另外兩位是平版印刷師和木刻師，都是他做圖像創作的老師。在失去色彩的世界裡，藝術似乎成為唯一賴以生存的資源。書中主角是一個四處遊蕩

　　　　　　　　　　　　　　　　無字奇境：安靜之書與兒童文學

的藝術家，而他捲入的事件中不乏與其他文學和藝術作品相關的典故。跟多年後陳志勇的《抵岸》主角一樣，《諸神之子》主角靠作畫跟不懂他語言的人溝通，他收到一枝曾經屬於偉大藝術家的神奇（神祕）畫筆，因此書中圖像有杜勒、義大利文藝復興大師、卡拉瓦喬和梵谷的影子。沃德這本小說突顯了每一個藝術家尋覓自己道路時遇到的困境，同時強調藝術可以在人與人之間建立穩固且持久的連結。

《諸神之子》封面標題下方有一行說明文字「木刻版畫小說」，是他在美國國內外持續再版的六本無字小說中第一本，其中一個新版由美國知名漫畫家亞特・史畢格曼（Art Spiegelman, 2010）作序，他稱沃德為「美國最傑出、全能的藝術家之一」。沃德的女兒在紀錄片《弟兄啊》（*O Brother Man*，導演麥可・馬格拉斯〔Michael Maglaras〕，2012）中受訪，談及她父親何時意識到自己將投身藝術時說：傳言沃德五歲學認字的時候，忽然意識到他的姓氏倒過來拼寫便是「畫」（draw）。沃德在德國萊比錫學校學習木刻版畫期間，發現了對他影響深遠的比利時畫家法朗士・麥綏萊勒。沃德一生中的創作，除了這幾本膾炙人口的無字木刻版畫小說外，還有許多童書，創作手法包括平版印刷、水彩和水墨。《科學怪人》其中一個版本的插畫便是沃德的木刻版畫，而他的無聲童書《銀色小馬》（*The Silver Pony*）則是全本版畫。

1930 年代，無字小說和無聲電影盛行之際，露絲・卡洛爾（Ruth Carroll）的《維斯克斯去哪裡了》（*What Whiskers Did*）【圖 29】於 1932 年在美國出版，咸認為是英語世界第一本重要的無聲兒童繪本。故事描述一隻獵狐狸犬離開牠的小主人逃家，被一隻狼追趕躲進兔子窩，受到兔子一家的熱情款待。最後牠們告別，獵狐狸犬回到小主人身邊，同時也預告了牠下一次逃家探險的可能。敘事結構符合童話故事的洄游模式：英雄與原先的世界決裂，遠走他鄉，最後總會返回故鄉。這本描述獵狐狸犬維斯克斯逃家的無聲繪本於 1965 年在美國

圖 29：《維斯克斯去哪裡了》內頁，露絲·卡洛爾

再版，30 年代和 60 年代之間的對照關係很有趣。

在此之前，還有一本很精緻的無聲兒童繪本《巴祖格的悲傷故事》（*The Sad Tale of Bazouge*）【圖 30】，出版時間可上溯到 19 世紀末，1961 年由波士頓美術館再版，作者是瑞士畫家兼版畫家泰奧菲勒·斯坦恩（Théophile-Alexandre Steinlen），在巴黎完成藝術養成教育，是法國新藝術運動風格的畫家，以版畫作品聞名。斯坦恩用十六頁篇幅描述餐桌上一隻烏鴉啜飲派對過後殘留在杯中的酒，一頁接著一頁喝個沒完的烏鴉終於酩酊大醉，最後倒地不起。這本以癮君子烏鴉為主角的無聲書於 1898 年在巴黎首次出版，那是兒童文學誕生的關鍵時期，若借用當時英國的歷史發展作比喻，堪稱維多利亞時代。

　　　　　　　　　　　　　　　　無字奇境：安靜之書與兒童文學

圖 30：《巴祖格的悲傷故事》內頁，泰奧菲勒‧斯坦恩

　　沃德、前述繪本、無字小說群起的 30 年代，和逃家的獵狐㹴犬、喝醉的烏鴉再版的 60 年代之間的關係，既是藝術風格上的演化，也是關注圖像這個敘事形式的歷史延續。三十年間，無聲書這個敘事形式從地下（除了少數例外）慢慢浮上檯面，主要歸因於我們對形式展開新一波探索，以及全新的設計感，迎接了繪本新時代的來臨。

　　從 20 世紀初開始，就對不同新形式展開實驗，或用圖像語彙說故事，或在平面設計時以奇特的方式進行文字、圖像和版面的組合，「藝術家之書」因應而生。桑德拉‧貝克特（2012）寫道，這些書挑戰傳統圖書分類，同時帶動了對形式和繪本定義的討論。維也納新藝術運動分支「分離派」的藝術家以前

所未見的形式，呈現圖畫書中的圖像、紙張、開本和符號之間的組合；1920年代俄國至上主義藝術家兼設計師埃爾·利西茨基（El Lissitzky）主張這類圖書是「不朽藝術的新形式」，他設計的書用新潮排版和精緻圖形負責敘事，例如1922年的《關於兩個方塊》（*About Two Squares*），也被馬丁·沙利斯伯利列入《兒童繪本典藏100》。同時期還有另外一位德國藝術家庫爾特·施威特斯（Kurt Schwitters）則以達達主義拼貼畫手法為孩童設計圖書。

至於義大利，羅蕾達娜·法琳娜（2010）寫道：

> 大戰後，在米蘭有一群活躍的藝術家打前鋒，全方位展開視覺研究。包括艾比·史坦納（Albe Steiner）、莫那利、馬克斯·胡伯（Max Huber）和路易吉·維羅內西（Luigi Veronesi），各自善用自己的專長為不同產品作廣告設計，他們的創新和品牌設計讓城市美學煥然一新，更將傳播學規範應用在出版品上，讓圖書撢去塵埃，展現新風貌。有人進行實驗的範圍很自由，擴及迄今被忽略的童書。其中莫那利的表現出色，比其他人更早展開大規模研究，其豐碩成果直到今天依然叫人驚豔。

1945年，多才多藝的發明家、設計師兼藝術家莫那利開始為孩童設計圖書，這些童書的內頁用刀模做出更小的內頁，或是書封看起來很像需要叩叩敲開的大門。1948年，莫那利跟另外幾位義大利藝術家如吉洛·多佛斯（Gillo Dorfles）、強尼·莫內特（Gianni Monnet）和阿塔納西奧·索達蒂（Atanasio Soldati）等人在米蘭成立「具體藝術運動」（Movimento arte concreta，簡稱MAC），多佛斯說具體主義「宣告最初的真實意願，期盼能找到脫離所有自然主義元素，只突顯純粹形式的一種藝術形式。」（2004）

此一對純粹形式的探索，是莫那利發展出正－負畫，且從1949年起設計系

列《無字天書》的背景，而這個系列作品於 1957 年贏得米蘭三年展金獎，在荷蘭、日本出版，並在美國展出（Maffei, 2002）。莫那利持續針對視覺性和可讀性思考設計，讓書漸漸脫胎換骨，於 80 年代出版了《書前書》系列。他探究書本身各種實體元素的溝通能力，把小孩跟書的交流經驗比擬為小孩跟貓的交流經驗，因為在這個經驗中能感受到感官因素的主導性。他也探究圖像語彙和書本與會的各種可能性，反覆尋找、思索、設計，觀察敘事的內在本質，轉化為用視覺發言。

莫那利最早創作的那本《無字天書》是手工製作、不折不扣的「藝術家之書」，在美術館陳列展出。之後在科拉伊尼出版社（Corraini Edizioni）支持下，這本書才得以量化出版，讓每一個讀者都能拆解它、閱讀它，再以自己的方式重新裝幀組合。

1949 年，莫那利初次設計《無字天書》，徹底放棄以文字溝通，只藉助美學執行此一功能。紙張不單是文字的載體，可以透過翻頁時的紙張大小、色彩、裁切變化傳遞訊息。省略傳統圖書中的構成元素如版權頁和扉頁，閱讀像譜寫音樂那般節奏分明，每一頁都是不同的聲音。莫那利終其一生都持續對這套書做視覺簡化和材質實驗。其中幾件作品於 1955 年在紐約現代藝術博物館展出，至今一共有九本《無字天書》由該館設計部門收藏。[9]

義大利圖像史學者兼評論費魯丘・吉洛米尼（Ferruccio Giromini）說到 20 世紀初期的漫畫形式是條狀的，人物沒有對白，在今天已司空見慣。瑞典漫畫家奧斯卡・雅各布森（Oscar Jacobsson）1920 年代創作的《阿達姆松》（*Adamson*）

9　http://www.corraini.com/it/catalogo/scheda_libro/35/Libro-illeggibile-mn-1

於 1930 年被引進義大利，在《兒童郵報》上刊載。美國漫畫家奧圖・索格洛（Otto Soglow）的《小國王》（*Little King*）自 1930 年起在《紐約客》上連載。另一位美國漫畫家卡爾・安德森（Carl Anderson）的條狀漫畫《小亨利》（*Henry*）自 30 年代初在《周六晚郵報》上連載。丹麥漫畫家達爾・米克森（Dahl Mikkelsen，筆名 Mik）筆下不發一語的《費迪南》（*Ferd'nand*）從 1937 年到 2012 年間在三十個國家出版。荷蘭漫畫家鮑伯・范德伯恩（Bob van der Born）的《皮教授》（*Professor Pi'*）發表於 50 年代；法國漫畫家墨必斯（Moebius）的《亞薩克》（*Arzach*）於 1975 年面世。瑞士漫畫家湯瑪斯・歐特（Thomas Ott）自 80 年代起的畫中人物可說繼承了沃德的風格（吉洛米尼，2016）。日本漫畫家田中政志以恐龍 Gon 為主角的漫畫，自 90 年代起開始出版。

美國漫畫家兼插畫家克拉格特・強森（Crockett Johnson）1955 年為小朋友創造了「阿羅」（Harold），他是個學齡前幼兒，善於思考，用隨身攜帶的紫色蠟筆畫出世界，是兒童文學中的經典人物。阿羅在他自己畫出來的場景裡跑來跑去，從這一頁到那一頁，從這個圖案到另一個圖案，一本很簡單的繪本就完成了。阿羅是個小寶寶，他的冒險犯難代表各種奇思異想，同時也說明他出生那個年代瀰漫樂觀主義氛圍。阿羅是對想像力和兒童天馬行空能力的肯定，也是對圖像語彙可以創造出連貫空間讓不識傳統書寫文字為何物的讀者遊走其中的證明。書中有極為簡短的文字，是為了輔助圖像而存在的圖說，略去也無妨。後來在很多無聲書中都能看到阿羅的身影，每當有一個小男孩或小女孩拿著筆畫出一扇門、一個東西或一個符號，隨後變成一個實體元素和無盡冒險的起點，抓住我們的感官知覺時，那就是阿羅。

1959 年，義裔美籍漫畫家雷歐・李奧尼（Leo Lionni）出版了一本家喻戶曉的繪本，故事主角是小藍和小黃兩個色塊，正式開啟了兒童繪本運用抽象語彙之路。1950、60 年是義大利設計的黃金年代，設計師也開始思索兒童文學和兒

童遊戲，就形式、敘事性和功能性展開各種實驗。莫那利的《暗夜中》（*Nella notte buia*）就是專為孩童設計的繪本，1956 年出版後不斷再版，今天已經被視為經典。莫那利談到這本書時說道（Accame, 1989）：

> 1950 年代，我開始研究透過排版技術達到視覺傳播的可能性……。我完成了幾本內頁紙張只用材質和顏色做區分的書，16 開的銅版紙之後是 16 開的牛皮紙，再之後是一張黑色紙，接著兩張紅色紙。這樣傳達了什麼訊息？或是書的內頁都是同一顏色，但是有的打洞，有的做裁切或刀模，或只能翻半頁。其中一項實驗成果是童書《暗夜中》，故事（沒有文字描述，只能看圖）主角是屋頂上的貓，藍色的貓印在黑色的紙張上……。裝幀打樣完成後我很興奮。誰會欣賞這種新類型的書呢？肯定得找新一代出版人。於是我迫不及待帶著打樣去找博皮亞尼（Valentino Bompiani），他以眾所周知的溫文有禮態度接待我，像看著小朋友那樣看著我，對我說：這本書很美！很有趣！非常特別，但是……文字在哪裡？

《暗夜中》的黑色封面和黑色內頁設計縱使不是唯一，但確實罕見，它至今仍是科拉伊尼出版社目錄中的里程碑，彷彿一種原生態氣泡，裡面蘊含豐富多元的設計和傳播方案，在後續數十年間出版的無聲書中不斷再現、演變。這個設計彷彿「回到未來」，裁切、撕裂、打洞、開刀模、堆疊的內頁預示之後國際間從事圖畫書創作的藝術家和設計師彼此較量、爭相展演的生動調色盤。

投入研究抽象語彙的還有瑞士插畫家瓦爾亞‧拉瓦特（Warja Lavater），她自 60 年代初開始實驗另一種新形式，用抽象圖形取代文字和寫實插畫，重寫經典童話故事。她的書看起來像一個精緻的珠寶盒，引領讀者去解碼，而由於故事一開始就把符號和人物綑綁在一起，因此解碼正是樂趣之所在。拉瓦特的

每一本書都獨一無二，讓大家備感驚奇和佩服的是她重寫故事時所做的概念化處理，而非與原先版本一致的人物敘事，這就是她的作品所散發的魅力和影響力。拉瓦特的書會啟動一種有趣且需要動腦的閱讀機制，因為必須轉譯取代文字而發明的符號，並創作其他符碼，而且只有那些熟悉祕密訊息的人才看得懂。

以煉金術《沉默之書》為例，文本的功能受限於讀者自身具有的知識，但可以假設或肯定的是，對相關主題的想像不受影響。拉瓦特用藝術實驗手法訴說的故事持續不斷與具象圖畫書訴說的故事對話，符號和人像在不同媒材上游移，可以是畫布，可以是紙張，而論述從未停歇。她知道她的讀者就是閉著眼睛也能認出小紅帽。

日本藝術家駒形克己（Katsumi Komagata）被視為莫那利教育理念的接班人，《暗夜中》首次出版時他僅有三歲。駒形克己於 90 年代開始，從心靈和概念化詩學角度出發，以不同形狀的聯覺和純粹、紙張的美學和敘事特性為依據，設計並出版紙藝書，成為國際知名的紙藝書大師。這位日本設計師設計的書可以閉上眼睛，用觸覺去閱讀和體悟，例如一套十冊的《小眼睛》，是用摺疊和展開去演繹紙的世界（米蘭朵拉，2012）。駒形克己以莫那利和雷歐·李奧尼為師，持續對書作出新的詮釋和探究。

捷克當代藝術家柯薇·巴可維斯基（Květa Pacovská）在她的繪本裡對形狀、顏色、符號和設計嘗試各種新方案和新構想，受到全世界喜愛。她的圖畫書中以抽象圖畫語彙為主，結合刀模、立體紙雕、顏色和材質變化等直觀體驗，處處可見 20 世紀前衛藝術流派代表人物如馬列維奇（Kazimir Malevič）、希維特斯（Kurt Schwitters）、魯索洛（Luigi Russolo）、康定斯基、考爾德（Alexander Calder）、米羅、馬瑟韋爾（Robert Motherwell）、亞伯斯（Josef Albers）和包浩斯運動的感覺與概念。巴可維斯基的美學風格是透過繽紛色彩以全新方式將藝術語彙、童趣和驚豔整合在一起。義大利兒童插畫策展人兼學者寶拉·瓦薩

　　　　　　　　　　　　　　　　　　　　　　　　　　無字奇境：安靜之書與兒童文學

里（Paola Vassalli, 2005）在〈色彩公主〉（La principessa del colore）一文中寫道：

> 　　她的故事從「點」出發，她認為點的意涵豐富，因為點可以是核心，
> 也可以是句號，是有限與無盡的結合，由點生出線進而變為一個圈。在
> 書裡面，點是數位畫，是遊戲玩耍的球，也是感官觸覺板上圍成一個
> 圈的無數個點的主角。它是刪節號的點，所以代表等待，而等待是巴可
> 維斯基作品中的關鍵字。等待和無聲。之所以無聲，是因為文字只以
> 形狀出現，具有圖像功能，讓人觀看，而非讓人閱讀，無論是要給某個
> 顏色取名字，或是有一連串彈舌音 r 出現的時候。

　　法國藝術家赫威·托雷（Hervé Tullet）是另外一位「全能」作家，近年也
設計了多本概念性精裝繪本，主題是形狀、線條、色彩和五感，唯一文本是視
覺感知和五感體驗，如指頭穿過孔洞、鏡像映照、察覺內頁各種裁切、觸摸原
本用來觀看或探索的設計等等動作，是一種純粹的美學體驗，間或穿插敘事。

1960 年：抒情與蝴蝶

　　如果仔細分析無聲書的形式，會發現一個很重要的分水嶺，那就是博皮亞
尼出版社於1960年出版的《蘋果和蝴蝶》，作者是賈布列拉·費拉里歐（Gabriella
Ferrario），筆名伊艾拉，及其夫婿恩佐·馬俐。後者跟莫那利同為米蘭的丹內
瑟設計公司（Danese）的設計師，專門為兒童設計遊戲、紙牌和用品。《蘋果
和蝴蝶》為無字繪本打開了新頁，這一點從伊艾拉和恩佐·馬俐聯手創作的多
本繪本今天在全世界出版，被廣為研究、引用並受到喜愛，便足以證明。
　　桑德拉·貝克特（2012）也說，就連法國人也認為，用創新語彙說話、成
為歷史轉折點的無字繪本，正是「來自義大利」的繪本。義大利繪本的特色在

於有敘事意圖，而且展現的不只是自然的型態演變，還有藉由想像而生的各式幻影。無聲書的當代史是為敘述、解釋及展示自然的變態和循環而生，道出毛毛蟲、雞蛋、樹和食物鏈的生命週期故事。人的想像力同樣屬於自然，一顆氣球的盈虧變化也是。

我們看到近年來伊艾拉‧馬俐對圖像有了新的認識，屢屢展現創意，每一本書都是她的藝術結晶。我們不只可以從她自己發表的聲明中一窺究竟，也可以從洋洋灑灑的各家評論中得知她具有代表性、脈絡有跡可循且一致的創作歷程。我們知道她的設計理念是用嚴謹有效的視覺文法讓孩童認識世界，這個理念早在她就讀米蘭布雷拉美術學院（Accademia di Brera）的時候就已萌芽，又受到那些年義大利設計文化的影響。

1960 年，博皮亞尼出版社決定出版《蘋果和蝴蝶》，但馬俐夫婦其他作品未受青睞。自 1967 年起，他們創作的繪本由 Emme 出版社出版，之後由 Babalibri 出版社再版。羅瑟莉娜‧阿爾沁托成立 Emme 出版社第一年，就出版了伊艾拉單獨署名的《紅氣球》，為這個新出版社打下實驗精神掛帥的名號。這本繪本讓小朋友看見一個形狀簡單的物在用途和外觀上的神奇變態，從嚼口香糖吹出來的泡泡變成會飛的氣球，再變成水果、花苞、花朵、蝴蝶、風車等各種變形，最後變成一把雨傘，回頭保護最早那個吹口香糖泡泡的小男孩。時至今日，《紅氣球》依然是所有兒童圖書館的鎮館之寶之一，堪稱讀者最早的奇幻變異小說初體驗。

《蘋果和蝴蝶》【圖 31】初版本是用環狀線圈裝幀，以突顯其循環式敘事結構，原本中間有幾張黑色內頁，目的是「打斷」故事，但後來出版社刪除此一設計，讓書呈現如今樣貌。這本繪本今天依然能帶給讀者莫大驚喜，第一次看完之後，會跟書建立某種默契：封面青澀的蘋果變了顏色，剖開來看，除了果核外還有另一樣東西，一粒卵，翻頁後變成了一條毛毛蟲。毛毛蟲從蘋果裡

圖 31：《蘋果和蝴蝶》內頁，伊艾拉‧馬俐。

面爬出來的時候，旁邊的樹枝上有一隻螞蟻，見證了毛毛蟲的誕生，因為我們在被觀看、被承認的時候才會出生並成長。義大利社會學家達尼洛‧道爾奇（Danilo Dolci, 1970）說：「作過夢的人才會成長。」

　　毛毛蟲的蛻變跟牠周圍一切的變化同步進行，葉子先變色後掉落，毛毛蟲在繭裡睡覺，都意味著時間和季節更迭。毛毛蟲爬出蘋果變身為蝴蝶的時候，周圍開始冒出新芽，接著開花，以吸引蝴蝶靠近產卵，卵藏在花裡等待下一次轉變，花謝了之後會結出果實，剛開始是一顆綠色的蘋果，蘋果裡面藏著什麼，讀者明明已經知道，還是會忍不住想確認，於是他便打開書再看一次。故事結束，可以緊接著再從頭看起，自然界萬物的奇妙魔法讓讀者感到很安心，因為每一樣東西都會以另一種形式延續下去。這本書告訴我們的還有，圖像故事是可以反覆閱讀觀看的，在你睜開眼睛用內在視野回應故事裡那些符號的那個瞬間，你就變成了這本書的讀者。

　　早年伊艾拉和恩佐‧馬俐的書因為圖像語彙太過新穎，曾經被指責太晦澀、

太抽象、太費腦，距離小讀者太遠。1970年代曾以觀察兒童與書的互動為主題，在米蘭貝薩納圓樓（Rotonda della Besana）舉辦研討會，證實三歲兒童可以閱讀，也可以理解書中描繪的循環週期。而且無聲書從一開始所談的就不只是自然，還有視覺假象、詩歌、夢境、奇幻、旅行和音樂，更常常以無聲、奇特聲音或輪廓模糊的生物為主角。

　　說到奇特聲音，1960年出版了一本以歌劇名伶為主題的英文無聲繪本《梅麗珊德》（Mélisande）【圖32】，是虛構、夢境和荒謬元素首次在新一代無聲書亮相的作品（桑德拉·貝克特，2012）。理念上跟瘾君子烏鴉那本相近，但是《梅麗珊德》這個故事有更強的敘事性，屬於優秀女性的傳記和回憶錄類型。梅麗

圖32：《梅麗珊德》內頁，瑪潔麗·夏普，羅伊·麥基

珊德是一隻母狗（獵狐狸犬維斯克斯的完美後裔？），是歌劇名伶，梅麗珊德一次次登上華麗舞台的畫面，讓劇院躍然紙上。根據義大利《特雷卡尼百科全書》（*Vocabolario Treccani*）詞條解釋，啞劇是「沒有台詞的戲劇演出，在有音樂伴奏的情況下，透過優美的手勢、各種身體姿勢或舞蹈進行表演」，這是現代音樂劇的基礎表演形式，用來演繹梅麗珊德精彩的一生。

這本書的導言和無聲劇本，出自知名英國作家瑪潔麗‧夏普（Margery Sharp）之手，美國插畫家羅伊‧麥基（Roy McKie）繪圖。夏普在感人且中肯的導言中盛讚女主角，說她具備「優雅沉默」的優點，而且「端莊，又有極為罕見的判斷力」，並引述觀眾的評語：「她的聲音世間少有，無須借助文字就能成功傳達意涵和情感。」她從管家搖身一變為當紅的歌劇名伶，卻突然決定告別舞台，儘管她的休息室地板上堆著滿滿的合約等她點頭。梅麗珊德認為自己應該在到達事業巔峰後停下來，那是她的選擇，她想要做回原本的自己。

說故事的人在導言中提及一個關乎職業道德的問題，或許同樣這類問題也可以問無聲書：「梅麗珊德有剝奪大眾聆聽如此悅耳聲音的權利嗎？」如果說全世界的樂迷對這個問題意見分歧，梅麗珊德的心也同樣糾結難定，畢竟大家之所以能夠藉由這本小說知道她的故事，也是因為梅麗珊德自己決定將必要但「尚未寫完的回憶錄」公諸於世。「她不能保持沉默」，作者夏普這麼說，她在這本書中是梅麗珊德的發言人。

《梅麗珊德》是兼具嘲諷、悲情、音樂動能和童真的難得一見佳作，被桑達克（1988）認定為繪本藝術的代表作。在我們眼前展開的這個故事彷彿一部默片，兩位女主角一人一狗，她們的命運交錯、顛倒，形成一個循環的故事，讀者有幸參與了一個用某種文學語彙鋪陳荒謬天才的故事，而這個語彙熟知英國兒童文學偉大傳統的祕密：天生反骨，絕不墨守成規。

《蘋果和蝴蝶》和《梅麗珊德》這兩本無聲書同一年出版，用圖像說故事

的方法不同但互補，這兩種選擇在設計時思考圖像的角度不同，就像模仿和隱喻、寫實和奇幻（法奇內里，2011）。寫實風格不符合伊艾拉和恩佐·馬俐想要敘述大自然的循環更迭及其如何運作的需求，他們作品中一定程度的鮮明風格和抽象化反而成為理解和書寫這個新故事的符碼。這其實是兩條截然不同的創作路線，第一條路線說的是真實世界及其變態和律動的故事，用視覺文法的「詩學剪刀」，也就是電影技術的對焦、變焦和剪接來執行。

第二條路線想要表達的則是悖論、荒謬、虛構，要說這樣的故事，別無選擇只能用寫實圖像，例如《梅麗珊德》，或二十多年後威斯納的繪本，彷彿刻意突顯一種語彙背後理念內在的悖論，這個語彙可以是視覺的，透明的，跟它所代表的事物相似，所以是可信的。第二條路線選擇圖像這個純粹語彙來說一個不乏真實面向的奇幻虛構故事，故事中有一個重要的敘事元素，跟之前提及的經典案例如喝醉的烏鴉和逃家在外探險的小狗一樣，也有一隻不會說話的動物，不過梅麗珊德會唱歌，而且她的歌聲令人感動，叫人難忘。

自 60 年代以降，插畫童書這個新類別出版品開始加快腳步，因為以圖畫書為敘事場域的實驗結果十分成功，每個跨頁為一個敘事單元，這個單元的開本大小、印刷技術和創意各異，而且有人開始選擇只用圖像說話。在羅瑟莉娜·阿爾沁托和她的 Emme 出版社推動下（該出版社目錄有超過四百本繪本），從 1967 年開始，義大利自其他國家引進各式各樣的圖畫書，Emme 出版社也向外輸出設計新穎的義大利作品。

Emme 出版社發行的無字書五花八門，包括巴西插畫家華雷斯·瑪查多（Juarez Machado）的《看不見的探險之旅》（*Una aventura invisible*）、瑞士插畫家約克·米勒（Jörg Müller）的《挖土機年年作響：鄉村變了》（*Alle Jahre wieder saust der Presslufthammer nieder: oder: Die Veränderung der Landschaft*）、日本插畫家安野光雅的《跳蚤市場》、美國插畫家阿諾·羅北兒（Arnold

Lobel）的《逛市場》（*On Market Street*）、法國漫畫家吉恩－雅克‧盧普
（Jean-Jacques Loup）的《啪噠響》（*Patatrac*）和《建築師》（*L'architecte*）、
瑞士插畫家威利‧鮑姆（Willi Baum）的《遠征隊》（*The Expedition*），以及
義大利原創作品如艾爾馬諾‧克里斯提尼（Ermanno Cristini）和路易吉‧普里
伽利（Luigi Puricelli）的《罌粟花》（*Il papavero*），這兩位學校老師在課堂上
用攝影照片加工後的圖像說故事給學生聽，另外還有寶拉‧帕洛提諾（Paola
Pallottino）的《週末》（*Weekend*）。

　　Emme 出版社對這些書信心十足。羅瑟莉娜‧阿爾沁托在一次鉅細靡遺無
所不問的長篇訪問中說：「如果插畫很美，小讀者自己就會打開書看。所以我
們推出無字書，讓每一個小朋友自己說故事。」（佐珀麗，2013）她發行的無
字書注定成為經典，例如安野光雅的繪本，以及比利時插畫家嘉倍麗‧文生
（Gabrielle Vincent）的《流浪狗之歌》（*Un jour , un chien*）。《流浪狗之歌》
於 2013 年由 Gallucci 出版社再版，當時嘉倍麗‧文生已經受到矚目。在 Emme
出版社目錄中，這本書的定位是「適合所有年齡層」，編輯知道用圖像說的故
事具有「跨界」特性，但這一點要等到多年後才開始被廣泛討論（Tontardini,
2013）。

　　除了 Emme 出版社，還有其他開明出版人努力拓展新領域，也陸續推出了
各式各樣的繪本和無字書，讓義大利小讀者有更多元豐富的閱讀體驗。至今依
然在崗位上持續不懈的出版人有阿芒朵（Gabriella Armando）、巴柏妮（Elena
Baboni）、波蘭多（Silvia Borando）、柯迪妞拉（Nicoletta Codignola）、科拉伊
尼（Marzia Corraini）、法琳娜（Loredana Farina）、法圖奇（Orietta Fatucci）、
葛嘎尼（Renata Gorgani）、馬西妮（Beatrice Masini）、歐蕾奇歐（Fausta
Orecchio）、佩皮伽羅（Irene Pepiciello）、普恩茲（Rosaria Punzi）、澤爾比
（Patrizia Zerbi）、佐珀麗（Giovanna Zoboli）和康托（Paolo Canton）等人。

瑟拉菲尼的圖像世界

建立無聲書系譜過程中，會發現由知名藝術出版社發行的一本很特別的作品，占據了很特別且完美的位置。出版人兼平面設計師法蘭克‧馬俐亞‧李齊（Franco Maria Ricci）在北義帕爾瑪（Parma）成立的同名出版社自 1965 年出版諸多膾炙人口的藝術及文學作品，經過一番努力後，於 1981 年印製發行《瑟拉菲尼抄本》【圖3.1】。這本書是插畫圖書史上最教人驚豔、難以捉摸又令人再三回味、樂趣無窮的作品，這本無聲書是想像世界的圖像百科全書，用非語意文字書寫，而這種虛構文字無法翻譯。作者路易吉‧瑟拉菲尼的名字成為書名的一部分。

這部令人咋舌稱奇的作品創作靈感來源是中世紀一本科學綱要彙編，而完全憑空想像的《瑟拉菲尼抄本》今天也成為全世界研究的對象。無從理解的文字搭配圖案，點燃了一波波從密碼學甚或幽浮學角度出發的破譯熱潮。在網路上快速搜尋可以發現多名學者的失敗宣言，他們花了幾年時間對著這本書絞盡腦汁，研究各種文字參涉，研究羅塞塔石碑 [10]，因為瑟拉菲尼在書中很挑釁地畫出了那塊石碑，旁邊站著一位穿著打扮符合 1970 年代流行風格的學者，根據碑文上的線索（妄想）解讀文字。有收藏家和狂熱崇拜者設置網站，一心想要解開《瑟拉菲尼抄本》文本的祕密，還有人試圖寫出電腦自動解密程式。這個實驗作品完美複製莫那利的同時又顛覆了他的操作模式，一邊追求語言符號和印刷的精緻完美和表達中心化，一邊讓讀者感到茫然困惑終至錯愕。

義大利學者魯奇亞諾‧裴隆第認為《瑟拉菲尼抄本》是一種「共振聯覺」

10　【譯註】羅塞塔石碑（Rosetta Stone），製作於西元前 196 年，記述古埃及國王托勒密五世的登基慶典活動，同樣內容使用了古希臘語、埃及草書體，以及埃及聖書體三種語言，使後世得以對照解讀。1799 年拿破崙遠征埃及時，被隨行的法國學者挖掘出土，後由英軍帶回大英博物館保存。

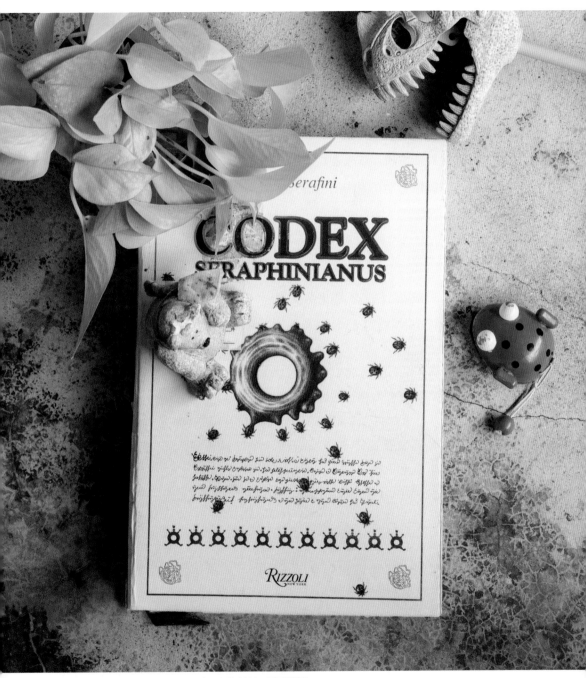

圖 33：《瑟拉菲尼抄本》，路易吉・瑟拉菲尼，張震洲攝

（sinsemie）（2012）——這是他創造的新詞，意思是文字與圖像在空間中合而為一，類似插圖版的百科全書或辭典，只是使用的文字無人知曉，這些插圖可以說明、提示並讓人看見原本用話語描述或陳述的內容。小讀者、未開化的讀者、外國讀者或不識字的讀者看不懂無妨，可以自行聯想。《瑟拉菲尼抄本》刻意模仿讀者已知的文本形式，喚醒了每個讀者內心想像的那座圖書館，產生大量、高強度的語意和詩意。這本書很神祕，但讀者不分年齡都很喜歡，而且熱情不減。總編輯寫在初版中的這段宣言，說明了他出版此書的初衷（李齊，1981）：

致讀者：

其他出版人誇耀自家出版目錄中有達文西的《大西洋古抄本》（Codex Atlanticus），我引以自豪的則是在我的「人跡」叢書中有《瑟拉菲尼抄本》。

《瑟拉菲尼抄本》出自當代人之手，他於 1976 年至 1978 年間，在羅馬一間斗室內書寫描繪完成。

我原本打算請幾位知名作家寫注解，例如波赫士、卡爾維諾，但我覺得這部作品就像是一本百科全書，而百科全書本是為了「解釋」而生，不該再多此一舉。

攻陷一座修道院，滿足口腹之欲再大肆掠劫之後，接下來肯定會有這個或那個不識字的蠻族闖入圖書館內，隨意翻開一本美麗的泥金彩飾畫抄本。

我希望讀者能像他那樣翻開《瑟拉菲尼抄本》，或像尚未學會閱讀的孩童，因受圖像啟發開始作夢、幻想且樂在其中。

我曾想過以凸版印刷印製發行加總起來有一萬一千卷的《欽定古今圖書集成》，但是我很擔心包括我的藏書俱樂部會員在內所有那些不懂古中文的人太過挫折。

這兩冊簡明扼要的《瑟拉菲尼抄本》以流暢的斜體字書寫，貌似閃米特語文字，但是看起來更簡單明瞭。就像是看到兩段四行詩加兩段三行詩後，不難理解那就是十四行詩一樣，讀者也不難看出《瑟拉菲尼抄本》屬於百科全書的格式，第一冊的主題是自然科學（植物學、動物學、畸形學、化學、物理學和機械），第二冊的主題是人類科學（解剖學、民族學、人類學、神話學、語言學、遊戲、烹飪、時尚和建築）。

顯然《瑟拉菲尼抄本》跟古羅馬學者老普林尼（Gaius Plinius Secundus）的《自然史》（*Naturalis Historia*）、古羅馬哲學家盧克萊修（Titus Lucretius Carus）的《物性論》（*De rerum natura*）、法蘭西學者樊尚・德・博韋（Vincent de Beauvais）的《大寶鑑》（*Speculum maius*）、18 世紀法國學者狄德羅（Denis Diderot）與達朗貝爾（Jean le Rond d'Alembert）合編的《百科全書》（*Encyclopédie*）以及我的出版界同業朱利歐・埃伊瑙迪（Giulio Einaudi）和李維歐・嘎爾臧提（Livio Garzanti）最近出版的一系列百科全書同屬一個努力不懈且心懷奇想的大家族。

讀者看著書中分類，或許會覺得自己在聆聽一首沒有歌詞的智慧樂章。

翻開《瑟拉菲尼抄本》所看見的科學和世界與我們的既相似又相左，就像不同的詞卻有相同的詞形變化。

我這一頁不該被視為序言，而是一張出貨單。

所以讀者大可以撕下來丟掉，以免讓無聲美好的《瑟拉菲尼抄本》沾染了文字惡疾。

如果未來要出版一本論述無字書的歷史文獻選集，李齊的「出貨單」是必不可少的佳作，就理念上來看，這篇文章很接近卡爾維諾寫圖拉真柱，或是封底文案、跋，作者或編輯序，是紀錄無聲書當時出版狀態及可能存在批判聲音的珍貴資產。李齊對這個論述的核心問題提出了幾點說明，關於這部作品，以

及它的百科全書屬性，說這部作品是為了「解釋」而生。

他用了「解釋」這個很美的詞，讓人聯想到打開某樣東西做展示的動作，進而聯想到展開一個自身折疊的東西，如摺紙、報紙、書、花朵或一對翅膀。從教育角度切入，這個詞也有直接觀察，以及美學學者最喜歡的教學方法「解析」的意思，在《物之教育》（*Lezioni di cose*，Vignoli 出版社，2008）和《圖像教育》（*Lezioni di immagini*，Platé 出版社，2011）兩本書中，也談及以前孩童會被要求拆開包裝紙、打開雁櫃、動手觸摸、觀看實物，以便學會識物。李齊明確指出編寫圖文教科書《世界圖繪》的康米紐斯是匯集世界圖像後向孩童一一「解釋」的第一人。

康米紐斯完成《世界圖繪》三百年後，路易吉・瑟拉菲尼用減法進行他的工作，刪去了所有搭配圖像的書寫文字所有可能的演繹空間，但保留了與圖像文本吻合的內在邏輯，吻合是指邏輯相同，而且同樣古怪和自相矛盾。回頭來看李齊的文章，一個用圖像敘事的文本自然會跟學齡前幼兒和兒童讀者連結在一起。會被這部作品吸引的理想讀者就像是「尚未學會閱讀的孩童，因受圖像啟發開始作夢、幻想且樂在其中」。閱讀無字書的概念類似聆聽音樂和寂靜無聲，對無聲問候的讚揚更勝於對文字的執著。書寫《瑟拉菲尼抄本》是艱鉅工程，在此邀請所有讀者親自體驗、觀看這部無法分類的傑作，這樣一本了不起的無聲神祕繪本可以帶動對話、幻想和無盡省思。

盡顯靜謐之妙的《瑟拉菲尼抄本》在無聲書的歷史上是一個特殊的里程碑，而省思其靜謐之妙的所有學術評論亦適用於其他圖像書。多位知名學者、評論家如義大利藝術史學家費德里珂・澤理（Federico Zeri）和艾可對《瑟拉菲尼抄本》提出不同詮釋，部分收錄到 2006 年李佐利出版社（Rizzoli）新版的附錄小冊《解碼》（*Decodex*）中。《瑟拉菲尼抄本》初版問世後不久，李齊發行的 FMR 文化月刊刊登了一位文學大師對這部作品的介紹評論文章，這一次依然是

卡爾維諾（1982。編按：收錄於《收藏沙子的人》文集中）。他第一眼觀察到的是《瑟拉菲尼抄本》中書寫文字和圖像之間的關係，這個主題在探討繪本的當代論述中已無新意。用紙奢華的大開本 FMR 文化月刊中，卡爾維諾於文章開頭便說「太初有言」，指出（在瑟拉菲尼居住、描述的世界）文字遠遠早於圖像：

　　　　我相信書寫文字是先於圖像的，那行雲流水的斜體字小小的，如此靈巧而且（我們必須承認）清晰澄澈，我們差一點就可以看懂它，偏偏那一句一字轉眼與我們擦身而過。

　　瑟拉菲尼所寫的文字看起來既熟悉又陌生，就像一種不為人所知的外語，讓人覺得「焦慮」又茫然，還攪亂了插畫構成要素的句法結構。這樣沒有秩序可言的圖像組合是畸形的，創造出怪異形式，再一次質疑書寫文字，也再一次脫離文字，因為顯然「在它無法解讀的字面之下藏了一個祕密，而且是跟語言和思想內在邏輯有關的深層祕密」。那些教人看不懂的書寫文字和在符號與圖像間搖擺的組合，喚起了我們在童年時期或在夢境中感知的神祕感，那些代表神祕的事物錯置偏離不但喚起神祕感，還會讓神祕感生生不息。問題不在於那些事與物我們是否認得或不認得，或只認得局部，而在於「它們之間的連貫性叫人瞠目結舌」，其相似性和關聯性完全超乎預期。

　　卡爾維諾指出骷髏、蛋和彩虹，是瑟拉菲尼的視覺創意中最叫人驚豔的圖像敘事元素。《瑟拉菲尼抄本》中事與物的領域交融且互相影響，「跟《變形記》作者古羅馬詩人奧維德一樣，瑟拉菲尼相信每一個生命體的領域都有比鄰性和互滲性」。他對變形十分著迷，「一對擁抱的戀人逐步變成了一隻巨鱷」讓人拍案叫絕，初版就選用了這個變形過程作為黑底封面上的圖像，說明瑟拉菲尼對圖像的敘事能力充滿信心。關於變形這個主題，以及相信「每一個生命

體的領域都有比鄰性和互滲性」，是《瑟拉菲尼抄本》的創作核心，也是之後許多無聲書的創作核心。伊艾拉‧馬俐用她簡單素樸的《紅氣球》突顯、展示、說明的，也是從一個樣態轉變為另一個樣態的過程。讀者要做的就是把所有可能的關聯性找出來，接受這樣一本書視覺上顯而易見但無法言喻、變幻莫測的矛盾魅力帶來的空缺與驚嘆。

卡爾維諾說到瑟拉菲尼這個「文字世界」裡想像的植物分類學時，提及要與兒童想像世界對話，不可錯過愛德華‧李爾的《無稽植物學》（*Nonsense Botany*）[11]、雷歐‧李奧尼的《平行植物學》（*Parallel Botany*）和莫那利所有那些不可思議的機器。在分析完抄本裡的人類學、物理學、化學、礦物學、民族學、歷史、令人毛骨悚然的飲食區之後，卡爾維諾如此描述這部作品的另一個別具特色的「循環」結構：

> 到最後（最後一幅版畫），所有書寫文字的命運無非是化為塵土，而書寫的那隻手也僅留下枯骨。一字一句從扉頁上剝落、碎裂、積累成一落落粉塵，這時候跑出來幾個彩色的小小活物開始蹦蹦跳跳。於是那些變形和字母的生命之源，重新啟動它的生之循環。

這篇文章可以說是閱讀指引，也提綱挈領點出了讓人拍案叫絕之處。形式的變異、鄰接和滲透，出人意表的連結、對接和關係，焦慮、茫然，各種視覺分類及循環結構，被卡爾維諾攤開來的所有這些元素，都會出現在無字書中。這些無字書沒有羅塞塔石碑，無人提供也無人要求，所以套用李齊的說法，每一個論述都只是一張「出貨單」，所以讀者看過之後可以選擇撕毀，保持自己

11　【譯註】愛德華‧李爾（Edward Lear, 1812-1888）英國維多利亞時期無稽詩人及畫家。1846 年出版《無稽書》（*The Book of Nonsense*），共 112 首詩，一詩一圖，詩文幽默荒誕，韻律節奏富音樂性，獨特奇幻圖像被視為無稽美學中的翹楚。《無稽植物學》於 1888 年出版。

的純真心態。義大利作家喬凡尼・馬力歐提（Giovanni Mariotti）在《解碼》中寫到《瑟拉菲尼抄本》這本緘默不語的書是「認識論恩澤」：

> 最好以純真心態閱讀《瑟拉菲尼抄本》。當我們把這本書拿起來，記憶久遠的讀者會想起自己孩童時期翻開繪本的經驗。那時候我們還沒有能力閱讀，但吸引我們注意的不單單只有圖像。那些分布在書頁上的文字符號，以及它們跟圖像之間的關係，同樣讓我們深深著迷。而在我們能夠看懂的插畫、始終不明所以的文字符號之外，還有一段無聲的知識樂章等待我們去探索。

對作品的關注遠大於對作者的關注，作品出盡鋒頭。路易吉・瑟拉菲尼某次難得接受訪問，暢談他的作品、美學及語彙：

> 我用的是一種虛構語彙，那是所有小朋友都會玩的一種遊戲，我想以分析角度切入，用這種語彙體現想像世界。《瑟拉菲尼抄本》的圖像就是童話式語彙跟現實碰撞的結果。我的興趣在於講述一個世界，我希望整體設計能與文本保持一致。我做的無非是所有藝術家都渴望能夠做到的：實現自己的想像世界。我想今天這本書之所以成功，是因為發現它的人對自己的想像力更有信心，不是為了證明另一個世界有可能存在，但想像的世界是有可能存在的。（A. Girolami, 2013）

《瑟拉菲尼抄本》從後設文本角度肯定了想像力涉及美學、存在主義和心理學，而羅大里（1973）也因此認定想像力首先是一門教育科學。「想像密碼」是一種矛盾修辭，讓大家知道文學的認知功能如何運作，以及在語彙的精準性和在一個真實與想像難以區分的世界裡人類進行探索和生活的方式不勝枚舉之間，存在著無法消解的矛盾。阿貝維爾出版集團於 1983 年在美國出版《瑟拉菲

尼抄本》時，以遊樂園招攬客人的語氣向讀者推薦這本書：

　　各位讀者，快來看關在籠子裡的紫色柑橘、蜘蛛網花和石柱草。這個世界裡有教人嘆為觀止的各種具有感知能力的植物，有蝌蚪樹、流星果、飛天鏤花圓型魚、四輪毛毛蟲馬和變異雙頭犀牛。在這個星球上還會看到各種具有感知能力的物種，例如住在垃圾場裡的交通人和線人，穿著老鼠皮的外地人⋯⋯。我不能不向你介紹馬人，關於他超乎尋常的性生活高低潮變化，書中會用圖像為你詳細說明。

「為夢想、幻想和情感發聲」

書評寵兒

今天在書架上陳列無聲書時，可以按開本大小、圖像風格和售價高低等不同準則分類，而且最近又新增了許多選項。沒有文字的繪本可以輕鬆跨越在不同國家發行的障礙，因為不需要翻譯，創造了一個不受限於語言和國家的快樂書區。這些書籍流通無阻，帶動了不少國際研究及合作計畫，將無聲書視為建立人際和跨文化間和平對話的絕佳工具。

其中一些國際研究特別關注從無聲書的認識和閱讀出發的整合型實驗計畫，以及對話、協商、故事本體和自身文化想像等基本操作（阿里茲佩、特蕾莎‧柯洛莫〔Teresa Colomer〕、馬丁內斯‧羅丹，2014）。這些關於實踐閱讀教育的研究結果顯示，在書籍缺乏的經濟貧困地區和學校等不同背景下，鼓勵讀者之間互相表達、比較與整合，是一條漫漫長路。

這類書籍漸漸普及，成為研究和體驗的對象，成為時代和出版界的見證，同時開始成為繪本評論論述的對象，不過義大利起步較晚，直到近年才加入。

無聲書之所以會成為評論寵兒，跟某些串聯學者、出版社、讀者、老師形成國際閱讀網絡的計畫和體驗脫離不了關係，這些特定的推廣計畫結合了教育、省思和讀者與出版人經驗，例如由國際兒童讀物聯盟義大利分會和羅馬展覽宮共同企劃的「無聲書，終點站蘭佩杜薩島」，相關領域的國際學術交流及研究計畫，以及在研討會場、學校教室、圖書館、兒童書店裡默默進行的正式與非正式教學活動，都有助於讀者持續性常態地與書交會。

當然不能不提重量級國際獎項對這些圖像故事書的肯定，包括義大利波隆那童書展的拉加茲獎（BolognaRagazzi Award）和美國凱迪克獎，為獎勵這類書籍因應而生的計畫與主題活動，如義大利專為新秀插畫家設立的無聲書大獎（Silent Book Contest）。還有由以介紹圖像書為主的雜誌和部落格所舉辦的公共論壇，以及可以更深入討論相關議題的系列活動、座談會、講座課程、研討會等也逐漸形成氣候。這一切之所以能夠順利推動，得利於無聲書沒有文字，不需要各國進行編輯和翻譯工作，就可以享受閱讀的樂趣，這些書無國籍、地域之別，有助於所有愛好者及研究學者建立跨國社群，提供一個共同園地，可以即時閱讀不同國家的插畫家透過圖像訴說的故事。

對想要研究無字繪本的人而言，截至目前為止已經發表的評論並不多，我想由近而遠介紹幾本義大利及國外出版的評論無聲書的重要著作，有適合大眾閱讀的，也有學術性論文集。

指南與入門

《無字之妙》（*Wonderfully Wordless*）於 2015 年出版，作者是一位美國書評兼古籍書商威廉・派翠克・馬丁（William Patrick Martin, 2015）。馬丁在這本指南書中列舉了五百本各國著作，對每一本都做了簡短注解。他只提到四本義大利作品，除了《蘋果與蝴蝶》外，另外三本都是身兼手工藝匠、表演工作者和平面設計師的翡冷翠藝術家馬力歐・馬里歐提（Mario Mariotti）的攝影圖像書，於 80 年代在義大利和美國出版。馬里歐提在身上和手上作畫，然後形塑出動物、人物和靜物的圖像，將書頁變成神奇的變形默劇劇場，受到多個國際大獎肯定，他贏得的第一個獎項是 1981 年的波隆那圖像大獎（Premio grafico di Bologna），他日後在美國出版，或許與此獎項有關。

馬丁說他的指南書是延續先前已經提及的《無字／近乎無字圖畫書指南》（*Wordless / Almost Wordless Picture Books: A Guide, Richey, Puckett*, 1992）格式。該書兩位作者根據美國通用模式建構了一個書目檔案，首要目標不在於提供評論或教育性質的反思，只用簡短的寥寥幾句引言說明這本指南預設的讀者為何，並提供每本書的基本資訊。序言由大衛·威斯納撰寫。

十六年後，馬丁著手編纂的指南書沿用相同結構，將五百本書分為三十三個主題，主題分類本身就很有趣，包括「經典」、「美好友誼」、「水中探險」、「自然奇景」、「夢幻啟程」、「畫面視角」、「艱難挑戰」、「環保意識」、「善舉」、「少年無聲小說」、「想像飛越」、「奇怪偶遇」，外加一章「版畫小說」，還有兩個附錄和多個索引。馬丁自己寫道，這些主題跟文學主題一樣多元，與圖書分類編目無關。書中還有一篇短文，記述他建構這份書單時參考了加拿大滑鐵盧大學和美國猶他州立大學完成的一份研究報告，以充實自己的書單，而且他在這份報告中發現大人跟孩童一起閱讀圖像書的時候，用的文字平均來說比一般童書的文字更細膩多變（Nyhout, O'Neill, 2013）。

馬丁這位古籍書商還列舉出他認為無字書比較關注的焦點：藝術、圖書、獎項、狩獵、馬戲團與小丑、城市、勇氣、文化差異、好奇、恐龍、劇場、外星人、童話和寓言、家庭、知名景點、美食、善行、歷史、機器、魔法、博物館、堅持（概念上跟韌性類似，但並不完全一樣）、比賽、解決問題、宗教、學校、科學、季節和天氣、躲迷藏、形式與顏色、雪、奇怪的世界、盜竊、時間旅行、玩具、工作和做生意、動物園。我們再一次得到驗證，在無字書裡真的什麼都有。

馬丁在書中為二十四位無字書作者做了簡短小傳，每一則都值得我們熟記在心，包括安野光雅、大衛·威斯納、亞倫·貝克（Aaron Becker）、亞瑟·蓋瑟（Arthur Geisert）、塔納·霍本（Tana Hoban）、蘇西·李、芭芭拉·雷曼、法朗士·麥瑟萊勒、克里斯·瑞卡（Chris Raschka）、彼得·史比爾（Peter

Spier）、馬可・彼得（Mark Pett）、林德・沃德等人，多數作者是美國人，橫跨不同世代。馬丁這本書最有趣的地方在於附錄和索引提供的建議，讓大家知道他用那五百本無聲書收藏試過各種分類可能。英國及美國的大眾書店多以附書評的目錄形式提供書目資訊，義大利也有類似做法，印刷或電子形式的資料都有，例如兒童與青少年讀物季刊 LiBeR 編輯部編纂的出版年鑑可供索取，也有特定主題圖書館彙整可在館內查閱的「灰色文獻」[12] 資料。

不過，美國一般書店書架上通常會有不同的兒童文學書目目錄，其中不乏特殊專題式書目。例如馬丁就編纂了兩本這樣的書目目錄，分別是推薦給兩歲到一百零二歲讀者看的五百本小說書目，及推薦給三歲到一百零三歲讀者看的五百本非小說書目。知名兒童文學史學者兼兒童文學重要推手倫納德・S・馬庫斯也有多本書目類型的著作廣為發行，不但十分普及，而且備受肯定，有一本專門紀錄美國「小金書」系列兒童讀物（Little Golden Books）輝煌時期出版的作品，或專門介紹當代和經典插畫家的作品書目，其中有幾位是無聲書作者。

馬丁另外一本則談及各國出版的無聲書中他認為最具代表性的十本當代經典作品，其中幾本在義大利也有出版，包括大衛・威斯納的《海底來的秘密》和《瘋狂星期二》，雷蒙德・布里格斯的《雪人》，芭芭拉・雷曼的《紅色的書》，傑瑞・平克尼（Jerry Pinkney）的《獅子與老鼠》（*The Lion & the Mouse*），伊斯特凡・曼艾的《小鏡頭外的大世界》，克里斯・瑞卡的《小西的球》（*A Ball for Daisy*），蘇西・李的《海浪》（*Wave*），艾瑞克・羅曼（Eric Rohmann）的《時光飛逝》（*Time Flies*）和陳志勇的《抵岸》。【圖 34、35】

每每要遴選最佳無字書讀本、獎項，或是辦無字書展覽的時候，都少不了《抵岸》。這本書也可以說是無字書書評寵兒的代表作品，許多重要的國

12　【譯註】灰色文獻是指「由非營利之各級政府、學術單位或工商業產製之各類印刷或電子形式的資料」，如論文集、非商業性質之書目文件和技術規範或商業報告等。一般正式對外發行的出版品稱為白色文獻；具隱密性、不公開出版的資料則稱為黑色文獻。

圖 34：《抵岸》內頁，陳志勇

際研究都以它為對象。大家都認可出版已逾十年的這本書是佳作，也是具顛覆性的獨一無二作品，難以界定分類，卻讓所有年齡層的讀者都驚豔難忘。那是一個移民的故事，背景設定在熱帶國度，充滿 20 世紀的歷史和藝術參涉，共一百二十八頁，大開本，採漫畫式分鏡構圖。有人稱《抵岸》為 graphic novel，或可翻譯為「圖像小說、漫畫小說、影像小說或視覺文學」，這類創作是由美國漫畫家威爾·埃斯納（Will Eisner）1978 年出版的《與神的契約》（*A Contract with God, and Other Tenement Stories: A Graphic Novel*）帶動風潮，至 1990 年代初流行，2004 年以後日漸普及。

　　陳志勇的《抵岸》在多個國家由兒童文學出版社發行，向不分年齡層的讀者講述不同文化的共同故事：離鄉背井，拋棄家庭，奔向一個比遙遠星球還要

圖 35：《抵岸》內頁

更陌生的城市。陳志勇接受英國《衛報》訪問（2014c）時說，那個城市「唯有在紙上才可能」如此異類。他的靈感來自美國各移民博物館文史檔案中心的照片，例如埃利斯島（Ellis Island）移民博物館，以及他自己父親於 1960 年從馬來西亞移民澳洲的經驗，書中用晦澀難解的字母（不具語義，因此不能翻譯，跟《瑟拉菲尼抄本》一樣）代表陌生語言，新家的朋友是一隻動物，有人打開自家大門熱情待客，集體歷史的記憶與恐懼開始轉向，在個體生命中建構新的抗爭歷程，勇氣，重建，家人團聚，新的開始，以及無窮盡——無窮盡的移民和人類冒險故事，這些是陳志勇透過《抵岸》傳遞的訊息，這是一本具普世價值的視覺史詩鉅作。陳志勇只用他多次以「無聲」形容的圖像語彙說故事，這個選擇並非偶然，是為了呈現身處異鄉心情迷惘的美學情境和生存環境：

> 少了文字描述，讀者不得不讓自己化身為書中那個移民角色。沒有任何指引告訴我們如何解讀圖像，只能仰賴我們自己在那個世界裡尋找付之闕如或隱而不顯的意義和親密感。文字有很強大的磁力會吸引我們的注意力，左右我們如何詮釋搭配文字的圖像。在沒有文字的情況下，圖像往往能爭取到更大的概念空間，需要讀者更加專注，因為只要遇到一個淺顯易懂的標題，讀者的想像力很可能就會被帶著走。

2014 年，《無字敘事的視覺之旅》（*Visual Journeys through Wordless Narratives: An International Inquiry*，阿里茲佩、柯洛莫、馬丁內斯·羅丹，2014）由設址於倫敦及紐約的布魯姆斯伯里出版社印行出版，這是一本國際論文集，收集了各國研究無字書的計畫成果，其中一篇的主題便是陳志勇的《抵岸》，由四個國家的研究人員和大學教授在小學裡與十歲左右的外來移民孩童一起進行閱讀體驗。這個計劃案由英國格拉斯哥大學教授伊芙琳·阿里茲佩主持，她多年來完成了不少獨具創見的無聲書研究，這一次她從教育角度出發，

由國際兒童讀物聯盟協助，在英國、美國、西班牙和義大利的研究小組及讀者間建立一個網絡架構，該研究團隊於 2010 年、2012 年每兩年舉辦一次的國際兒童讀物聯盟大會上見面交流，於 2014 年在墨西哥市舉辦的大會上發表由陳志勇作序的報告。

計畫內容是在上述四個國家進行為期數個星期的《抵岸》讀書會，讀書會成員設定為在小學就讀、至少有過一次（往往不只一次）移民經驗的十至十一歲孩童。團隊協議各組研究人員在小組內採用共同方式帶領大家作經驗分享：在開放式問題引導下，搭配圖像投影以瀏覽方式閱讀該書，讓參與者在通常當作表演劇場或藝術課程使用的舒適教室空間裡圍成半圓形坐著。孩子們分享的移民經驗、錄音（內容包括陳述和意見，與研究人員、老師的詢問和對談）、筆記和照片、分享某些經驗時畫下的輔助圖畫，全部收集起來經整理討論後寫成報告。義大利的《抵岸》讀書會則在開始前先看伊艾拉和恩佐·馬俐合著的繪本，然後看大衛·威斯納的《海底來的秘密》，讓大家了解讀書會的進行模式和主題，並透過視覺敘事和直接經驗的效應，協助孩童參與。

在這個過程中，我們觀察到跟研究主題相關的幾個有趣現象，包括孩童對無字敘事的回應，集體推動文本的方式，共同閱讀無聲書過程中大家一起討論並協力建構意義。就跟每一次從教育角度出發觀看藝術作品的情況一樣，都會產生某些教學上的驚喜和意想不到的收穫，《抵岸》讀書會特別在語言學習上得到了正面回饋，而且這個閱讀過程在參與的孩童身上發揮了「培力」效應，鼓勵他們參與集體對話，所營造的情境除了有助於加深參與讀書會的孩童之間的關係，也有助於他們加深跟班上其他同學的關係。對沒有參與讀書會的孩童和學校老師也作了半開放式的問卷訪談，他們提出了幾個頗具啟發性的觀點：無字敘事在教育改革上可以發揮怎樣的功能，質疑刻板印象，以及互相傾聽和讓讀者有表達空間的重要性。

這個計劃案優先選擇移民孩童作為受試者，正是因為他們親身經歷了不同文化的洗禮，從中累積了生存、審美、情感、複雜且戲劇化的經驗。他們的家庭情況跟《抵岸》類似，選擇分離是希望能夠改善自身的物質、社會和政治條件，擺脫危險或不確定因素。

他們在陳志勇這本無聲書中找到了與個人和家庭經驗相似的故事，激發了他們的表達潛能，願意說出自己的故事，去面對那些令人不解或教人緊張的面向。在這個互相認識和聆聽的過程中，孩童既說出自身故事的獨特性，也認可了集體經驗。因為彼此分享了他們與在地同齡兒童截然不同的經驗後產生的全新好奇心和強烈同理心，讓全程一起參與讀書會的讀者和研究人員之間建立了十分深厚的新關係，而且還影響了班上其他同學。那些沒有參與讀書會的同學對參與了視覺之旅計畫的孩子十分積極熱情的表現感到好奇，也提出要求，希望能以某種方式加入。為此另外安排了一次讀書會，邀請所有學生參加，由移民孩童扮演領航員的角色，負責引導新加入的學生遊走在《抵岸》書頁間。

從移民孩童的表現，可以看出他們很清楚研究人員先前的引導模式（開放式發問，歡迎大家發言，避免評判，公平分配每一位讀者的時間），其中一個小女孩有說話障礙，「領航員」對她不但熱情，而且耐性十足。參與的小學老師也詫異發現扮演領航員的孩子們展現了之前不為人知的人格特質和能力。這些孩子在陳志勇的圖像語彙裡找到了通用符碼，得以讓世界知道他們多才多藝，懂得人類學、語言學、官僚主義，懂得欣賞美景與文學，而且懂得表達情感。透過這本美麗的書，他們發現藝術和文學可以傳達出人類面對這個世界時難以言喻的茫然失措，同時表達出人類對幸福、正義和愛的渴望。

《抵岸》至今累積了許多重要的閱讀經驗紀錄，而且持續在累積中。例如義大利教育學者馬爾提諾·內格利（Martino Negri）的《書的空間：閱讀經驗談》（*Lo spazio della pagina, l'esperienza del lettore*，Erickson 出版社，2012）探討小

讀者和書之間的關係，就特別著墨於閱讀時如何找出建立意義的策略，以及陳志勇《抵岸》的閱讀經驗。

2012 年：書和行李

2012 年，由兒童文學專家傑克·齊普斯（Jack Zipes）擔任主編的羅德里奇出版社（Routledge）系列叢書為加拿大學者桑德拉·貝克特在紐約和倫敦出版了《跨界繪本》（*Crossover Picturebooks*），就繪本這種形式的文學作品可以超越讀者的類型、年齡和能力之別進行論述。貝克特花了一整章的篇幅討論無字書，有歷史爬梳，有批判，是目前最具廣度和深度的無字書研究。作者重建了繪本的簡短歷史，分析不同類型，指出幾個重要元素，包括繪本讀者不分年齡和知識背景，繪本與其他類型敘事作品的相似性和演變關係，從繪本談到藝術圖書，從壁畫談到電影，並深入介紹繪本這類出版品最具代表性的系列叢書與作者。

2012 年，是義大利圖像書出版史上很重要的一年（維洛妮卡·柏納尼［Veronica Bonanni］，2012）。前一年，東尼歐·法艾提於 1972 年面世的代表作《看圖說故事》（*Guardare le figure*）再版。2012 年緊接著出版了最早一批完整探討兒童文學繪本的著作，有專書，有合集，或是出版界和特定主題部落格舉辦的相關活動紀錄（梅勒提［Valentino Merletti］、帕拉丁［Luigi Paladin］，2012；特魯斯，2012））。在討論繪本的不同論述中都提到了無聲書，但是第一個以完整篇幅討論無聲書的人是繪本作家朱莉亞·米蘭朵拉，該文收錄在《用眼睛看繪本》（*Ad occhi aperti. Leggere l'albo illustrato*，哈梅林文教學會［Hamelin Associazione Culturale］出版，2012）。她的研究方法跟貝克特相去不遠，也是討論及評論不同繪本，但特別著墨幾本大師作品，以及特定類型的「沉默」繪本。

如前所述，米蘭朵拉認為頂尖畫家出版社於 2006 年在義大利為瑪雅‧切麗雅出版的《出門度假》，為義大利繪本界帶來了新氣象，她先針對幾本經典繪本展開論述，再從中選出數本與近年出版的新繪本作比較，包括馬俐夫婦的實驗作品、葡萄牙插畫家貝納多‧卡瓦赫（Bernardo Carvalho）的孔版印刷作品（米蘭朵拉說他畫出「沒有形體的形體，而且這些形體不再被包覆於皮囊內，這些書也沒有傳統定義的文字」），以及日本藝術家駒形克己、瑞士插畫家約克‧米勒、大衛‧威斯納、陳志勇、法國插畫家凱蒂‧古萍及克羅德‧朋蒂的作品。米蘭朵拉延續德國學者科內莉婭‧蕾米（Cornelia Rémi, 2011）對「擁擠的書」的研究，眾多圖像、故事及組合構成一種「複合式小說」，裡面充滿了各式各樣的人物、細節、圖案，即便幼齡兒童都能輕鬆辨識，用手在書頁上一一指出：

> 閱讀的樂趣也可以來自這種大量的情境、描述和新奇事物，一次擁有足夠的素材讓思維、情緒、圖像和文字做各種排列組合。德國插畫家蘇珊娜‧伯納‧羅陶的擁擠之書試圖製造出某種類型的讀物，我們可以大言不慚地估算說這種類型讀物的閱讀方式數不盡，讓現實和畫中現實融合的敘事遊戲空間也無限大。

米蘭朵拉提到的這位德國插畫家蘇珊娜‧伯納‧羅陶，是 2016 年國際安徒生插畫家獎得主，國際兒童圖書評議會之所以頒獎給她，正是因為那些「擁擠」的無聲書獨具一格的詩意美學：

> 「擁擠的書」這個鮮明案例，展示了如何用許多小故事構築出一個錯綜複雜的世界，這個世界用圖像敘事的純粹力量便能讓觀者駐足好幾個小時。伯納‧羅陶並從來不對讀者擺高姿態，小讀者能看懂她書中的一切。全世界的孩童都應該認識她精彩、人性化、豐富、真摯動人且引人入勝的作品。

這些書的「擁擠」讓人聯想到希耶羅尼米斯‧波希和老彼得‧布勒哲爾的繪畫作品，屬於典型的弗拉芒地區藝術風格，細節豐富，魅力無窮。這種風格的書很受小讀者喜愛，因為可以再三閱讀觀察細節，也因為可以在這樣的「圖像迷宮」裡挑戰自己的注意力（Campagnaro, Dallari, 2013）。「擁擠」的頁面中那些細微類似的變化決定了不同角色的走向和命運，所以一本「擁擠」的無聲書會根據「構圖的連續結構和（……）角色與情節的多樣性」讓情節同時多重展開、互相交錯，讓事件同步發生。義大利比較文學學者艾曼努艾拉‧皮噶（Emanuela Piga, 2014）認為這樣的特質跟中世紀的傳奇史詩小說、多線發展的報紙副刊連載小說、現代的電視連續劇很接近，同時談及圖像書及小說蒙太奇手法中也有角色在不同空間同時或接續出現的可能。

2012 年，義大利科拉伊尼出版社出版了備受肯定的韓國繪本作家蘇西‧李（她跟義大利插畫家亞歷山卓‧桑納等五人入圍 2016 年國際安徒生插畫家獎決選）的《邊界三部曲》（*The Border Trilogy*，此書完成於 2011 年，2024 年在台灣由大塊文化出版，譯名為《SUZY LEE 的創作祕密：跨越現實與幻想的「邊界三部曲」》）【圖 36】，由她執筆談自己的無聲書創作（主要包括「邊界三部曲」三書《鏡子》、《海浪》、《影子》和《愛麗絲幻遊奇境》）；這本《邊界三部曲》可以帶領義大利讀者一起探索她繪本裡的空間世界，還可以陪伴讀者，穿越頁面的邊界、可見的邊界及書的實體。蘇西‧李在書中不僅闡述了何謂藝術家的創作觀點，也為兒童純圖像敘事提供了新的反思空間。

在此之前，關於無聲書的討論可以分幾個層次來看。首先是在網路上，最有名的是童書繪本作家安娜‧卡司塔紐利於 2009 年開設的部落格「書中插畫」，還有某些主題書店店長經營的部落格，例如 Zazienews，或是由出版人和評論人主持的部落格，如「頂尖畫家」（與出版社同名）。

其次是出版品，多是書展和插畫展專書，其中值得一提的重要成果是位於

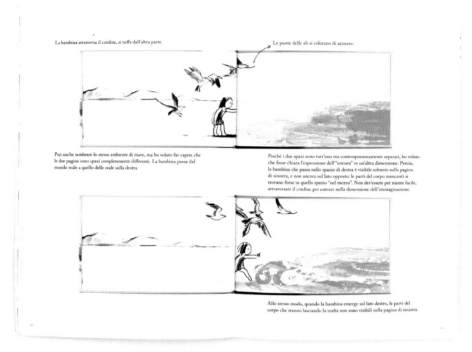

La bambina attraversa il confine, si tuffa dall'altra parte.

Le punte delle ali si colorano di azzurro.

Può anche sembrare lo stesso ambiente di mare, ma ho voluto far capire che le due pagine sono spazi completamente differenti. La bambina passa dal mondo reale a quello delle onde sulla destra.

Poiché i due spazi sono tutt'uno ma contemporaneamente separati, ho voluto che fosse chiara l'espressione dell'"entrata" in un'altra dimensione. Perciò, la bambina che passa nello spazio di destra è visibile soltanto sulla parte di sinistra, e non ancora sul lato opposto: le parti del corpo mancanti si trovano forse in quello spazio "nel mezzo". Non dev'essere per niente facile, attraversare il confine per entrare nella dimensione dell'immaginazione.

Allo stesso modo, quando la bambina emerge sul lato destro, le parti del corpo che stanno lasciando la realtà non sono visibili sulla pagina di sinistra.

圖 36：《邊界三部曲》內頁（討論繪本《海浪》的敘事與構圖），蘇西・李

波隆那的小強尼・斯托帕尼文化協會於 2005 年策劃了一個展覽向 Emme 出版社致敬，首次將創辦人羅瑟莉娜・阿爾沁托收集整理的文獻檔案及圖書資料完整呈現在大家眼前，在那之後，從評論和歷史角度研究 Emme 出版社的其他著作陸續出版，例如《奇蹟之屋》（*La casa delle meraviglie*）。

　　除此之外，還有個展的專書，例如《伊艾拉・馬俐：透鏡下的世界》（*Iela Mari. Il mondo attraverso una lente*），由哈梅林文教學會編纂出版。

　　提供討論平台的，還有刊物，例如由兒童文學及繪本學者瓦特・佛克薩托（Walter Fochesato）擔任主編的兒童月刊《安徒生》，兒童文學與繪本專家安潔拉・達爾・戈柏（Angela Dal Gobbo）為兒童與青少年讀物季刊《*LiBeR*》定

期撰稿，教育學家希薇亞‧布雷札‧皮克雷（Silvia Blezza Picherle）則與青少年文學季刊《綠胡椒》（Il Pepeverde）合作，還有先前提過的法國雜誌《出框》。

隨著國際間愈來愈多討論圖畫書的著作出版，對話也就更加頻繁，例如倫納德‧S‧馬庫斯著書談美國凱迪克獎歷屆得主，蘇菲‧范德‧林登和馬丁‧沙利斯伯利也編纂了多本專書。先前提過，頂尖畫家出版社自 2006 年起開始出版《書目大全》年鑑，多年來邀請不同名家及出版人評論市面上的繪本。當然在更早之前就有安東尼歐‧法艾提、寶拉‧帕洛提諾和卡拉‧波艾希歐（Carla Poesio）等插畫家或學者關注這個議題。

在 2012 年之前，主要是各國學者將自己在教育及文學領域的研究成果寫成學術論文，發表在科學期刊上，或出版專書，有多人合著（伊芙琳‧阿里茲佩、莫拉格‧斯提勒斯〔Morag Styles〕，2003、2008；阿里茲佩、莫琳‧法瑞爾〔Maureen Farrell〕、茱莉‧麥可亞當〔Julie McAdam〕，2013；阿里茲佩、特蕾莎‧柯洛莫、馬丁內斯‧羅丹，2014），也有個人著作，如伊芙琳‧阿里茲佩（2019、2010），艾瑪‧柏希（Emma Bosch, 2013）、紐爾斯－謝弗雷爾（Isabelle Nières-Chevrel, 2010）、楊謹倫（Gene Yang, 2008）、希薇亞‧潘塔列奧（Sylvia Pantaleo, 2008）、安妮‧羅維（Anne Rowe, 1996），他們以不同視角切入，觀察孩童對無字敘事做何反應。我們發現有些學者觀察無聲書之後，對無字繪本提出了很有創見的論述，包括大衛‧路易斯（David Lewis, 2001）、尼古拉耶娃和卡羅爾‧斯克特（Maria Nikolajeva, Carole Scott, 2001）、佩里‧諾曼（Perry Nodelman, 1988）、瑪莉安‧杜蘭和傑哈‧貝特朗（Marion Durand, Gérard Bertrand, 1975）。

其中加拿大學者佩里‧諾曼在他研究繪本的書中寫道：

無字繪本可以輕而易舉展現動作，但是不易傳達情感或意義，這

是無字繪本跟一般繪本最大的不同之處。

與佩里·諾曼出版那本書相隔大約三十年後的今天，這篇研究提出的論點正好相反，沉默這個選擇可以隨著時間或慢或快發揮作用，而且這個選擇本身就傳達了某種訊息，就本質而言充滿詩意，帶領讀者發掘在喧譁、匆忙、同化中很容易被忽略的一切：關於情感和意義上的微小細節和細微差別，關於變形，關於同步，關於聯繫與距離。由此觀之，無聲書與兒童哲學十分相似，兩者都建立在意義與情感的基礎上。今天我們可以說這種創作是一個趨勢，自 1990 年代以降，包括威斯納在內的許多繪本作者，都用沉默的圖像語彙說出一個又一個新故事。

瑞士藝術史學者芭芭拉·巴德爾於 1976 年研究美國圖畫書歷史時，就已經闢出一章專門談無字書，認為無字書和 1930 年代的圖像小說有關連性。她以李奧尼的《小藍和小黃》為例，說這本繪本讓抽象體驗正式進入圖畫書創作中。她比較《小藍和小黃》和克拉格特·強森的美國經典繪本《阿羅有枝彩色筆》（*Harold and the Purple Crayon*），還將這類創作手法與莫那利的作品相比。她談到美國藝術家兼童書作家雷米·查利普，認為他創作的主要目的是娛樂，讓人聯想到美國漫畫兼插畫家索爾·斯坦柏格（Saul Steinberg）和法國漫畫家卡蘭·達什（Caran d'Ache）莫測高深的超現實風格。

巴德爾還回顧了美國插畫家艾倫·拉斯金（Ellen Raskin）的繪本，著重說明無字敘事跟其他表達方式相比，其特色為何。「儘管看似相同，但無字書不一樣（大多數敘事類繪本都是如此），它的出發點不同。就繪本而言，這倒並非新鮮事。」巴爾德認為美國插畫家莫里斯·桑達克讓馬克斯在野獸群中華麗登場後，無聲的火花在《保護者海克特》（*Hector Protector*，台灣版譯名為《保護者海克特與當我越過海洋》）【圖 37】中蓄勢待發：

如此一來，他交給小讀者的故事可以任憑他們自由想像。這是無字書的起點，第二個起點，是後來一本又一本無字書的先祖，是人物自主行動的驅動力，以對抗僵化的書寫文本。

今天回頭看，巴德爾當年的直覺倒是既深刻也很有遠見，無字繪本這種形式的創作在之後數十年間成為敘事文學的主流之一，可以為夢想、幻想和情感發聲，可以展現不同，讓隱藏在轉化中的祕密被看見，而且可以詮釋複雜的兒童創作觀，不再讓傳統的藝術手法獨占鰲頭。文學以外其他領域對這些繪本的研究也不容忽視。研究兒童心理發展的美國學者艾莉森·高普尼克寫道：

我們尚未成熟、備受保護的漫長童年時期，在改變世界和改變自己的能力培養上發揮關鍵作用。兒童並不只是有缺陷、更原始的成年人，他們漸臻完美的同時也會變得日漸複雜。他們是另一種形式的「智人」。儘管他們之間存在顯著差異，但他們的思想和大腦既複雜又強大，就跟他們自覺可以履行不同的進化功能一樣。人類發展與其說是簡單的成長，不如說是一種蛻變。我們是注定要變成蝴蝶的毛毛蟲，也說不定反過來看更接近事實：兒童是充滿活力、生機勃勃的蝴蝶，在邁向成年的路上長途跋涉之後，最終變成了毛毛蟲。

圖 37：《保護者海克特》（台灣版由格林文化出版）內頁，莫里斯·桑達克

　　　　　　　　　　　　　　　　無字奇境：安靜之書與兒童文學

「不只是閱讀入門，或操作指引」
副文本與說明

　　副文本可以提供閱讀、詮釋無聲書的準確指示，副文本通常包括書名、序言、寫給讀者的話、注解和封底。有些情況下這些指示會整理成圖書目錄或出版社網站上的簡介。濃縮成短短幾句話的無聲書副文本旨在引導閱讀，可以是「使用說明」，或專為讀者所寫的注意事項，也可以是簡短的劇情摘要，或夾敘夾議的綜合文案，介紹作者的個人或藝術養成，紀錄創作過程，或作者個人資訊及創作觀。也就是說，副文本是一種閱讀入門，不是單純無所圖的文本，可以吸引、制約，甚至誤導進入文本遊戲的讀者。

　　西班牙繪本《紅鯡魚》（*El arenque rojo*，岡薩洛・莫爾「Gonzalo Moure」，艾麗西亞・瓦雷拉〔Alicia Varela〕，2012）就是善用副文本的一個範例。「紅鯡魚」的英文翻譯 red herring 意為「轉移焦點」，是指用修辭手法轉移焦點、混淆視聽大眾的一種邏輯謬誤，類似拉丁文短句 ignoratio elenchi，或是 non sequitur，意思是論證與結論之間毫無邏輯關聯性。之所以用紅鯡魚作此引申，是因為早年習慣（或許是傳說）在狩獵時用烘乾的魚，如煙燻鯡魚，混淆競爭對手的獵犬嗅覺。我們不清楚這個說法是真有其事，或只是無實質意義的畫面，由有才的好辯者所創，深植在語言記憶中，但我們知道這個詞的意思是「誤導思路」。兩位作者宣稱這本繪本想要訓練讀者的眼睛，看見最初及最明顯的線索、指引或印象以外的其他可能，跟書名的引申意思倒是十分吻合。也就是說要改掉因為漠不關心而被輕易誤導的習慣，要懂得用眼睛質疑人、事、

　　　　　　　　　　　　　　　　　　　無字奇境：安靜之書與兒童文學

物，看見它們，讓它們活起來。繪本封底有兩位作者的話：

　　　　不管你在何處，在你身邊總有故事在發生。很多故事。還有很多人。我們是否視而不見？有時候會。這就是這本書要說的故事。剛開始，你第一次打開看的時候，只看見一條紅鯡魚，那是讓你心不在焉的藉口，也是一個遊戲，或是一個玩笑。其實紅鯡魚代表你的眼睛，那條魚就是你，也是閱讀這本書的每一個人。你想試試看嗎？

　　五歲的迪米特里第一次看《紅鯡魚》的時候，得知要在書裡面找出小紅魚，他便匆匆翻閱，很享受如此簡單就能快速尋得寶藏所獲得的肯定。第二次看，或許是因為單純想要模仿書中某個人物進而受到引導，或機緣巧合正好看到有趣的線索，他開始注意書中其他人物的動作，雖然他們看起來是配角並不重要，但是每個人都有自己的敘事命運，不但跟其他人的命運相互交織，也跟那條鯡魚的行進路線間接交錯。於是他一次跟進一個人物，來來回回看了許多次之後，發現書中有多條敘事路線同時進行。小男孩和小女孩，盲人、導盲犬和貓，詩人和小男孩，婦人和跑者，以及許多其他人物向迪米特里展現他第一眼沒有發現的事物，從小動作就可以看出人物之間的關係，疏遠、閃躲、退縮、沮喪、不安，還有魔法及隱而不顯的美好。

　　誠如平凡中見偉大，象徵和隱喻訴說的恰恰是真相，在看似平庸無奇的外表下總能發掘人性的故事，我們一旦注意到原本毫不起眼的動作和變化後就有可能看清現實的透明與晦暗。

　　如果是小組閱讀的話，還會有意外收穫。繪本中的「多聲部」敘事正好符合「多聲部」的閱讀與討論，讀者受到同時進行且相互交織的故事線索吸引，一起加入書中的多聲部同步唱和。

　　出現在倒數第二頁的紅鯡魚引導讀者看向一個信封袋，但是在打開信封前，

會先看到兩位作者寫在最後一頁的邀請：

> 如果想把你的故事、發生在公園裡的和你看到的故事說給我們聽，
> 可以到 www.literaturasm.com/el_arenque_rojo.html 這裡來
> 如果你想知道我們的故事，就請打開信封袋。
> 因為我們跟你看見的不一定一樣，也不一定發生在同一個位置。
> 這就是生活有趣的地方。
> 很高興可以跟你分享
> 這些小故事。

　　點進上面這個網址，除了讀者留言外，還有關於這本繪本的其他資訊。用二十四頁沒有文字的圖像探索無聲敘事的界限，以及文字與圖像之間指涉關係的完美模式。信封袋裡是一本小冊子，說的是繪本中七個人物的七個小故事，簡潔扼要，充滿詩意。每一則故事標題旁的圖示是紅鯡魚搭配繪本中某個細部，彷彿一個謎語，這些圖示也是用來誤導思路的。故事屬於正好在那個地方，在書頁中、在公園裡的書中角色，負責說故事的全知作者所見所聞比圖像展現得多更多。第一個故事開頭是「很久很久以前」，表示那不是真的，而是虛構的。最後一個故事的標題是〈長笛手和麻雀〉，敘述一名長笛手在公園裡吹奏，有一小群人圍著他駐足聆聽。據說他的想法很奇怪，堅稱所有音樂家的音樂都是從大自然的音樂偷來或借來的，例如喞啾鳥鳴。

　　斜體字代表長笛手以第一人稱自述，他說自己之所以選擇來這個距離他家很遠的公園吹奏，是因為這裡老是發生一些奇怪的事。當他演奏韋瓦第的曲子時，鳥兒會態度恭敬地沉默聆聽，他也以同樣態度回應。長笛手說：「很多人以為音樂是作曲家的創作，他們錯了，作曲家其實只是善於聆聽生活。」他有幾次看見一條紅鯡魚像游水那樣經過，他覺得應該發生了什麼事，或許不是大

事，但對他而言很重要。一天下午真的發生了一件事，因為有隻貓經過，鳥兒受到驚嚇紛紛飛到樹上，之後又飛回到長笛手身旁，而其中一隻正好停在長笛的尾管底端。那一次長笛手吹奏得特別好，飄揚在空中的每一個音符都精確無誤，彷彿畫出來似的，而那隻小鳥的羽毛還會隨著每一個音符吹出來輕輕晃動：

> 突然一陣微風吹過，吹起了一個音符，一個無聲的音符，從韋瓦第那首曲子中被吹跑了。站在長笛尾管底端的小鳥飛過去抓住那個音符，在空中繞了一圈，飛回長笛上，將音符放到它原本的位置。人群歡呼鼓掌，不知道他們喝采的對象是韋瓦第，是我，還是那隻小鳥。那首曲子演奏得很完美，一個音符接著另一個音符，終至完成。我吹著長笛，瞥見那條紅鯡魚正準備離開公園。我每天都會來，只要可以，我每次都來，希望天公作美，讓那些小鳥也都能飛回來。還有那條紅鯡魚。只有牠回來，才會發生某些事。

長笛手談到紅鯡魚和作曲，談到這本書和他自己的閱讀心得，談到每個人都可以很輕鬆地把聽覺上的無聲重新放到有意義的地方，還談到每個讀者都會對接下來發生什麼有所期待，而那是為了演練重要的古典美德，例如耐心（天主教的基本美德）和希望（神學認定的美德之一）。有許多繪本跟這本西班牙繪本相反，完全沒有副文本。另外有些繪本則會提供單純的操作指引，例如美國繪本作家莉茲・博伊德（Lizi Boyd）的《在裡面・在外面》（*Inside Outside*, 2013）。這本繪本在封面內頁有如下說明：

> 精心設計的孔洞會帶領讀者探索孔洞裡面和外面的世界。
> 今天外面的世界發生了什麼？
> 瞄一眼窗外就能知道。那裡面的世界又發生了什麼呢？

瞄一眼窗內也能知道！

每翻一頁，各式各樣的孔洞會讓人窺見出乎意料之外的細節（那兩隻一直在玩耍的小老鼠找出來了嗎？），讓讀者一而再再而三回頭翻看這本看似簡單其實不簡單的迷人繪本。

法國繪本作家碧阿緹絲・胡迪傑（Béatrice Rodriguez）的《偷雞賊》（Le voleur de poule）是《狐狸與母雞》無聲書系列的其中一本。義大利 Terre di mezzo 出版社出版時，決定在封底加上故事大綱：

狐狸綁架了母雞後跑進森林裡。公雞、熊和兔子拚命追趕在後，希望救回自己的朋友。沒想到上山下海逃亡過程中，狐狸和母雞愛上了對方，當另外那幾隻動物追到牠們，決定要給狐狸一點顏色瞧瞧的時候，卻只能……

劇情大綱以省略號結束。緊接著是具有宣傳性質的幾行文字：

沒有文字的故事，教會我們看事情不能只看表面。
在十四個國家出版普獲好評。美國《出版者週刊》（Publishers Weekly）評選為 2010 年最佳繪本之一。

《偷雞賊》（後來還有續集）的原始發想，來自法國 Autrement Jeunesse 出版社邀請碧阿緹絲・胡迪傑只用圖像說故事。碧阿緹絲・胡迪傑在她的個人網站上說這個繪本的故事、角色和情境塑造參考了德國知名兒童作家及插畫家雅諾許（Janosch）的幾本經典繪本作品。Autrement Jeunesse 出版社於 2004 年開設「無字故事」叢書系列，出版法國插畫家茱麗葉・畢內（Juliette Binet）繪本《愛

德蒙》（*Edmond*, 2008）的時候，在硬殼書盒上印了這麼一段話：

> 這個系列的繪本雖然無字，但真的值得一讀。書中角色在頁與頁之間活蹦亂跳、千變萬化，還不識字的小朋友只要跟著他們，就能走進他們的世界，用自己的想像力與他們合而為一。這些圖像向小朋友說了一個故事，而小朋友能從中發現閱讀的樂趣……

發展路線

可見與不可見：
鹽水蝦、氣球與記憶

不重現可見，但使其可見。

保羅・克利（Paul Klee）

　　奧地利生物學家希爾德嘉・科特尼（Hildegard Kothny）是我家族長輩的朋友，在我九歲的時候送給我德國維寶公司（Ravensburger）出品的一套玩具。那套玩具有好幾個零組件，跟「動手組合電晶體收音機」（我們從未成功過）和「動手組合夜燈」（這個比較容易）屬於同一系列。包裝盒內是養殖無脊椎浮游生物鹽水蝦所需要的所有裝置，鹽水蝦是一種甲殼生物，幾近通體透明。於是我變成了有人稱之為「海猴子」，而我簡稱為「隱形蝦」的孤單飼主。在我房間五斗櫃上的透明水族箱裡除了水，什麼都看不見，我有一個小瓶子，裡面裝著每天餵養水族箱內那些微型浮游生物的食物，我專注沉默地執行餵養任務，看著褐色液體一滴一滴在水中消散，想像那些隱形蝦歡欣鼓舞的樣子。我其實也可以看見牠們，偶爾我會採樣放到專用載玻片上，再用配備的顯微鏡觀察放大後的牠們如何在那滴水中游泳。我到現在還清楚記得那些畫面，就是操作流程要正確無誤，要藉助工具作媒介，還要凝神貫注，缺一不可，才能看見。所以大多數時間，我只要心裡知道牠們待在牠們的水族箱裡，而我們一起待在我的

房間裡相安無事也就夠了。

　　我在思考無字書插畫的時候（特魯斯，2016）想起這件事，我認為那個兒時經驗為我跟圖像之間（不言而喻）的關係，以及我跟看不見的圖像之間的辯證關係打下了基礎。那幾個星期我跟鹽水蝦相處融洽，我照顧牠們，不因為牠們跟尋常那些可見的生物不同而大驚小怪，反而跟牠們建立了一種心照不宣的默契。我很投入，而且對自己肩負起跟那些隱形生物互動的責任感到驕傲，這個情境比其他情境更讓我覺得自在，或許是因為我本來就是小說的愛好者（我通常會跳過書中插畫），而且我對現實中具體可見以外的其他面向也比較感興趣。

　　直到某一天，有人告訴我他把水族箱的水倒掉了，因為幾個星期以來那裡面「什麼都沒有」，我才突然意識到所有隱形的事物受制於不同規則，也就是說，以交流溝通而言，不可見的比可見的受制於更多規則，需要文字才能證明自己存在，被關注、被思索，或是有時候被看見。最重要的是被思索。

　　我突然意識到，若想要在這個世界上建構自身意義，若想要成為一個可以共有、共享、共構且被討論的文獻，文字和看不見的圖像之間的關係密不可分，而今天我之所以撰文討論敘事圖像，主要是因為敘事圖像可見，它的可見度繫於藝術家的耐心和觀者的圖像識別能力之間的化學變化，雖然經過精心策畫，但是很不穩定，也很神奇。當然還有其他更具體的理由可以說明無字繪本的圖像涉及童年與隱形事物之間的緊密關係。陳述邊界，並邀請讀者體會邊界，正是這類無字繪本的主要功能，前述韓國繪本作家蘇西・李的「邊界三部曲」（鏡子、影子和海浪，邊界既存在於可見，也存在於不可見）正是如此。

　　《看得見看不見》（*Si vede non si vede*）【圖 38】是義大利 Minibombo 出版社專為幼童出版的繪本，主要敘事架構是跟隱形的、消失的和偽裝的玩捉迷藏遊戲。這本繪本跟伊艾拉・馬俐的作品一樣都是正方形開本，不需要任何文字或說明。封面上只看到一個藍色空間裡漂浮著一對眼睛，符合書名的語義場和感

圖 38：《看得見看不見》內頁，希薇亞‧博蘭多

官場域，也就是視覺。

　　翻開第一頁，有幾隻跟底圖顏色不同的動物，一隻大象、一隻母雞、幾隻小雞、一隻小鳥、一頭熊、一隻河馬、一隻兔子和一隻變色龍。這些圖像想要被看見，被一一辨識。小朋友受到鼓勵，展現出做分類，下定義，知無不言的本能反應；大人則藉此炫耀，以教學為理由要求小朋友識別並說出動物名稱。過程進行得很順利，一切如常。第一頁與其說是敘事，倒更像是圖像索引。

　　翻開第二頁，底圖顏色變了，所有單一色調的動物似乎都在牠們原本的位置上。事實上，牠們是在原本的位置上沒錯，但並非全部動物都在。讀者會想要翻開下一頁或回頭看上一頁，因為唯有比較不同頁面的內容，讓給動物排序的心理系統交互比對，才會發現究竟少了哪一個動物。

　　兩歲的瑪緹德和三歲的盧傑羅很喜歡這個遊戲，他們可以反覆玩好幾個小時，不但一眼就能看出哪些動物在哪些動物不在，還會為變色龍消失和每次新的動物消失找出不同理由。他們會觀察背景底圖上所有細節，把跟不同動物顏

色融為一體的底色視為森林、水池或其他環境。因為某個角色缺席引發的輕微緊張感，就像是重溫幼兒最早開始接觸的捉迷藏、遮臉躲貓貓這種體驗跟母親分開的遊戲。他們跟貓一樣眼神專注，得讓書和讀者之間產生一種親密感，有時候要竊竊私語才能寫出一則獨一無二的故事。要有快速識別的能力，隨之而來的有驚喜快感，以及透過視覺完成表達的成就感。

　　這本書的設計巧思讓不可見的也變成可見，對包含不同形式和可見度在內的整體連續性和邏輯性給予肯定。變色龍自始至終都不在，因為牠在每一頁都跟底色融為一體，但牠是最常被提到的角色，是真正的主角，因為看不見牠，反而更引人注意。這個閱讀過程難以避免會讓懂科學的讀者或多或少從科學角度去解釋，不過這也屬於遊戲魅力的一部分。繪本最後一頁全黑，在漆黑夜色中我們只看得到眼睛，這時候我們可以叫出所有隱形的動物名稱，顯然意味著我們知道如何閱讀看不見的東西。

　　Minibombo 出版社所有出版品都讓人想起羅瑟莉娜·阿爾沁托主持 Emme 出版社全盛時期那些經典繪本的語彙風格，核心精神在於用繪本形式推動視覺教育，以無字書為主，偏好嚴謹的圖像語彙，而且大多是幾何或抽象的圖像語彙，對象是零到兩歲的幼兒。Minibombo 出版社還開發了 App 應用程式，如《小白書》（Il libro bianco）和《玩形狀》（Forme in gioco），後者榮獲 2015 年義大利波隆那童書展的拉加茲數位好書獎（BolognaRagazzi Digital Award）。

　　同一年，波隆那童書展評審團將小說類獎項頒給了另一本以可見和不可見為主題的無聲書，背景是晚上的森林，唯一的光來自手電筒。這本無聲書的原文書名就是《手電筒》（Flashlight），在義大利由 Terre di mezzo 出版社發行，書名是《照過來·照過去》（Giochi di luce）【圖 39】。大家都知道，小朋友既喜歡黑暗又怕黑。黑暗意味著看不見，是刪除，是停滯，其他感官竊據了原本專屬於視覺的功能，黑暗所暗示的是不再存在。故事背景設定除了黑夜，還有野

圖 39：《照過來・照過去》（台灣版由小天下出版），莉茲・博伊德，張震洲攝

外，充滿了各種生物和祕密的森林。繪本主角是一個小男孩，地點是美國某個森林，主要元素是黑暗中的光，還有刀模，邀請讀者觀察每一頁所有細節。

另外一本繪本《全世界最厲害的一場枕頭戰》（*La plus grande bataille de polochons du monde*）的背景也是在夜晚，頁面底圖的顏色是黑色，故事是在小朋友寢室裡進行的一場枕頭戰。

黑暗會妨礙視線，會讓人看不清楚或無法看到完整的樣貌，所以有時候我們只能看到一半。例如伊艾拉・馬俐在《他吃我我吃你》【圖 40】書中用了修辭學轉喻法的借代技巧，用部分代替全體。我們看到互相追逐的動物出現在繪本翻開後左右兩頁的頁緣，狩獵者的頭在左側，獵物的尾巴在右側，兩個相距遙遠的圖像都做出血印刷，中間的空白代表狩獵者和獵物之間的距離，包括狩獵行為在內的食物鏈中也有人類，是追逐獵物的獵人。

圖 40：《他吃我我吃你》（台灣版曾由青林國際出版，譯名為《這是誰的尾巴？》）內頁，伊艾拉‧馬俐

　　這本書的設計，是用省略法打斷連續節奏，讓讀者預測、猜想後叫出動物的名稱，過程中始終提心吊膽，因為這畢竟不是好玩的追逐遊戲，而是叫人膽戰心驚的你追我跑，讓人腎上腺素飆高的捕獵與逃亡。有時候會用刀模系統來執行借代遊戲。假設在書頁上開一個洞，透過那個洞只能看到局部細節，等翻開下一頁看見完整圖像時，那個細節就有了新的語義價值。所有隱藏的、消失

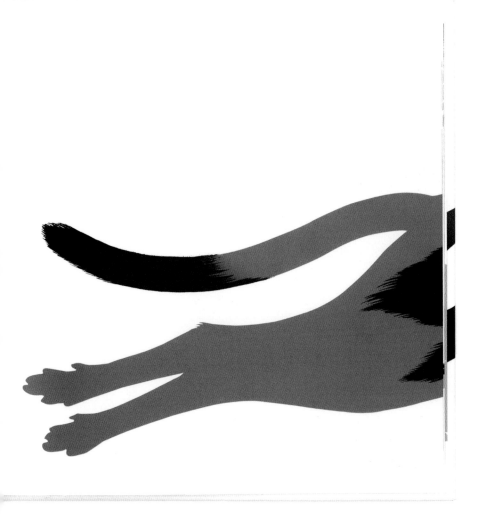

的、抹去的，反而最能夠揭露事物的本質和形式。用圖像語彙來說，圖像和留白相互界定，每一頁的留白都有其意義。

有時候內容會因為留白而得以突顯。例如橘子行星出版社（Planeta Tangerina）為葡萄牙插畫家貝納多・卡瓦赫出版的《海灘・海》（*Praia Mar*）。

此外，在義大利藝術家瓦雷利歐・貝魯提（Valerio Berruti）以乖巧孩童為

主角的繪畫和雕刻世界裡【圖41】，童年和看不見的無形之物擁有共同命運：在那個世界裡，圖像的時空背景都被抽離，形體彷彿不是由點和線組成，而是某種貌似圓形的物質，空靈清透，又讓人覺得很熟悉。卡瓦赫的繪本中【圖42】，泡在海水裡的弄潮兒彷彿跟海水一樣是有機鹽類物質，他們不是在海中游泳，他們自己就是海，會在海中溶解，最後只剩下海水，泳衣的存在是為了大約勾勒出形體及律動中的柔軟量體。貝魯提的人像茫然失措，跟環境融為一體，感覺輕飄飄的，他們生活在一個無需形式和色彩烘托的高度緊張氛圍中，他們沒有玩遊戲，但是可以說這些圖像的組成成分就是遊戲、現實、空間與空白。

我們想想看近年來常見關於兒童基本權利的討論，以及今天童年時期在很

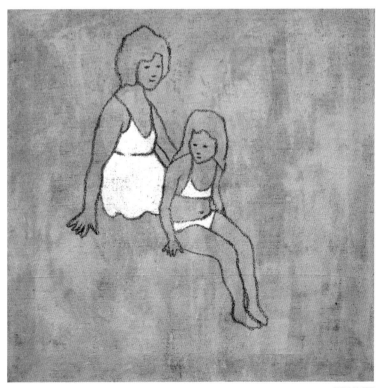

圖41：《如同最初》，瓦雷利歐・貝魯提　　　www.valerioberruti.com

圖 42：《海灘·海》內頁，貝納多·卡瓦赫

多地方被忽略、被邊緣化、被視而不見的現象，固然全球各地問題嚴重程度不一，但我們能明白「看不見」這個主題，無論是否用隱喻方式呈現，都十分接近兒童的現況。舉例來說，用視覺手法展現兒童身體是十分近期才有的事。

　　然而可見指的並不僅是具體可見或暫時可見，同時指的是我們能看見我們與圖像之間建立的積極互動關係，也就是說看見我們的想像、夢想、渴望和所愛。法國導演艾爾伯特·拉摩里斯（Albert Lamorisse）執導的知名短片《紅氣球》（Le ballon rouge）於 1956 年在坎城首映並獲獎，堪稱這種關係的最佳範例，片中出現的紅氣球是圖像敘事偏愛的經典代表物。

　　電影近乎默片，描述一個小男孩和一個紅色氣球之間的友誼，以及他們一起在巴黎街頭散步的故事。觀眾從梅尼蒙當街口開始跟著他們，背景是灰撲撲的巴黎，跟紅色氣球形成強烈對比。氣球有自己的意識，可以建立真正的友誼。這對好朋友一起克服難關，曾經暫時分離，氣球跟在小男孩後面，逃跑後再回來，它愛玩、任性、愛照鏡子、接受管教，一邊體驗六歲小男孩的生活，一邊在城市裡自由自在到處亂竄，等待著小男孩。男孩和氣球玩捉迷藏遊戲，前者

搭上電車，後者在空中跟著飛，即便學校和教堂不讓紅氣球進去，他們也照樣形影不離。秋天來了，落葉紛飛，開始下雨，跟小男孩有互動的幾個大人撐開傘幫他和紅氣球擋雨。

在這部頗有遠見又簡潔的電影佳作中，小男孩和氣球之間的友好關係清楚展現了兒童想像的創作力。當其他頑童用彈弓把氣球打下來的時候，全巴黎的氣球發動了一場革命，它們從煙囪和窗戶飛出來在空中集合，隨後飛去小男孩身邊。他抓住這些氣球的繩子，被氣球帶上天在城市上空翱翔，這個畫面注定會在集體想像中留下深刻記憶，並且常常被提起。在藝術領域裡有另一個紅氣球同樣受到矚目，那就是義大利藝術家皮耶特羅·曼佐尼（Piero Manzoni）的《藝術家吐息》（*Fiato d'artista*, 1960）。

我們可以猜猜看，伊艾拉·馬俐在想像她那個紅氣球該如何做各種變形的時候，知不知道別人用過相同元素（曼佐尼和恩佐·馬俐於 1960 年代初一起在米蘭 Azimut 畫廊辦展覽）？路易吉·瑟拉菲尼是不是知道前面兩個紅氣球作品，當他在畫《瑟拉菲尼抄本》中帶著男孩飛向空中的那個紅氣球時，有沒有可能心裡想著伊艾拉·馬俐的各種紅氣球變形？【圖 43】

英國藝術家班克西（Banksy）的《手持氣球的女孩》（*Girl with Balloon*）系列是他最有名的塗鴉之一。這個塗鴉第一次出現是在 2002 年，旁邊有「希望永存」（There is always hope.）字樣。新版出現在 2012 年，為呼應「與敘利亞同在」，手中紅氣球被風吹走的那個小女孩變成了移民小女孩。

形狀完美易辨認的紅氣球，默不作聲地透過電影膠捲、無聲書和塗鴉變成了敘事主角，訴說兒童想像力的改變、渴望和轉型過程，形式和命運的遞迴，旅行和變形是所有生命體無法抽離的狀態，以及「觀看」具有藉由思考形式邏輯找到意義的能力。1968 年，伊艾拉·馬俐在回應媒體席捲我們生活的問題時，胸有成竹地談起教育和美學的意向性：「關於電視製造的影像畫面疲勞轟炸問

圖 43：《紅氣球》（台灣版曾由青林國際出版）內頁，伊艾拉‧馬俐

題，我希望大家能多關心形式」（哈梅林，2012）。所有視覺都與觀看有關，
也就是說與感知和經驗有關。視覺科技的發展有助於建構我們的感知語法。我
們在懸浮氣球圖案上看到的輕盈美感和物理表現，於我們觀看真實世界時也同
樣發揮作用。

　　我們繼續看氣球，這一次要看的是熱氣球。1786 年出現的鳥瞰視覺是視覺
文化上第一次真正的革命（Dorrian, Pousin, 2013）。熱氣球讓我們得以從視覺
角度看待自然景觀。熱氣球結合了形式與科技、美學和實證研究。舉例來說，
英國最早去坐熱氣球的人基本上是為了能夠俯瞰（以及被人觀看），買票等於
「繳交好奇稅」，畢竟熱氣球升空在當年可是萬眾矚目的大事。剛開始熱氣球
並非運輸工具，只隨風和氣流擺盪，是體驗騰空而起的機會。

　　熱衷於熱氣球的人通常在手動操作之餘，還會做紀錄，寫下乘坐熱氣球飛
翔的感受。托馬斯‧鮑德溫（Thomas Baldwin）率先寫出了第一本熱氣球一日
遊的書，這本於 1786 年出版的《空中旅行》（*Airopaidia*）圖文並茂，內容包

括史上第一批空中鳥瞰圖（Thébaud-Sorger, 2013）。書中有文字也有圖的目的是希望能生動呈現乘坐熱氣球旅行的印象。《空中旅行》內附三幅版畫，第一幅《熱氣球升至最高點的圓形視圖》（*A Circular View from the Balloon at Its Greatest Elevation*）【圖 44】就是一張劃時代的圖像，雲朵看起來略顯粗糙，因為要等到十六年後，英國氣象學家盧克・霍華德（Luke Howard）才開始有系統地對雲做研究分類（Hamblyn, 2001），而地球是圓形的這一點則清晰可見。觀者可以體會置身於無限空間裡的感受，想像著不斷往上攀升的運動，從高處俯瞰前所未見的地球，反思約定俗成的景觀表現手法和旅遊日誌。那個視角前所未見，是全新的景觀地圖，是沒有框架也沒有水平線的垂直視圖。在這本書之後，有很長一段時間再沒有人紀錄過從熱氣球俯瞰的視角，英國學者莉莉・佛特（Lily Ford, 2016b）專攻飛行與高空視角的文化研究，她認為《空中旅行》這個故事和這本書賦予我們從空中看世界的能力。

我們都知道，歷史上最早進行空中攝影的人是法國攝影師納達爾（Nadar），他於 1858 年 10 月 23 日在巴黎近郊小比塞特村（Petit-Bicêtre）乘坐熱氣球升到八十公尺高的空中。升空和前所未見的全新地球樣貌雙重感受，成為輕盈、諸多文學先鋒和人類探勘史的形象代表特色。之所以推崇從高空俯瞰的傾斜視角看地球，是因為既然能夠擺脫地心引力，也就表示我們能夠擺脫既定的、無從爭辯的命運威脅。

　　我們受的教育和西方思維告訴我們，為了獲得想要的東西，為了主宰自己的命運，為了掌控大自然的力量，我們必須奮鬥。面對那些未知的、不理解的或令人詫異的，沒有任何猶豫不決的空間。但是乘坐熱氣球升空截然不同！從起飛那一瞬間，駕駛人員就知道自己進入了一個新世界，在那個世界裡遇到風只能靠直覺，要謙卑，要懂得尊重。我們要做的不再是掌控大自然，而是要學著認識它，接近它，才能在

　　　　　　　　　　　　　　　　　　　無字奇境：安靜之書與兒童文學

圖44：《熱氣球升至最高點的圓形視圖》版畫，收錄於《空中旅行》，托馬斯·鮑德溫

雲端之上跟風一起玩耍。

　　說出這番話的人是貝特朗·皮卡爾（Bertrand Piccard），他是乘坐熱氣球環遊世界的第一人。在我書寫這本書的時候，他剛駕駛太陽能飛機完成了第一次環球飛行。

　　返回地面後，高空中所見成為無聲書中反覆出現的敘事主題。例如安野光雅充滿各種細節的「旅之繪本」系列，夏洛特·迪瑪頓斯（Charlotte

Dematons）的《黃氣球》（*De Gele Ballon*）、舒伯特夫婦合著的《紅雨傘》，以及彼得·舒索（Peter Schössow）的《再來！》（*More!*）。《再來！》描述一個男人被一陣強風吹上天之後被迫在空中飛翔，沒想到他愈飛愈上癮，在空中之旅結束後他只說了一句話：「再來！」這些繪本結合了細節辨識練習、可視範圍確認、令人困惑又驚豔的廣闊視角和大小對比感知，讓觀看的眼睛不斷校準深度以捕捉細節，包括插畫裡的細節，或者應該說是按照編頁順序出現的插畫裡的細節，同時建立地理視角。書和真實世界、細節和整體、再現和視覺體驗之間永遠互為參涉。義大利藝術家奧利佛·巴比耶里（Olivo Barbieri）的攝影作品就是用這個模式操作，他在直升機上拍攝的幾個景點，因為使用移軸鏡頭，讓真實場景看起來更像是模型。

夏洛特·迪瑪頓斯的「黃氣球」【圖45】既是讀者一頁接著一頁搜尋的目標，同時也是環遊世界的推手。讀者的眼睛如同閱讀文字時的手指，要在充滿琳琅滿目細節的圖像裡找出氣球那一抹黃色，它遠遠地在遼闊的空間裡翱翔，彷彿漂浮在一望無際的自然景觀中，每一個跨頁都是用高空透視角度呈現各異其趣的奇特失真景色。即便是幼齡兒童也能立刻看懂這本書玩的遊戲是必須在跨頁中找出那個小小的黃氣球，只要跟小朋友一起看書就會知道他們的辨識速度有多快。之後他們還會陸續發現其他角色，其中幾個在封底有特別註明，例如巫師、越獄逃犯和一輛藍色汽車等等。至於另外幾個角色，則需要有一定的文化積累，要先看過其他童話故事或電影，才能夠認出來。

因運動和變化而生的多樣形式是「擁擠的書」基本操作機制，重點在於找出細節和差異。《黃氣球》的景觀屬於人文地理學，也是物理、視覺、文化和理想中的地理學，有目標物利用色彩擬態隱身在自然環境中，也玩組合和混淆的視覺錯覺遊戲，例如越獄逃犯身上的條紋囚衣和斑馬的斑紋毛皮。封裡頁上有一條路，說明這是一個旅行故事，扉頁除了路以外，還多了黃氣球。黃氣球

圖45：《黃氣球》（台灣版由閣林文創出版），夏洛特‧迪瑪頓斯，張震洲攝

自然在書封上就已經出現，它在地球上空翱翔，黃氣球同時也是書名。不遠處有一輛警車，以及載著兩頭長頸鹿的小貨車，這兩個元素之後還會再出現。

第一個跨頁是雲層上的各種飛行物和人，有來自真實世界的，也有來自文學世界的，可見的地面只有一小塊。這幅畫完全是想像空照圖，有太空梭、外星人飛碟、叼著新生兒的送子鳥、騎著掃把的巫婆和聖誕老婆婆、信鴿、開著雙人飛機的德軍飛行員紅男爵、從窗戶可以看見乘客的民航飛機、兩架噴射機、滑翔機、兩個熱氣球、一群遷徙中的鵝和瑞典頑童尼爾斯‧霍爾格森、一群小天使、降落傘、騎著砲彈的閔希豪森男爵、紙飛機、遙控飛機、帶著雨傘的保母包萍；地面上則有警察正在長襪皮皮住的亂糟糟別墅附近抓逃犯。可以看到黃氣球也在空中。

下一個跨頁則是生氣盎然的一幅城市鳥瞰圖。我們的視覺焦點鎖定不同景深，就會發現某些角色再度出現，例如越獄的囚犯再度從這座城市的監獄脫逃。諸多並無延續性、充滿各種細節的單一鮮活畫面整合為一，我們的目光可以在這個建築群像圖中滑行，辨識各種類型的建築、教堂和博物館，甚至連人物的衣著打扮都能看得清清楚楚。乍看之下，這幅畫似乎純然描繪現實，但是仔細觀看就會發現有一些虛構人物或細節在其中，例如蝙蝠俠在左下角，右上角種著櫻桃樹的道路旁有一位撐著傘的女子剛剛從天而降，黃氣球則握在一個小男孩手裡。旅行還沒結束。

再下個跨頁，是開闊的田園地景，不過是由不同畫面組合而成：花田與旁邊幾塊區域（養馬的牧場、印地安人的營區、被包圍攻打的封地、在舉辦喪禮的墓園、逃亡中的逃犯）的時空背景脫節，小紅帽和大野狼（以及黃氣球）就要走入森林（他們也出現在日本繪本大師安野光雅於 1984 年獲得國際安徒生獎的《旅之繪本》【圖 46】裡）。讀者要閱讀、揀選並分辨圖像中的細節，才能找到黃氣球，並在穿越時空不斷延續的故事之旅中移動。

夏洛特・迪瑪頓斯這本書是紀錄世界奇景的視覺和敘事地圖冊，下一個跨頁乍看之下是單純的山地景觀，有中國長城、爆發的火山、西藏寺廟，還有那名逃犯在被雪覆蓋的小徑上滑雪。但是在空中除了有救援的直升機外，還有神燈精靈乘坐的飛毯、滑翔翼和一隻展翅的巨大猛禽。其操作模式跟讀者閱讀美國插畫家理查・斯凱瑞的代表作「幸福城」系列繪本一樣，也跟閱讀安野光雅以旅行為主題的系列作品一樣。因為畫家的細膩描繪手法，走過這些被細細勾勒的風景時，我們才懂得欣賞旅人的改變、世界的多樣形式和每一次旅行必然帶來的蛻變。看過南方的海、讓鐵達尼號沉沒的極地冰山、有考古遺跡和盜木賊的亞馬遜雨林、海灘和彷彿童話世界的夜景，然後踏上歸途，夏洛特・迪瑪頓斯邀請我們好好思索這樣一個貌似連貫一致卻又自相矛盾的地理學。劍客、

海盜、美人魚、童話及神話人物、泰山與珍妮、超級英雄、充滿細節的歷史事件全都出現在這本美妙的無聲書裡，故事裡還有其他故事，需要花時間一一發掘，並體會其細膩之美。

繪本最後有兩幅夜景，第一幅帶我們回到城市裡，第二幅則讓我們走進一個童話空間，那裡有讓漢賽爾與葛麗特兩兄妹迷路的森林、女巫集會、跟手下開會的俠盜羅賓漢、不來梅樂隊、公主、城堡、馬車、吸血鬼和鬼魂，當然少不了聖誕老婆婆、蒙面俠蘇洛、七個小矮人，以及如幻影般飛過小矮人頭上的倉鴞。逃犯終於回到家，我們看見他跟一名女子緊緊相擁。黃氣球在回家那條路上，藍色小貨車從右頁開往左頁，象徵回歸。這條路到了封底裡頁再次懸浮在空蕩蕩的空間裡，但這一回是晚上。巫師拿著黃氣球揮手道別，走向左頁頁緣，長頸鹿則被載往相反方向，或許換了一輛車。故事可以繼續下去，或重新開始。

這種視覺尋寶遊戲就像是向孩童展示文學基本探索機制的一個「發現引擎」：在書中尋找自己原本知道的，在一個未知的地方發現它後，就有了通往那個未知之境的路徑。可以順著這個個人搜尋方向建立新的路徑，勇敢地經歷轉化、焦慮、挑戰，讓自己投入遊戲，在內在動力驅使下翻開下一頁，從而發現自己一如準備探索的多樣風景和語彙那般有所改變。這類書籍有一個有趣的機制，可以激發並精進辨識能力和技能。不僅鼓勵讀者之間建立關係，讓他們互相對話、競爭，進行英國人類學家格雷戈里·貝特森（Gregory Bateson）認為這類遊戲常見的後設溝通（1995）：我們正在玩，我們玩，我們假裝，讓我看，告訴我在哪裡；而且告訴讀者要跟著線索走，觀察細節，質疑圖像少了什麼、改變了什麼，堅持不輟，故事就會成形。我們已經知道的故事彷彿一條頑皮好動的線，帶著我們發現未來的、可能的或過去的新形式。

夏洛特·迪瑪頓斯還跟海牙美術館合作，帶著大家發現無聲書裡不一樣的

圖 46：《旅之繪本》（系列作品台灣版由青林國際出版）內頁，安野光雅

風景，書中每一頁都是不同大師畫作視覺元素的組合，第一眼看不出來，但是邊翻邊看就會慢慢發現那些都是收藏在美術館中的藝術作品。這類無聲書需要反覆閱讀，從最簡單的尋找細節開始，到之後一次又一次沉浸其中，讓其他細

　　　　　　　　　　　　　　　　　　　無靜奇境：安靜之書與兒童文學

節浮現在持續變化的風景地平線上，跟著書一起環遊世界。

荷蘭出版的《紅雨傘》【圖 47】情況很類似，不過這本書並不「擁擠」，作者是德國夫妻檔插畫家英格莉德・舒伯特及迪特爾・舒伯特。這本書同樣說的

圖47：《紅雨傘》，英格莉德 & 迪特爾·舒伯特，張震洲攝

是渺小主角和大環境之間介於無所適從和同一性的關係。小狗和紅雨傘這個奇妙的組合一開始就出現在封面上，小狗抓著傘懸在半空中，下面是抬頭看著牠的長頸鹿，背景則是一片黃色大草原。這一天颳著強風，小狗跟紅雨傘在公園裡不期而遇，一起被吹到天上，展開他們的奇幻之旅。每一個跨頁都是一幅自然美景，裡面住著看起來叫人神往的各種動物，還有瀑布、叢林、大海和冰山。

　　舒伯特夫婦堪稱圖像敘事大師（迪特爾·舒伯特也是之後會談到的另一個繪本《小猴子》［Monkie］的作者），他們探索敘事的所有可能，每一幅畫的透視角度都不一樣，而且不斷變換背景構圖和情感渲染效果，完成的歷險故事雖然簡單，卻蘊含無限詩意。當然，這類視覺尋寶遊戲的結構複雜程度可以因書而異，在有的書中，尋寶是故事推進的理由和信號，暗示會有更多發現；在

有的書中，則是閱讀經驗的重點。

　　以1987年英國Walker Books出版的暢銷系列繪本《威利在哪裡？》（*Where's Wally?*）為例，讀者要做的就是發揮視覺辨識能力，找出身穿紅白條紋T恤和淺藍色長褲的主角，他隱身在每一頁都不同的人群和各式各樣的背景環境裡，有時候真的是置身於人山人海之中。威利系列繪本在全世界翻譯出版，不同國家有不同名稱，例如威利在美國叫沃爾多（Waldo），在法國叫查理（Charlie），在德國叫瓦特（Walter），在土耳其叫阿里（Ali），在以色列叫埃菲（Efi），在挪威叫偉利（Willy）。這個系列繪本源自於英國插畫家馬丁‧韓福特（Martin Handford）對人群的迷戀，書中再現的情境，如廣場恐懼症發作，身處陌生環境中手足無措，在人群中走失，在浩瀚世界中意識到自己的渺小，對無人聞問感到焦慮，無法離開人群，以及消失。

　　這些感覺，從童年時期就構成一定的心理和認知挑戰，可以透過這類遊戲建立同一性和人際關係，回應這個挑戰。尋找定位，迷失自我，消失，重新出現，可見的同時也不可見，緊盯獵物，並在困境和混亂中認出獵物，就視覺而言擁擠到極致的威利系列繪本，將這些挑戰都轉化為視覺上的遊戲。當然還可以從其他角度切入閱讀這個系列。在這些無止境的旅行中，威利完全融入一頁頁圖像密密麻麻、讓人面對各種形式之間的關係與組合無所適從、充滿疑惑的畫面中。這個看不到盡頭的遊戲還可以延伸到攝影，例如德國當代藝術家安德列亞‧格爾斯基（Andreas Gursky）的攝影作品，可以說是另一種威利系列繪本。

　　也有性質截然不同的自然之旅，是感知、沉思、形而上、安靜的低密度旅行，作者將之界定為「私人日記」。沿著河邊走，將河岸當作圖像元素，河水奔流形塑的視覺敘事充滿罕見的盎然詩意。這是義大利插畫家亞歷山卓‧桑納的《長河》（*Fiume lento. Un viaggio lungo il Po*）【圖48】，這個繪本讓讀者沉浸在波河平原地平線上的水岸催眠氛圍中。河岸線是延續的，只因頁面邊框和視線範圍

圖48：《長河》（台灣版由格林文化出版）內頁，亞歷山卓・桑納

受限而被打斷，記述歷史上不同階段流淌的四季時光。薩納用寫意的水彩筆觸讓大家看見這位藝術家如何讓讀者體悟水的變化，探究液態、固態和氣態時的水、雪和霧，以及他如何抽離幻覺因素，讓原本的個人感知變成大家皆能有所感的故事，有明確地點、歷史時間、人聲、沉思，還有通過記憶喚醒那些可見的事物。筆觸、手法、水流、色彩、勾勒的自然風景和住在河堤上的那個男人都充滿動感。地平線不是靜止不動的，忽高忽低起起伏伏，人像是魚或微生物，散落在頁面中奮力漂浮。河流向大海，沒有人能逆轉或中斷，只能跟隨。上與下短暫合而為一後重新分開。故事繼續。以四季為題的四個章節，彷彿是在旅行過程中、在被打斷的睡夢中，趁著眼皮一張一闔悄悄滲入的畫面。這個繪本獲得許多獎項肯定，亞歷山卓·桑納還入圍了 2016 年國際安徒生插畫家獎決選。這個關於義大利波河及其歷史的無聲故事也說給了美國、法國和德國的讀者聽。

在鹽水蝦那件事過去多年後，我的生物學家朋友希爾德嘉·科特尼告訴我一個真實故事，與可見、不可見、童年和記憶有關。她說她最好的朋友弗莉德爾·迪克·布蘭戴斯（Friedl Dicker- Brandeis）是一名畫家和平面設計師，在包浩斯學校教授藝術課程，1942 年被送往位於今天捷克的泰雷津集中營（Das Lager Theresienstadt）。她在集中營擁擠的簡陋牢房中，每日堅持不懈致力於教導跟她一樣成為納粹階下囚的小朋友，讓藝術抵擋恐懼，讓他們看見幸福和意義。她教小朋友拿已經用到最後的一小截鉛筆畫畫，學寫自己的名字，想像並說出各種不同顏色，以免他們忘記。她帶著那些小朋友創作，用回收材料尋找美麗與快樂，因為她知道藝術表達具有治療和救助的價值。

布蘭戴斯把超過四千張兒童畫作藏在兩個手提箱裡，戰後被帶到布拉格，如今收藏在當地的猶太博物館裡，在巡迴全世界的納粹大屠殺展覽中展出。這個故事拍成了電影，寫成了書，也辦過展覽（Makarova, 2001; Feinberg,

2012）。布蘭戴斯於 1944 年在奧斯威辛集中營被殺害，但那批兒童畫作直到今天依然在為那些孩童的個體性和存在做見證，同時證明藝術、表達、追求美、尋找可見的意義，都是讓我們練習跟因為不再、不在這裡、時候不對或時候不到所以看不見的一切建立關係的應變辦法。

「無須多言，卻非無聲」
驚喜與野性

> 想像文學的欣賞，有兩種品味：
> 對驚喜情感的品味，和對認同情感的品味。
> 亨利・詹姆士（Henry James）

封面是一隻貓，貓是詩歌、神話、小說和無以數計視覺創作的主角，加上貓總是會讓人聯想到沉默跟魔法，就連在社群網路上也能輕易吸引大家的注意力，激發無限熱情。這隻貓抬頭往上看，表情很神祕，也很真實，似乎有些疑惑，養貓的人都看過，貓奴回家時等在門口的貓就是這個表情。無聲繪本《驚喜》（*La surprise*）【圖 49、50】的作者是法國繪本插畫家兼平面設計師賈妮可・柯艾（Janik Coat），由 MéMo 出版社於 2010 年出版，在義大利則是由 La Margherita 出版社於 2012 年出版。

無論是重新發行經典繪本，或是出版《驚喜》這樣的原創繪本，MéMo 出版社都十分講究印刷品質、紙張和整體設計。《驚喜》封面是紅色跟灰色，印刷採霧面處理，給人的第一印象是慎重且嚴謹。翻開書，映入眼簾的是黑色封裡頁，向讀者預告這是一個有點私密，或許還有點神祕的心情故事。

翻開下一跨頁，是很充實、愉悅的一天，家中玄關旁的角落裡，貓咪坐臥在一張紅色單人扶手沙發上，美好畫面中的形式很純粹。色彩方面，灰貓彷彿

圖49：《驚喜》內頁，賈妮可‧柯艾

圖50：《驚喜》內頁

夜色中靜悄悄的陰影，紅色沙發跟旁邊盤子裡熟透的仙人掌果一樣鮮豔奪目。這棟房子顯然是這隻貓的家。臥房的床罩是粉紅色的，房間裡有一張照片，照片中那兩個人應該也跟此刻安靜無聲的這棟房子有關。之後我們看到貓咪望向窗外，可以主觀判定牠聽到了汽車駛近的聲音，還察覺到馬路上出現了亮晃晃的車燈。

再翻開下一跨頁，貓咪露出了封面那個表情，視角來自一名女性，因為畫面中出現了一雙女性皮鞋，而那名女性顯然是貓咪以嚴肅又崇拜的神情注視的對象。大紅底色上有兩個圓形的容器，這個畫面裡所有線條都很圓潤。這個有點距離的透視角度沒有維持太久，下一頁就看到女子抱起貓咪緊緊摟在懷中，開心地瞇著眼睛。左頁全白，不需要文字也不需要說話，貓咪無法說出口的愛意化作千言萬語，都包含在這頁空白裡。這一頁柯艾讓女主人穿上一件橘色毛衣，塗上紅唇，房間背景是紫色，但是在下一頁改用粉彩色表現家庭場景中女主人和貓咪的親密互動：浴缸，包頭髮的毛巾，女主人肩膀上的貓，都是一人一貓私底下相處的默契瞬間，靠身體律動和眼神完成對話。

之後我們看到深夜時分，入睡的女子身邊躺著一名男子，男子沒有睡，他瞪著眼睛，看向站在女子身上不肯離開的那隻貓，一副憂心忡忡的樣子。凡是養貓的人都知道，有貓的同居關係發展下去，情感表達就會變得跟貓一樣，但是人比貓更懂得隱藏，也想要隱藏，只是未必能夠藏得住。

女子和貓的組合又恢復之前的完美和諧狀態，我們接下來看到的兩個畫面十分相似，一左一右對照，主題都是女子大腹便便躺在床上，描繪時光飛逝及女子懷孕的變化，她身邊始終有貓作伴，十分放鬆自在，而且第一幅畫面中，女子手裡還拿著一本書，一邊閱讀一邊等待，日子過得平靜又充實。不過翻開下一頁，我們看到屋子的門開著，站在屋內的男人擺出保護姿態扶著女子的胳臂，面向大門準備離開，貓咪則在紅色沙發上。我們只能想像女子和貓咪說不

定在門口用眼神互相道別，重點在於從門外灑進來的陽光，預告有一些事情即將發生，冒險即將展開。

畫面一轉，我們離開了原以為是整個故事框架的室內場景，初次來到戶外。貓咪的身形看起來比之前更加圓潤，牠走在兩側有高聳樹木的小徑上，暗指那是一個屬於童話故事的森林，或是離家很遠的某個地方。讀者很擔心，有的人還會問，貓咪要去哪裡？接下來的畫面是大白天的門口，女子頭髮有些凌亂，神色惶然，她懷中抱著新生兒，紅色沙發在陰影中很顯眼，但是貓不在。再來是那名女子坐在沙發上，嬰兒躺在時髦的搖籃裡，跟故事開頭一樣，兩人似乎在靜靜等待。養貓的人肯定能明白，當貓因為某種原因離家出走的時候，就是那種感覺。

再翻開下一跨頁，右頁是一片空白，讓人覺得鬆一口氣又感到驚喜的畫面在左頁。貓咪出現在家門口，而且還帶了兩隻小貓回來，一切都呈倍數成長，一切都很圓滿，故事繼續。同樣的客廳裡，多了兩隻小貓在玩耍，女子和貓咪跟以前一樣形影不離，她們未來的故事就此展開，期待更多驚喜。讀者看完一遍之後還會再三反覆翻閱，以感受人與貓分離時的焦慮，並體會在以圖像寫成的詩中找到一首歌的愉悅，那是獻給心照不宣的親密感與驚喜的一首歌。

女性和動物之間的關係，自古以來是不同文化的核心議題。心理分析師克萊麗莎・平蔻拉・埃思戴絲（Clarissa Pinkola Estés, 1992）認為「野性心靈應該受到保護」。野性深植於女性內心，這種與生俱來的特質在童年時期尤其活躍。問題在於如何透過想像力喚醒深層的野性，因為野性是與「世界靈魂」[1]連結的觸點，也是深入撫慰我們內心，讓我們發自內心覺得跟宇宙有所連結的關鍵。這個繪本的創作動機正是如此，勾勒並強化童年與女性之間具有象徵意義的連結關係。

1　【譯註】世界靈魂（anima mundi）是柏拉圖學派說法，認為世間萬物皆有靈，互相連結，皆為一體。

為所有小女孩、小男孩和讀者創作的這個故事，採用了令人無法抗拒的架構，標題開宗明義宣告那是「驚喜」[2]，這個架構很有趣，在等待的樂趣、暫停和揭曉之間遊走，全知的敘事者和後來才發現未知和意想不到事物的讀者之間，展開充滿智慧的完美對話，等結局揭曉後，讀者會覺得自己「啟動」並參與了整個閱讀過程。

選擇只用圖像敘事，意味著更偏好視覺邏輯而非文字邏輯，更關注不適合用文字做簡要敘述或描述的事物，或是反過來說，更想要展現抽離、減速、靠近或遠離的過程。圖像敘事在產生感官經驗的同時，還可以還原在教育場合裡受到制約和壓抑的某些議題的尺度、時間及可見性，包括野性、無常、極大和極小事物的文藝價值、瞬息萬變和互久不變、心照不宣的默契與不相干事物之間的關係、圖像讓不同時空的人見面並證明那是因為集體想像力的能力。

若是如此，應該要將柯艾與不分性別的小讀者之間建立的結盟關係寫進情感教育裡，寫進馴服與野性的辯證中，今天尤其迫切，因為這個年代的社會亟需要解決兒童被監禁和長久以來女性遭受各種暴力的問題。這跟文學要處理的問題相同，都涉及想像力、語言、關係和視野，而出人意表的是，這些也是無聲書常見的問題。克萊麗莎・平蔻拉・埃思戴絲寫道：

> 我們對與生俱來的野性充滿鄉愁。能解決這種苦惱的辦法很少。我們被教導要為類似慾望感到羞愧。我們把頭髮留長，用來掩飾感情。但是那個野性女人的影子躲藏在我們身後，無論白天或黑夜。無論何時何地，那個緊緊跟隨我們的影子都是四肢著地的。

---

2 哈梅林文教學會理事長瓦拉（Emilio Varrà）認為這些「驚喜之書」是一種廣義的「瞬息繪本」，他寫道：「這些書只要露出一點蛛絲馬跡，就足以顛覆讀者的期待。這些書談的是現實生活的不可控制和面對現實生活的勇氣。一方面讓你明白世界上沒有什麼是百分百篤定的，只要一點狀況就有可能整個翻盤；另一方面，這些書又強調要有能力面對突發狀況，只要堅持不認輸，永遠能找到新的解決方案。」

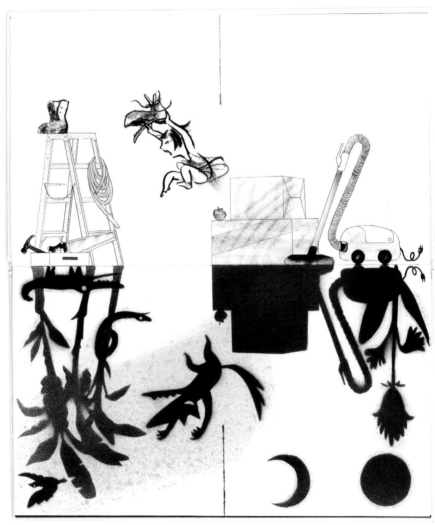

圖 51：《影子》（台灣版由大塊文化出版）內頁，蘇西・李

　　我們如果把女子和貓與經典的小紅帽大野狼組合並列，如果我們後者這個童話故事的組合旁邊添加陰影元素，就會得到蘇西・李的完美等邊三角形中《影子》【圖51】所在的那個頂點。《影子》是這位韓國藝術家討論度最高的三本純

圖像書其中一本，三本書中小女孩遊走在實體書開本範圍內，與書本身的元素互動，例如裝幀的中央裝訂線。蘇西·李在《邊界三部曲》書中闡述並評論自己的三本作品。她說她完成長窄左右開本的《鏡子》後，把這本書轉成水平橫向，「海平線瞬間浮現」，那是無聲繪本類型代表作、備受喜愛的圖像詩《海浪》中那個實驗性空間。蘇西·李再把開本寬扁的《海浪》裝訂線改成放在最上面，於是想像開始往上下對應的方向發展：

　　一本書由下往上翻開，一個世界在上，一個世界在下，之間用裝幀的中央裝訂線隔開，這是小女孩自己一個人想出來的遊戲，是天馬行空幻想的產物……，結果是什麼不重要。或許「影子」原本就躲在「鏡子」裡，因為兩者都跟自我映照有關。

自我映照的遊戲與影子有關，二者之間的關係蘊含豐富的象徵意義。

黑色的封裡頁上只有一個字，click（開燈的聲音），是整本書中為數不多的文字之一，是玩上與下、明亮世界與黑暗世界辯證關係的這個故事裡最後一道理性屏障。小女孩在玩耍，「裝幀的中央裝訂線變成了閣樓這個真實世界和影子世界之間的邊界」，至於影子呢，大家都知道，影子改變並揭示一切，它是生命體中的無生命體，首要任務是將黑暗世界的生命注入或還給上方的半部貌似靜止的明亮世界。蘇西·李用細膩的模板噴畫技巧處理讓人感到驚喜的各式各樣的影子，她說，「其魅力在於操作機械過程總是會為我的手作添加出乎意料的效果。每次拿開噴畫模板，打開固定模板的畫框……我都是既好奇又興奮……」

而讀者的驚喜則取決於捕捉影子世界微小變動的能力，有時候為了能夠看出端倪，讀者得回到上一頁，比對人與物發生了哪些微不可查的變化。就像在中國傳奇小說裡，圖像之所以栩栩如生，往往是從那些跟夢、無意識、遊戲和

藝術有共通之處的活物陰暗面吸取了氣與形。

　　當小女孩玩手影遊戲創造出來的小鳥在影子世界裡飛走了，小女孩氣呼呼的影子就變成追逐捕獵自己造物的大野狼。小女孩的情緒形塑出由影子組成的自然景觀，那是一座原始叢林，有大象、鱷魚、蛇和巨大植物。而隔開上、下世界的邊界是水，可以穿透，追著飛鳥的狼就是這樣跑到上面來的，因為小鳥這個造物屬於天空，基於本能會往上飛。故事在小女孩發現大白天跑到自己創造的幻影世界裡之後，並沒有從心理學或原型出發去詮釋那些陰影，如果這麼做應該也很有趣，但會讓我們離題。小女孩繼續跟影子玩耍，被大野狼驚嚇的她還跑去躲在影子世界裡。蘇西‧李說：「狼和公主的姿勢形成對比。然後就像『不來梅樂隊』，影子漸漸聚集形成一個龐然巨物，把狼趕跑了。」

　　後來發生的事很奇怪。影子大野狼穿過邊界跑到上面去放聲大哭，嚇跑狼的影子怪物詫異不已。大野狼落下的眼淚是一點一滴的光，就像雷歐‧李奧尼膾炙人口的《小藍和小黃》繪本中兩個主角那樣。再來就是心理學家所說的自我（小女孩和大野狼）和解、融合，成為一體，就在這個時候來自真實世界的呼喚「晚餐準備好了！」打斷了一切，這句話的印刷排版也突顯了這一點，蘇西‧李說那幾個字「很吵」。義大利兒童心理治療師特琳奇（Manuela Trinci, 2009）寫道：

　　　　「打破沉默」，古羅馬詩人奧維德在他的《變形記》裡寫了這麼一句話，彷彿沉默是一種堅固的物質，幾乎體現了思想必須經歷打破、擊碎或中斷，才能轉化成話語的過程。沉默跟石頭或冰一樣是冰冷的、堅硬的、堅固的。

　　小女孩回到真實世界，她關燈後，我們接著看見兩頁全黑，表示故事到此結束。但是再翻開下一頁，會發現結束是假的，因為在全黑的世界裡，影子依

然在活動，少了小女孩的它們照樣在一起玩得很開心。蘇西‧李在《邊界三部曲》中向讀者提供了幾個有趣的建議：「你們可以把書翻轉過來再看影子們如何開派對。如果重讀時影子世界在上面，就會發現一個全新的故事。」還有：

> 把《影子》這本書以 90 度展開的方式放在腿上，那些影子看起來會更逼真，彷彿投影在地板上。此外，若想比對真實世界和幻想世界，看的時候要不停地把書轉來轉去，這樣做，你還可以選擇先看這個故事的哪個部分。所有這些閱讀方式都可行，因為這是一本書。

蘇西‧李筆下忙於在鏡子、翻轉和妙不可言世界裡探險的三個小女孩，或許正符合特琳奇所定義的：

> 叛逆小孩，跟安東尼‧聖修伯里（Antoine de Saint-Exupéry）和他的《小王子》一樣，認為「話語是誤解的源頭」。這些小孩譏笑說話浮誇、叫人討厭的現代童年。與浩瀚大海和看不到盡頭的地平線的抗爭，似乎（套用德國哲學家班雅明 [Walter Benjamin] 寫給摯友阿多諾 [Theodor Adorno] 的信中一段話）包含了「需求，覺醒的斷裂點」，沉默的翻轉並不在話語，也不在於話語陳舊過時的力量，而在於夾在現實和童年日常富有詩意的「手勢和嬉鬧動作」之間的不安。仔細想想，義大利藝術家皮耶特羅‧曼佐尼說得沒錯：「沒什麼好說的，只能存在，只能生活。」

孩童沉默不語當然不會只是一種情感或嬉戲狀態，它承載並伴隨著聲音、意義、邊界、掌控自身表達，以及徹底切斷臍帶開始發揮創意的重要發現，有幾位法國學者視沉默為聲音的形而上體現，也是發聲的必要條件。特琳奇寫道：

「跟我說說話」，孩童在周遭太過安靜的時候往往會這樣要求，因為他們覺得自身安全感和存在感受到威脅。「快啊，跟我說說話」，他們會很堅持，想用交談和對話者暫時建立起更安全、古老的連結。聲音作為一種物質，順著喉嚨往下滑。

找找看，在無字敘事中多少圖像化身為古老媒介和實質物質，如何「保持」沉默，製造多少語言、新的可能和驚喜，應該會很有趣。義大利插畫家艾曼紐拉・布索拉提（Emanuela Bussolati）有兩本作品是用她自創的語言作為敘事聲音，分別是《嗒啦哩嗒啦哩啦。用霹靂噗語開心說故事給霹靂噗小朋友聽的故事》（*Tararì tararera. Storia in lingua Piripù per il puro piacere di raccontare storie ai Piripù Bibi*）和《嚕吧嚕吧！用霹靂噗語開心說故事給霹靂噗小朋友聽的新故事》（*Rulba Rulba! Una nuova storia in lingua Piripù per il puro piacere di raccontare storie ai Piripù Bibi*，此二書皆由積極出版無聲書的 Carthusia 出版社發行）。也對「野性」議題發表過精彩論述的布索拉提在這兩本書中用擬聲詞加上模仿單詞或短句、實則胡言亂語的霹靂噗語說故事，也就是用沒有人看得懂的語言書寫。

這兩本書在有意義和無意義之間搭起橋梁，就音樂性語彙和圖像的表意能力做實驗，以了解是否可能進行敘事。檢驗這個可能性的廣度與深度，自然不是從理解或視覺文本的文字化程度切入，而是要從閱讀體驗中製造美、樂趣、遊戲、關係和驚喜的能力作判斷，無論閱讀的時間和地點為何，例如圖書館、家裡，或在學校。驚喜有感染力，每一次有意義的閱讀都在為新的閱讀預作準備，閱讀無字書跟閱讀其他書不同，是書、視覺、沉默、聲音、語彙、經驗及不同讀者的組合。蘇西・李在《邊界三部曲》中談到，一位美國的教師讀者分享發生在課堂上的一件事：

圖52：《小紅帽扮大野狼》內頁，克里斯蒂安‧布魯爾、妮可‧克拉維魯

　　「意想不到的驚喜，來自一名自閉症男童，每翻開一頁他都看得十分專注。看著他跟其他孩子看著同一頁一起哈哈大笑或微笑，真是我教學經驗中最神奇的一刻！他之前看起來都喜歡自己一個人看書，我

大聲朗讀書本給他聽，他從未有過任何反應，也沒辦法安靜坐好。我對自閉症的粗淺認識，讓我以為就連朗讀的聲音都會對他造成干擾，可是當我們一起看《海浪》的時候，教室裡很安靜，但我覺得我能聽見他在心裡朗讀那本書……而且沉醉其中。他的導師也忍不住一直看他，我們都非常開心！」

在那一刻，一本沒有字的圖畫書展現了它最美好的一面。

同樣採用驚喜和童話改寫雙重結構的，還有克里斯蒂安·布魯爾（Christian Bruel）和妮可·克拉維魯（Nicole Claveloux）合著的《小紅帽扮大野狼》（*Petit chaperons loups*）【圖52、53】，一本無聲書開了兩扇門，玩的是童話故事裡兩個主角以各種喬裝打扮莫名多次相遇迸出火花的組合遊戲，以讀者原本對《小紅帽》這個童話故事的了解為基礎，邀請讀者加入遊戲，參與故事，閱讀只用圖像（妙不可言的圖像！）表現的有趣題材，跟所有無聲書一樣，也跟所有美好事物一樣，適合各年齡層的讀者。

圖53：《小紅帽扮大野狼》內頁

圖 54：《蠻族》內頁，雷納托・莫里克尼

在義大利由 Gallucci 出版社發行的《蠻族》（*Bárbaro*）【圖 54】是巴西插畫家雷納托・莫里克尼（Renato Moriconi）的作品，走懸疑緊張路線，到結局才揭曉答案，成功抓住讀者的注意力。

一名蠻族騎著裝備齊全的駿馬，他戴著頭盔，展現大無畏精神，鎮定地面

對並越過跨頁中的龍、怪獸、獨眼巨人、武士、蛇、猛禽，及或高或低的地形。他縱馬奔馳上上下下，眼睛都不眨一下，因為他眼睛其實一直閉著，彷彿全神貫注在完成一件又一件的光榮任務。當頁面變成一片空白的時候，他張開了眼睛，小小的他在左下角面對那片空白，似乎有些茫然失措。翻開下一頁，他看起來憂心忡忡，因為頁面右上角出現了一個人，貌似米開朗基羅筆下的上帝，巨大無比的他朝小小騎士伸出雙臂。下一頁我們看到那個留著一臉大鬍子的「神祇」牽著小男孩的手往前走，小男孩傷心欲絕，背後是他剛被抱離開的旋轉木馬。

義大利童書繪本作家安娜‧卡司塔紐利在她的部落格「書中插畫」中分析這個故事的運作手法（2014）：

> 我看懂了，背脊發涼。在我眼前瞬間改變的，不僅是那個場景，而是整個現實世界和規章都變了。我們前一秒還在奇幻國度裡，那是小男孩的想像世界，下一秒我們就來到現實世界。而在這個巨大變化就發生在盯著書看的我們眼前。彷彿偌大的舞台布景在沒有布幔遮掩、燈光全亮的情況下，當著我們的面一秒就換完了。到底怎麼回事？我沒看到任何障眼法！
>
> 彷彿一個夢消失於無形，這本書在我手中變了一個樣。原來蠻族騎的是旋轉木馬，所以會有規律的起起伏伏，同心圓繞圈圈……。空白頁面代表旋轉木馬停止，音樂沒了，從作夢的渾沌狀態中漸漸甦醒，因為回到現實世界感到驚慌失措，覺得自己會「被帶走」、被大人帶離夢境世界而感到害怕。我跟那個蠻族小男孩一樣，從馬背上摔了下來。

另外一本韓國繪本《跳起來》（Jump up）也是類似的敘事結構。開本同樣長且窄，空白頁是跳躍的空間，就像是讓讀者把被某些信號喚醒的內在表徵投

射到藍幕 [3] 上，以一己之力完成視覺想像。左頁上方有一隻浣熊，右頁空白。翻開下一頁，空中出現一隻獾。直到最後才明白，原來牠們都在玩彈跳床。這是一種按圖索驥的敘事結構，跟偵探小說有些神似，可以說是一種敘事留白，故事的特性是無論用文字或圖像表現，都不會把事情全部說出來，僅概括陳述，簡短快速，好吸引並帶動讀者投入。

義大利學者羅貝托‧法內（Roberto Farné）在《樂趣與益處》（*Diletto e giovamento*, 2006）書中寫道，教學活動中以樂趣與益處為主要立基的圖像教育，是以圖像對孩童的吸引力為核心建立起來的教學模式。當然，也有人認為圖像只是用來灌輸思想的工具，是意識形態訊息的載體。關於這個論點，我們無須多言，有時候書本身就是最好的反諷回應。雷納托‧莫里克尼另外一個有趣的繪本主題是畫中人物一個傳話給下一個，出版人希爾瓦娜‧索拉在 Zazienews 部落格對這本書有如下描述：

> 《傳話遊戲》（*Teléfono descompuesto*）是兩位巴西童書作家伊藍‧布萊曼（Ilan Brenmam）和雷納托‧莫里克尼合作完成的繪本，是可以無止盡延續下去的故事。視覺效果強烈，技巧純熟，讓人聯想到大師級經典畫作（莫里克尼的插畫有義大利文藝復興早期兩位大師保羅‧烏切洛 [Paolo Uccello]、皮耶羅‧德拉‧弗朗切斯卡 [Piero della Francesca] 和德國文藝復興時期畫家小漢斯‧霍爾拜因 [Hans Holbein der Jüngere] 的神韻）的一幅幅大型插圖串起了傳話遊戲。潛水員在海盜耳邊低聲說了什麼？是什麼話題讓弄臣跟他的國王咬起了耳朵？你們可以慢慢挖掘。

3　【譯註】電視及電影拍攝特殊場景時，讓演員站在藍幕（或綠幕）前表演，方便後製作業去背做畫面合成的處理手法。

《威尼斯謠言》讓扭曲變形的消息、愈來愈誇大的故事躍然紙上。源頭是傳說中凡事喜歡誇大其辭的漁夫說的其中一個謊言，在威尼斯人口耳相傳下開始變形，海釣起來的魚先是變成一條妖怪魚，之後變成美人魚，在繪本最後美人魚成真，撲通一聲跳進海裡。同樣是傳話，《威尼斯謠言》充滿虛構與驚喜。傳話、虛構、謊言、偽裝，傳說就是這樣開始的，一頁接著一頁，漸漸有了生命，在摺疊成拉頁書的單一長條圖中，那個想像的造物是如此生動活潑，甚至有了生命，躍入大海中。

這個故事可以無止盡繼續，而且每一次都是會是一個全新的故事。因為它跟在過去和未來之間建立清晰可辨連結的文學和藝術故事一樣，具有無限可能的潛在形式、兒童哲學的典型辯證，以及真實和反事實思維、圖像和想像之間的連貫性。法籍伊朗裔插畫家曼達娜‧沙達（Mandana Sadat）的無字繪本《我的獅子》（*Mon Lion*）是介於隱形、想像和童話之間的故事，也有不說話的神祕造物，故事看似是小男孩初次踏入森林所見所聞，實則是常見的動物領養議題。在義大利由 Terre di mezzo 出版社發行，橫向開本，適合幼齡讀者。

莫里斯‧桑達克的《野獸國》（*Where the Wild Things Are*）書中有三頁沒有文字只有圖，野獸們既狂野又溫馴，那是小男主角馬克斯的探險幻想高潮。繪本初稿畫的是一群野馬，作者決定不用文字呈現大家撒野的混亂場面，將空間留給肢體語言，呈現夜色中插畫人物樸拙的舞蹈節奏。我們能說這三頁是真的悄然無聲嗎？

無聲：沉默是因為太美
還是因為在泳池裡昇華

> 「我想看得更清楚！」
> 愛德華多・加萊亞諾[4]

　　五十多年來，每年冬天義大利波隆那童書展的國際評審團都會來到波隆那，從全世界的出版社寄來的參展作品中選出佳作，給予獎項肯定。獎項於 1966 年設立時，名為平面設計獎，以認可專為小讀者設計構思的圖書中視覺語彙的重視性。另有小草評論獎（Premio critici in erba），評審團成員是青少年。自 1995 年起，獎項名稱改為波隆那拉加茲獎（BolognaRagazzi Award），並依文本性質（故事類、知識類）、地理起源（新視野 New Horizons）等類別設立不同獎項。每年另設立特別獎，主題可以是藝術、音樂或殘疾失能。

　　2009 年，波隆那童書展增加了一個常設獎項，是為新秀獎（Opera prima），為紀念書展平面設計師喬凡尼・藍茲（Giovanni Lanzi）而設立的這個獎項，旨在鼓勵勇於出版新秀作者作品的出版社。而最佳選書也有其重要功能，

4　【譯註】愛德華多・加萊亞諾（Eduardo Galeano, 1940-2015），烏拉圭作家，早年曾任記者。著有《拉丁美洲：被切開的血管》（*Las venas abiertas de América Latina*）等書，以文學筆觸揭開拉丁美洲下層社會的辛酸面，直陳在帝國主義、殖民主義和資本主義掠奪下，拉丁美洲這塊大陸上貌似魔幻但真實的面向。

表示認可該作品及其出版社在獎項相關領域中的優異表現，應該受到讚揚。關於波隆那童書展的獎項設立始末，義大利兒童文學學者威廉・葛蘭迪（William Grandi）著有專書《魔法櫥窗》（*La vetrina magica*, 2015），不僅突顯出「兒童與青少年圖書的圖像創新與文學原創性之間有緊密關聯」，同時可以藉由獲獎結果觀察五十年來童書出版品、出版品味和出版文化的演變。

在這個歷史櫥窗裡也曾經出現過無聲書。只不過撇開那些以數字和字母為內容的得獎作品不算，在獎項設立屆滿十八年後，我們才看到一本精彩的無字繪本獲得大獎肯定。1992 年是波隆那童書展第一次把大獎頒給完全沒有字的繪本作品，當年的兒童插畫獎（Graphic Prize for Children）得主是比利時插畫家暨視覺藝術家喬斯・葛芬（Josse Goffin）的《哇！》（*Oh!*）【圖 55-56】，這本書是由葡萄牙萊羅兄弟書店（Lello & Irmão）和比利時彩虹圖像國際公司（Rainbow Graphics International）合作出版，書名取自所有孩童最早學會、用來表達驚喜情緒的發音之一。

繪本的架構像是一個猜謎遊戲，白色背景上的圖像很簡單，但是打開右側的摺頁，就會延伸發展出另一個圖像。我們打開第一頁，看到一隻手指向摺頁，打開摺頁後發現那隻手其實抓住了一隻鱷魚的尾巴，而鱷魚鼻尖頂著一杯咖啡；下一頁就看到一杯咖啡，但打開摺頁後會發現左頁的半杯咖啡變成一艘大船的船尾，而海中有一條魚在附近探出頭來。接著我們看到的圖案是一條魚，翻開摺頁後卻變成一隻鳥。這個故事就這樣繼續下去，從每一張圖擷取看似並不重要的局部，變成下一頁的主圖，透過形式的類比暗示讓敘事得以推進發展。當這個期待與驚喜、辨識與變化輪替的遊戲來到尾聲，我們會再次見到故事的主角鱷魚，然後繪本結束，等待下一個揭示並創造世界的無聲遊戲啟動。

1993 年，波隆那童書展頒發特別獎給一本沒有文字的圖像紙藝書，書頁經過裁切，以便進行法文稱之為 méli-mélo，英文則叫 mix-and-match 的「混搭」。

圖 55、56：《哇！》內頁，喬斯‧葛芬

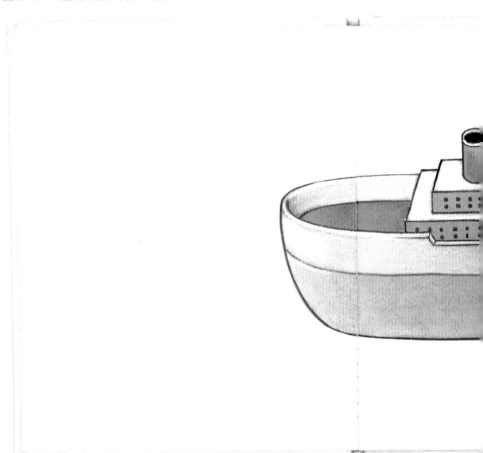

繪本書名是《變臉》（*Making faces*），作者是英國插畫家諾門‧麥森傑（Norman Messenger），他邀請讀者用不同頁面不同部位的五官玩臉部組合遊戲。麥森傑另一本《想像力大考驗》（*Imagine*）亦十分類似，延續的是捷克插畫家柯薇‧巴可維斯基（Květa Pacovská）經典繪本作品《午夜遊戲》（*Mitternachtsspiel*, 1992）模式。更晚才出版的葡萄牙插畫家馬格達萊娜‧馬托索（Magdalena Matoso）繪本《我們無所不能》（*Todos fazemos tudo*）採用相同手法，這本無聲書以線圈裝訂，書頁從書體中間水平橫切，讀者可以透過上下組合讓畫中人物從事不同活動，打破性別刻板印象。

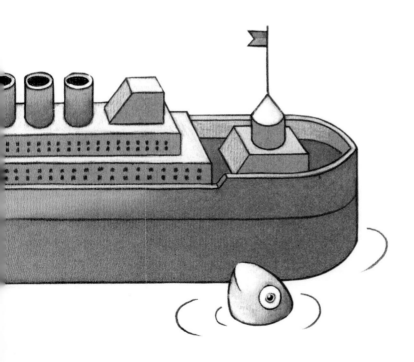

1996 年波隆那童書展將兒童好書獎頒給先前提及的一本無聲書，英國童書桂冠作家昆汀‧布萊克以啞劇傳統為靈感而創作的《小丑找新家》，訴說一個感傷的童年故事，是同類型故事的代表作。

　　1997 年波隆那故事類好書獎再度頒給一本無聲書《發現小錫兵》（*Der standhafte Zinnsoldat*），作者是瑞士插畫家約克‧米勒，他改寫經典童話故事《小錫兵》，以當代視角描述玩具士兵的命運。

　　時間邁入 2000 年，由獨具創見的兒童文學專家安東尼歐‧法艾提擔任主席的波隆那童書展評審團似乎對無聲書愈加青睞。

　　2008 年，故事類童書大獎頒給了挪威插畫家托爾塞特（Øyvind Torseter）的《偏移》（*Avstikkere*），作者宣稱那是將各自獨立存在的圖案集結而成的作品。

　　2009 年的得獎作品是西班牙半條牛出版社為古巴插畫家阿朱貝爾出版的驚豔之作《魯賓遜漂流記》【圖 57】。

圖 57：《魯賓遜漂流記》內頁，阿朱貝爾

2010 年得獎的是詩意盎然的《樹屋》（*De boomhut*），由荷蘭父女檔插畫家瑪潔‧托爾曼和羅納德‧托爾曼（Marjie Tolman, Ronald Tolman）聯手完成。最佳選書書單中也出現了好幾本無聲書。

2015 年進入兒童好書獎決選的五本書中有兩本是無聲書，分別是故事類的《手電筒》（亦譯作《照過來‧照過去》），描述黑夜在野外探險的故事，以及知識類的《之前之後》（*Avant, après*），由法國兩位新秀插畫家攜手合作。今天這兩本繪本都已經在義大利出版。

觀察來自世界各地報名參選的繪本，可以發現多本先前談過的類型代表作品，例如陳志勇的《抵岸》，這個作品形同建立了一種視覺語法，也底定了移民和歷史敘事的視覺調性。也可以發現多本作品使用紅色或氣球等圖像元素引導視覺方向。我們可以說這些敘事作品只是有時候默不作聲，甚至可以反駁說這些作品未必「無聲」（silent），或翻譯為「緘默不語」。事實正好相反。在我們想像中，這些繪本其實發出了許多聲音，在擁擠的書頁中充斥各種聲音和詩句，搭配狂野手足舞蹈或跳舞的催眠樂曲，還有蟲鳴嗡嗡和音樂。甚至有一本韓國繪本以蟬鳴為主題，書名就叫《吱》（*Chirrup*）。讀者也可以在寂靜中捕捉各種聲響。卡爾維諾在短篇小說〈詩人奇遇記〉（L'avventura di un poeta, 2015b）中寫道：

> 那男子豎起耳朵。「你聽見什麼？」她問。
> 「寂靜。」他說。「小島的寂靜聽得見。」
> 的確，每一種寂靜都被一層由各種細微聲響組成的網所包覆：小島的寂靜跟周圍海面的平靜截然不同，有草木窸窣，有禽鳥啼鳴，或突如其來的拍翅聲。

那些細微聲響是一張網，可以將書中角色也包覆其中。瑪潔和羅納德‧

托爾曼在《樹屋》之後，轉攻另一個文學主題：島嶼。兒童文學評論伊莉莎白・克雷馬斯琪（Elisabetta Cremaschi）在她的部落格「加夫洛許」（Gavroche, 2012）談《島嶼》的時候，以巴西插畫家華雷斯・瑪查多的作品為例，說無字繪本是「用自己聲音吟唱」的動人歌聲，跟詩歌一樣，在「室內空間」裡才能餘音繚繞。克雷馬斯琪與兒童共同閱讀的經驗十分豐富，她知道圖像可以生產出多少文字，但是這一點在教學上往往被忽略，文字的空白讓幻想有機會發揮，而幻想是發現並分享圖像文本的美好、音樂性和安靜無聲的一種美學體驗：

> 要做到這一點，條件很清楚，也就是義大利藝術家吉洛・多佛斯所說的，「需要重拾我們與外在世界關係中已經消失的間隙或空白，我們需要時間和靜默，才能重新發現邊界那條線，讓我們可以在內心做某些深思許久的事而不至於沉溺其中，而且有能力跨過代表理性、功能、約定俗成、與他人情感關係貧乏的那個邊界。」

讀者看到圖像感到驚喜，用自己的聲音讓頁面產生文字和聲響後，兩者之間便有了默契，共同建構並確認即便重讀也不會失效的意義（Grilli，特魯斯，2014b）。無聲書的整體設計、圖像及構圖節奏引領讀者的呼吸，有時候會讓讀者沉默不語，屏息以待，像玩猜謎遊戲那樣，等待露出蛛絲馬跡。我們之前已經談過這樣的作品。那份懸念或許在看到結局感到驚喜歡呼出聲的時候，或許在翻開下一頁哈哈笑出聲的時候消失，喜悅之情則會在繼續往下看或下次再看時反覆再三出現。顯而易見的是，談繪本裡的沉默與聲響是在玩聯覺遊戲，與閱讀圖像敘事作品產生的感官知覺建立關係或類比關係，並且樂在其中。

我們可以根據有聲和無聲分類快速表列出一份閱讀書單，再整理出在書店或圖書館內找得到的無字繪本簡易書目，邀請注視，也邀請聆聽。首先我想介紹的是在 2011 年獲得新秀獎選書的作品，作者是法國插畫家雷蒂西雅・德

芙奈（Laëtitia Devernay），書名是《調音》（*Diapason*，演奏開始前的調音，通常以 A 音為基準音），義大利文版書名則是《樹的協奏曲》（*Concerto per alberi*），義大利獨立出版社 Terre di mezzo 自 1994 年起開始出版「將書視為空間」（米蘭朵拉，2014）的法國無聲書，在封底文案中說這本書「是視覺的交響樂」：一個身形矮小的樂團指揮走進樹林裡，讓枝葉茂密的樹冠漸漸挖空化成一隻隻代表音符的鳥，振翅而飛，在書頁上移動、變換隊形、翻飛的速度愈來愈快，畫出許多符號和形式。帶有強烈的荷蘭版畫家艾雪（Maurits Cornelis Escher）的藝術風格，這場音樂會是各種形式的組合與重組，飛鳥從樹冠一飛沖天，天空被填滿了，樹林留下空白，用黑與白（事實上是墨綠和灰白）模擬無聲和有聲之間的深層關係，簡潔優雅。採用獨特的拉頁裝幀，以不同形式、堆疊、和諧的休止演奏出樹的協奏曲。波隆那童書展評審團對這本新秀選書的評語是：

> 作者超越了個別藝術的侷限性，向藝術史上諸多大膽、野心勃勃的前衛時期嘗試過的協調重組靠攏。同時明智且有意識地留在兒童文學的邊界之內，因為飛鳥、枝葉、樹木、花冠、簇葉和樹幹的接續出現，永遠離不開傳世童話和經典童書裡的「兒時花園」。

雷蒂西雅・德芙奈在 Terre di mezzo 出版社官方網站上對書中音樂和植物的幻境作出說明（2016）：

> 我特別加強處理樹根、樹幹和樹葉的紋路，因此灰色和黑色相對比較密集。空白、飽滿和大塊量體以其線條的細微變化形成對比。我還仔細觀察樂器的式樣，包括琴弦、渦飾……，以及樂手們的領結、燕尾服……優雅的黑與白，以便創造出一座生氣勃勃、肥沃富饒的樹林，

在這座樹林裡，細膩的顏色對比觸動人心，並預告接下來會發生的律動。樂譜上的水平線條變成了垂直生長的樹木，樹葉變成羽毛，小鳥變成音符……

德芙奈也解釋了她對敘事中圖像的意向性、大自然的週期性和透過圖像展現音樂性的聯覺選擇等種種考量：

我對於類比、差異及省略的遊戲，及重構付之闕如的組成元素，特別感興趣。這些探索主要源自於我對無聲敘事的擔憂。詩人和作家可以用修辭手法彰顯他們的意圖，我只能用圖像遊戲盡可能地將我的故事傳送給讀者，讓他們可以自由地擁有我的圖像。事實上沒有文本這件事本身就有一種未曾言明的意圖，那就是讓讀者自行就象徵性意義做詮釋。讀者其實很擅長運用自己的感官敏銳度來閱讀故事。還有，我對於用沒有文字的大塊插圖來表現音樂也很感興趣。我要呈現的不是某個特定旋律，而是一種音樂感，那是一場由黑色小鳥演出的音樂會！如雲團般的飛鳥跟著小提琴的律動翻飛，在空蕩蕩的天空中一個轉身變成雙簧管獨奏……那是一首協奏曲……之後一片寂靜，小小的樂團指揮轉身離開。一個週期結束，新的週期準備展開，故事重新開始……。那是大自然的定律，沒有死亡，只有變化。這個可以循環閱讀的故事看似屬於每個人，但每個人看到的故事都不一樣，因為故事總是開始於一個週期結束後的重生……。

韓國插畫家柳在守（Jae-Soo Liu）的《黃雨傘》【圖 58】獲選為《紐約時報》2002 年的最佳繪本之一，他用音樂和插畫敘述兩個小孩下雨天去上學的故事，隨書附贈的光碟裡收錄了十四首鋼琴曲，韓國的圖畫書研究者李芝元說「這個作品挑動了兩種截然不同的感官感受」（2013）。

圖 58：《黃雨傘》內頁，柳在守，張震洲攝

　　同樣用音樂語彙及封底文案所言「和諧」為主題的，還有美國插畫家茉莉·愛德爾（Molly Idle）的《拉拉跳芭蕾》（*Flora and the Flamingo*），這是拉拉系列第一本，第二本是小女孩跟企鵝一起溜冰的故事。【圖 59】打開小翻頁或大拉頁會看見拉拉和紅鶴的舞蹈律動，小女孩與飛鳥跳雙人芭蕾舉手投足間和諧一致，雖然沒有音樂，但音樂呼之欲出，那是描寫肢體律動的一首詩，而每一幅畫面既是詩的隱喻，也是詩的情節。

　　這個簡短且安靜的繪本，需要聰明又專注的讀者，才能捕捉到小女孩與紅鶴跳著探索舞蹈表達能力的美麗雙人芭蕾時所展現的詩意。因為跟紅鶴建立起友誼關係，拉拉發現了大自然文明和藝術的表現方式，這正是童話的經典主題。在兒童文學裡，人類會向動物學習，例如《叢林奇談》（*The Jungle Book*）裡的森林王子毛克利（Mowgli），還有許許多多其他孩童角色都是如此。舞蹈跟

圖59：《拉拉跳芭蕾》、《拉拉去溜冰》（台灣版皆由小天下出版），茉莉‧愛德爾，張震洲攝

音樂一樣，是讓人覺得與世界連結，有歸屬感、充滿活力的極致表現，這是因為舞蹈源自於與大自然之間深層、實質、愉悅、深度同理、狂歡和恐懼的關係。在許多圖書裡，孩童是靠啟動深層直覺，透過他們能夠控制的身體律動和大自然對話，並不需要言語，跟義大利編舞家兼舞蹈家維吉里歐‧希耶尼（Virgilio Sieni）一樣，打破用言語溝通的病態常規。

　　那個小小蠻族在旋轉木馬上經歷的冒險犯難故事也有配樂，是每個讀者都可以從自己的記憶或童年經驗裡找到的音樂，但是要等到第一次看完故事結尾，得知一切都是假想之後才會浮現。在那之前，大家心裡想像的配樂無非是野獸咆哮，砲火四射，怪物用力拍打駭人翅膀的聲音，大無畏騎士與敵軍交鋒的刀劍鏗鏘聲，至於左右大家呼吸和翻頁節奏的背景音樂，則是那個小小蠻族在頁面忽上忽下地律動。在令人詫異的真相大白那一瞬間（我還沒見過哪一個

　　　　　　　　　　　　　　　　　　　　無字奇境：安靜之書與兒童文學

讀者能夠保持冷靜，默不作聲），配樂才有了明確的輪廓，似乎環境音變強變大，旋轉木馬的鈴鐺聲和音樂聲突然間清晰可辨，彷彿睜著眼睛作完了一個白日夢。那是因為流動的想像力可以暫時遮蔽所有聲響，將我們帶向他方。

無聲書便是以這種方式邀請大家沉思，喚醒大自然的聲音。視覺敘事中常出現飛行和海洋世界這兩個主題，因為唯有人類的聲音消失，感官才會轉向視覺，轉向承襲自先祖的對水和海洋的神祕記憶中暴風雨、海風或海浪的聲音，這些在比利時插畫家安妮·布胡雅（Anne Brouillard）的繪本裡變成一幅畫，而在韓國插畫家李智賢（Ji-Hyeon Lee）的《泳池》（在台灣出版時譯為《你們吵吧，我只想靜靜的欣賞》）裡因為水的緣故悶聲沉默，在蘇西·李的《海浪》小女孩和大海的對話中則變成海鷗高亢嘹亮的鳴叫聲。【圖60】

說到視覺上的無聲，往往會讓人想到海洋和海底，因為環境條件最適合觀察與專注，例如《海底來的秘密》。作者威斯納在書中表明了觀察能力和理解現實、孤單、無聲和探索之間的關係。小男孩帶了一支放大鏡和一架顯微鏡來到海灘，我們翻開書就看見他偌大的眼睛盯著一隻寄居蟹看，之後他還會找到一些照片，用羅蘭·巴特的話來說（1980），小男孩是操作者（operator），而發現的動力是故事和行動帶來的驚喜，是屬於集體想像的可能性，也是不同實際經驗和文化經驗的多樣性，透過各種注視方式，從科學觀察到攝影，讓不同文化之間產生對話。這個故事裡每一個孩童既是攝影者，也是攝影的對象，是這個無止盡的無聲故事裡的角色，也是詮釋者，他們跟這本書一樣，不需要言語，就能讓相距遙遠的命運有所連結。

海底世界，是寂靜無聲、變化萬千、幽暗、真實又富有想像力、深不可測，卻又常常被書寫、被臆測、被虛構的世界，這個世界裡有魚、沉船殘骸和美人魚，讓不在同一時空、投入相同研究的觀察者有了交集。

這裡的無聲有助於培養充滿熱情的好奇心，只有這樣的空間可以讓相遇成

圖60：《海浪》（台灣版由大塊文化出版）內頁，蘇西‧李

真。因為有驚喜，才有獨一無二且持續不懈的注視，驚喜也主導了行動和言語，以及與世界接軌的整個過程，那是很特別的「調音」時刻，之後緊接而來的是無止盡的提問、冒險和對話。義大利哲學學者席凡諾‧佩特羅西諾（Silvano Petrosino, 2012）寫道：

> 驚喜無須說出口，也無須用（聲音、圖像或其他的）言語明確表示（⋯⋯）。總是伴隨驚喜而來的無聲並非沉默，那是一種反應，是持續不間斷地回應、被質問、被要求回應的狀態。在驚喜時刻，我不是因為眼前事物絢麗燦爛令我震懾心神不定因而片刻沉默，在驚喜時刻，是它刺激我或我刺激它的疑惑取代了言語。

其實在「因為美而沉默」的片刻也可以開口說話。愛德華多‧加萊亞諾在

短篇小說〈藝術的功能一〉（La función del arte / 1, 1966）中，如此描述迪耶哥·科瓦德洛夫第一次看見海：

　　迪耶哥不知道什麼是海。他的父親桑迪亞哥·科瓦德洛夫帶他去探索。
　　他們去了南方。
　　大海在連綿的沙丘另一邊等待。
　　當這對父子長途跋涉終於走到最高的沙丘上，大海在他們眼前展開。
　　大海是如此遼闊，如此閃爍耀眼，男孩因為美而沉默。
　　等到他終於能夠開口說話，他一邊顫抖一邊結巴地要求他父親說：「我想看得更清楚！」

圖 61：《泳池》（台灣版由奧林出版，譯名為《你們吵吧，我只想靜靜的欣賞》）內頁，李智賢

　　這種昇華不只發生在面對巨大差異而靜默的時刻，也可能發生在游泳池內。在全球社群網路化的這個年代，《泳池》【圖 61】似乎是對內在範疇和隱私關係的一種想像式讚揚，可以利用藩籬和不成文規定不經意露出的裂縫，選擇逃避他人目光，重新找到觀看、想像和相遇的新模式。

　　《泳池》這個視覺故事告訴我們，唯有選擇適合自己的、發自內心的和有趣的方式，才能夠遠離事物表面，在想像的空間裡探險，遇見跟我們不同的人事物。唯有一起待在受到保護的祕密空間裡，不被過度監視，聽覺不被過度干擾的情況下，才能發展出真實的關係，開始一段互屬又有共同歸屬的情感冒險。

　　我們翻開的這個繪本其實是一份邀請函（今天並不罕見），邀請我們活在

當下。這是東方文化和感性與西方智慧的交會，在這份邀請函上，我們可以看到與生活品質有關的不同項目交融，包括瑜伽、心理學、靈修、正念、運動科學和戶外教育。關注並找回對當下、無聲和關係的洞察力，是今天教育的緊急課題之一，對大人是如此，對兒童更是如此。今天的兒童從一出生就已經在「居家的感官現實布局」網絡中，這是極其敏銳的法國詩人保羅·梵樂希（Paul Valéry）早在 1928 年便所下的評論。

「在此時此地」，無須言語，無人看見，不被世界上任何人找到。第一個發現陌生風景，讓他人感到驚喜，也會主動創造驚喜，能看見不成文規定的可見藩籬另一邊的世界。我們能不能讓孩童重新擁有這樣的基本權利？

在一個擁擠的泳池裡（應該是公共泳池），男孩和女孩在水面下相遇。擁有獨一無二生命張力的孩童，往往是文藝偏好的主題，他們透過不同世界之間的交流和開放，跟他方對話，能理解陌生的語言，還能打開衣櫥裡的通道展開冒險。跟基督教神祕主義代表人物諾里奇的朱利安修女（Julian of Norwich）一樣，孩童能在榛果裡看見宇宙，也能在泳池裡找到夢中無邊無際的大海。男孩和女孩臨時起意潛入看似有明確邊界的泳池底部，結果在水底看見一個夢幻世界，兩人很有默契地繼續這趟探索之旅。水底旅行代表在一段真誠的關係裡互相認識、優游自得的可能性，這樣的關係超越了事物表面，像許多可以「看到鏡子裡」的奇幻文學作品，在那樣一個地方，內心可以源源不絕產出圖像，大家都知道那個地方，而且隨時可以回去那裡，那個地方既屬於個人，也是永恆的集體敘事空間。義大利出版社官方網站上寫道，在《泳池》這個地方有可能遇見「世界的祕密心臟」。憋氣可以讓心瞬間變大，這樣做並不費力，那其實是童話裡的古老咒語，是孩童身體熟悉的諸多變形中的其中一個。【圖 62、63】

我不會游泳，但我想試試看，不帶游泳圈，也不穿救生衣。我鼓起

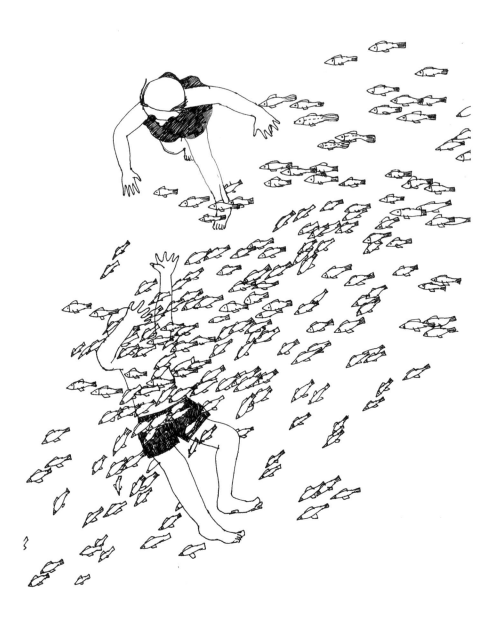

圖 62：《泳池》草稿，李智賢

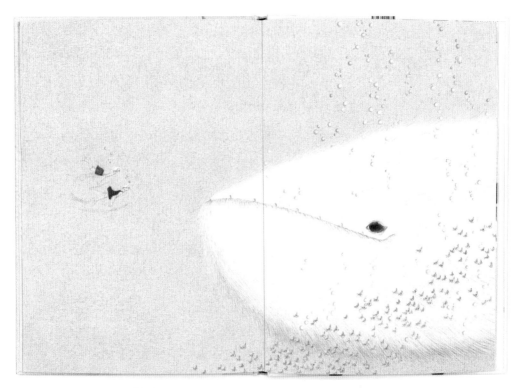

圖 63：《泳池》內頁，李智賢

勇氣兩手空空跳進水裡，結果讓我感到十分意外。我的身體在水中很
自在，感覺好極了。然後我看到一個畫面，從未見過的畫面。水面上有
那麼多人騷動不安，水面下是另一個世界，這個世界很寬廣，很深，
很安靜也很平靜，僅僅一水之隔，那個對比太強烈，就在那麼小的一
個空間裡。

　　這是韓國年輕插畫家李智賢的自述（《泳池》是她第一部繪本作品），後
來轉載到英國 Picturebook Makers 部落格上。她想像著另外一個人跑進那個被
保護、不可見的某種異次元世界裡，而且還有其他幻象陸續出現。發生在泳池
裡的這個「內在虛構」經驗類似一種直覺或內視，極具象徵意味，李智賢由此
出發創作《泳池》，原本的主角是一個小女孩和一頭熊，後來才變成今天大家

看到的版本。當小男孩以完美的 45 度角遠離因人群擁擠而顯得格外混亂可怕的水面時，只有一個小女孩低頭往下看，發現了異樣。之後我們看到小男孩在水中遇見了小女孩，兩個人都很優雅，很單純，很輕盈，他們一起探索水中世界，及這個世界裡形形色色的動物。兩個主角懸浮的身體很美，成功挑戰了一直以來處理空中或水中懸浮人體在表現手法上遇到的困難。關於懸浮人體的表現手法及其優雅，李智賢寫道：

> 下水之後，人的動作會變慢，身體的輪廓更加明顯，好像在跳舞，我覺得那個效果很美。我好奇在太空中跟在水中的起伏波動是不是差不多。我看潛水影片，潛水的人在水中自在游動……我覺得他們比飛來飛去的太空人更優雅。

兩個小孩穿著泳衣，戴著泳帽和泳鏡，沒有重量帶來的重力，不說話，在體態臃腫、動作粗魯的喧譁戲水人群下方的水中游泳。繪本一開始吸引人的是小男孩進入泳池前的表情，他神情專注、嚴肅、氣定神閒，當他望著空無一人的泳池時，彷彿可以感覺到他在呼吸。沒多久，帶著大型戲水泳具、呵呵傻笑的人群湧入，聒噪的他們其中有幾個人長相怪異，隱含嘲諷意味，表現手法是粗細不一的鉛筆線條。

在吵鬧的泳客下方，兩個互不認識的孩子在空曠的泳池中相遇，他們像魚一樣動作優雅，安安靜靜。水面上擠滿難以計數、看不出遠近親疏關係的人群，找不到一絲空隙，水面下那兩個孩子消失在其他人漫不經心的視線外，他們眼前是真正的魚，而不是充氣怪獸，被血盆大口威脅時他們呆若木雞，駭人又有趣的畫面讓他們飽受驚嚇，卻也因此忘記了人潮引發的無措恐慌。兩個少年泳者擺脫了水平視線的桎梏，無拘無束自由來去，在不可見也不可言的地方探險。那個地方只有出現在夢中和空中的稀奇造物，如月亮般皎潔的獨眼鯨魚代表世

界的靈魂，所有一切不存在的都能在那個地方遇到，若遇到已存在的，是因為它曾經或正在被想像。那是一個烏托邦之境，那些作者虛構的魚群很可能是挪揄泳客、以他們為原型的滑稽模仿：

> 我需要一些圖像代表兩個主角各自的世界和經歷，必須跟真實的海底世界不同。所以我就畫了我想像的魚。

作者在這個世界裡匯集了她自己未曾體驗過的經歷。而這個世界因為留白的緣故，能輕而易舉與其他世界接壤。

> 我花了很多力氣構思真實世界裡不存在的魚，結果令我很滿意，因為故事裡的那個世界因此變得更豐富。

《泳池》除了體驗驚喜並反思驚喜外，還談到對文學和藝術傳統而言十分珍貴的一種情感：昇華（Sublime）。從它的詞源角度來看書中對縱向維度的探索，昇華一詞是「下」（sub）和「極限」（limen）的組合，亦即由下往上升到最高處，由谷底到頂峰。這個繪本想要辯證的不只是上與下、滿與空的對比關係，還有極限這個概念。兩個孩子小小的身軀和占據偌大空間的鯨魚愈游愈近，體現出極小和極大的交會，讓作者格外感動，她自述這個畫面的靈感來源：

> 看到體型碩大的魚在人的身邊游來游去，我覺得那個畫面很美也很奇妙，讓我頓時有了許多想法。

大自然的宏偉壯麗，和思索與其相反的面向時，所感受到的驚喜，不正是我們稱之為昇華的一種美學元素嗎？這個繪本故事淺顯易懂，讓人有身歷其境

之感，頁面有足夠留白，看起來空蕩蕩的，卻讓閱讀時的喜悅和讀者平穩的呼吸有了節奏。這本書談的是無聲、驚喜的無限可能和閱讀現實的另一種方式，而這種方式不需要文字：

> 這是一本無字圖畫書，我沒有刻意設定將文字排除在外。只是當故事開始用圖像展現自己的時候，我意識到這樣就夠了。沒有文字意味著讀者可以用他們想要的方式虛構他們各自的故事。

就像《野獸國》裡馬克斯的房間變成了森林，這個泳池也不斷擴張變成了大海，變成另一個空間和時間，變成有趣的書頁，以及迷人的默契遊戲。昇華和水底世界的結合，是很受歡迎的無字書創作觀，讓人聯想到《海底來的秘密》，以及敘述小女孩與大海一來一往互動、同樣來自韓國的《海浪》。

書中的海洋世界可以讓我們擺脫喋喋不休的話語、紛亂的思緒和心不在焉的人群，可以喚醒並重啟虛構遊戲，那些非物質圖像和不可見的虛擬幻象構成了一個展現互動關係的空間，身體在這個空間裡重新擁有選擇不同行進方向、為探索而舞蹈的可能。男孩和女孩假裝原本相識，一起望著〈房間裡的天空〉[5]（義大利流行歌曲曲名）。泳池可以變成大海，一本圖畫書可以變成幸福的場景和說不完的故事，也可以是「有意義的願景」。在伊艾拉‧馬俐和安野光雅的繪本問世多年後，無聲書露出了不受控的一面，讓習慣一切都在掌控中、永遠在尋找訊息和意義的人起了疑心，面對經驗本質有時候會特別堅持己見：

> 在韓國，有許多大人問我這本書的意義，他們說這個兒童繪本其實是畫給大人看的，孩童恐怕看不懂。他們說的話讓我覺得很可怕，

5　【譯註】歌詞寫道：「當你在我身邊，房間不再有牆面，只有綠樹，數不盡的樹；當你在我身邊，紫色的天花板不再，我抬頭就能看見藍天。我們在這裡，無人理會，彷彿全世界只有我和你。」歌手吉諾‧保利（Gino Paoli），1961年發行。

因為我覺得他們可能會剝奪小讀者閱讀這本書的樂趣。與其去想這本書要傳遞什麼訊息或教誨，我真心希望他們只要去想自己最喜歡哪幾個畫面，或單純感受整本書的氛圍就好。

大家常常談文本的教育意涵。或許繪本是看似有侷限的文本，但每一個人都能在此找到從可見的事物表面逃離的路徑。小讀者對書中角色的全心託付通常都會得到良好回應；如果按照作者李智賢所言，她唯一期許是「帶給讀者一點幸福感」，那麼大人對這樣的提案應該也不會拒絕。

將小開本的《撲通！》（*Tchibum*）封面完整攤開來，會看見一個開心跳進泳池裡的小小泳者，水面下的他向某人伸長雙臂，他做這個動作是為了跟那個人相遇，再一次相遇。游水的是一個小男孩，他雙臂向前伸直是為了在水中有浮力，讓身體和視線都能夠移動。他游向彷彿泳道分隔線那般伸得長長的另一雙手臂，那雙手臂等著要迎接他，同樣伸長雙臂的小男孩開開心心地感受他的潛水初體驗，這次初體驗讓兩人暫時分開，將小男孩交付給浮力，同時重新定義身體空間，重返出生前的漂浮狀態。

有趣的是，這個繪本有兩個作者，兩個人都是游泳健將，他們的合作模式再一次突顯無聲書的特色之一是製作過程可以是集體創作，跟拍電影一樣，有人擔任編劇，有人擔任「攝影指導」，用圖像書寫，有人負責設計規劃，大家協力導演，完成一部讓人用眼睛觀看的，無聲但動聽的敘事作品。

變形：夢境、旅行、無常和愛情

我看著漣漪忽大忽小
但始終不曾離開無常的溫暖溪流。
大衛・鮑伊（David Bowie）[6]

　　從伊艾拉和恩佐・馬俐的《蘋果和蝴蝶》開始，無聲敘事書就表明它偏愛變化、無常和變形的故事。無論是自然或想像的變形，暫時或永久的變形，常常是橫跨神話、童話、詩歌、小說、視覺藝術和兒童文學的重要主題，也常出現在遊戲、遐想和夢境中。關於變形，義大利比較文學學者馬西莫・福斯洛（Massimo Fusillo, 2016）寫道：

　　變形常見於夢幻世界，（……）避開真實世界的規範，轉而投射在想像維度裡。變形具備多面向的多重功能，一方面可以拆解現實和認同的單一形象，另一方面可以反過來解釋形式的無限多樣性，甚或使其合理化。

　　翻頁這個動作，讓圖畫書敘述的變形故事變得更為可信，無論變或不變，

6　【譯註】大衛・鮑伊（David Bowie, 1947-2016），英國搖滾樂手兼詞曲創作者及演員，引領樂壇風騷。這兩句歌詞出自他 1970 年代初的歌曲〈改變〉（Changes）。

事物現形或永遠消失不見，或換一種樣貌和形式繼續，也讓真實或隱喻的遷徙和旅行故事、局部或全面更迭的故事裡的停留、離開、回歸，更加可信。變形的多面向和多重功能這個視覺性議題，在無字書中得到更全面也更深入的探索。在伊艾拉·馬俐的繪本作品裡，變形是自然轉換，會隨時間循環重複，看見不同的形式與顏色。我們在《瑟拉菲尼抄本》中看到的變形是每一個圖像的生成原理，那是一本組合藝術大全，揭示變換的無窮無盡，細膩呈現一個又一個超現實虛擬人物。瑟拉菲尼幻想重現不同部位理想中美好的延續性，虛構出種種中介形式，展現事物之間隱藏著相似和對應的關係。

自古以來，變形這個充滿詩意的主題就常出現在不同語彙中，變形本身是美好的，但也讓人感到迷惑、催眠和神祕，當變形不是圖畫書的中心題旨時，便會以平行故事出現，它不會立刻被看見，因為隱藏在細節和看似次要、實則不可或缺的潛在文本的多變形式裡。變形有不同功能，包括偽裝、表達改變和時光流逝、欺騙和辨識，不只在大自然中可見，在夢境、遊戲和真實世界中同樣存在。

變形的形式之一是偽裝，法國文學哲學家羅傑·卡約瓦（Roger Caillois, 1999）曾談到，偽裝本身也具備三種功能。偽裝者可以透過喬裝打扮改變自己的樣貌，轉移觀者注意力，混淆視聽。偽裝者可以模仿植物、礦物或周遭靜物，從觀者視線中消失。偽裝者可以透過自身可怕外貌的催眠能力讓觀者癱瘓或逃跑。知名圖畫書作家湯米·溫格爾（Tomi Ungerer）於 1962 年完成的繪本《蝸牛，你在哪裡？》（Schnecke, wo bist du?）【圖 64】就是在玩螺旋形狀的辨識和隱藏遊戲（高瑞俠，2015）。書名表明邀請讀者從接下來出現的各種螺旋形狀中找出蝸牛在哪裡，牠會隱藏在其他圖像裡，彷彿大件物品上的一個小細節，經過偽裝，但依然認得出來。讀者可以在螺旋形的管樂器、一波波海浪、豬尾巴和印刷字體 S 裡找到蝸牛。這個繪本的文字很簡短，只提供一個方向，眼睛會自

圖64：《蝸牛，你在哪裡？》，湯米·溫格爾。張震洲攝
外書衣（上圖）正中央的蝸牛形狀，其實是一個挖空的洞，掀開書衣，就會看見書封（下圖）的……

　　　　　　　　　　　　　　　　　　　無字奇境：安靜之書與兒童文學

動開始搜尋，在未知的地方找尋已知，在千變萬化中找尋熟悉之處。1964 年，溫格爾出版第二本以辨識形狀為主題的繪本，這次要找的是一隻鞋。這兩個作品十分有趣，溫格爾的構圖設計除了提供辨識成功的樂趣外，還突顯了建立事物間類比連結的破壞力，引導我們看見圖像可以由不同層次理解，同時定義何謂「多義」。

我不禁想起羅傑‧卡約瓦在《隱藏的重複》（*Ricorrenze nascoste*, 1986）書中寫的一段話，是他探索不同形式的相似之處，將各個童話故事裡的石頭串連起來後的心得，溫格爾的讀者應該會大表贊同。他認為螺旋形常見於腹足動物和人類符號，而這種形式說明存在一種集體美感，要我們對意義的共同根源作進一步探尋：

> 我愈來愈無法分辨兩種圖像之間有何不同，一是被凝結在石頭裡的圖像，一是從虛構迷霧中現形的圖像。但基於同樣理由，我知道它們是用其他操作方式形成的。我告訴自己，這兩種圖像系出同門，無須花力氣挖掘它們的共同根源。

無生命、有生命、片段或完整符號產生的變形，是義大利插畫家維多莉亞‧法齊尼（Vittoria Facchini）單純用符號完成的《你好，鵝卵石！圖畫與著色書》（*Coucou les Cailloux! Cahier de dessins et de coloriages*）主題，在帕多瓦童書書店老闆大衛‧托林（David Tolin）的推薦下，由法國伽里瑪出版社發行出版。法齊尼在南義布列塔海邊找到很多在海水沖刷下不再有稜角的卵石，仔細一看才發現那些卵石其實是當地一間德利洛公司（De Lillo）於 1928 年生產的彩色拼花地磚，放在白色畫紙上，屬於自由風格（Stile Liberty）的裝飾花色顯得格外生動，這些形狀不一的小石頭上清晰可見的符號，內含和激發的想像力無窮。法齊尼說那些小石頭的形狀提供兩個選擇，或作為背景，或作為圖案。就像樹枝會生

出新枝椏，排列起來的卵石則生出了呼應神話故事的各種轉變。接下來她發現自己眼前的變化很驚人，很神祕，而且充滿動感。

佐珀麗跟波蘭詩人辛波絲卡（Wisława Szymborska）一樣與石頭對談，她在線上藝文雜誌《雙零》（*Doppiozero*, 2016a）發表〈寫給石頭的一封信〉（Lettera a un sasso），談「石頭的繁衍力」，提及莫那利、李奧尼，和近年由 Fatatrac 出版社發行兒童繪本的毛洛・貝雷（Mauro Bellei）這幾位作家筆下的石頭家族。法齊尼的卵石繪本在義大利也將由 Fatatrac 出版社發行，並會附帶操作說明。佐珀麗還談到，她主辦兒童寫作工作坊「寫給石頭的一封信」時收集了很多小朋友的作文，其中一個名叫雅雷西亞的小女孩提問：「親愛的石頭，你想要當石頭、動物，還是人？」這跟法齊尼探索符號敘事可能性和跨界的做法類似，前提是假設各種有生命或無生命形式的意義與符號範疇相同。

來自義大利南部普亞（Puglia）的法齊尼，作品中流露的些許詩意，既喚起也反駁了對「無窮盡」的浪漫愛意，她模擬遊戲世界裡層出不窮的變化，甚至包括字幕。開心捕捉書中種種啟發，感覺自己屬於兼具礦物和藝術性質的大自然國度裡的一部分，以形式邏輯為指導原則，透過玩設計，讓自己成為這個世界的造物主，形塑出具有生命力、一致性甚或自相矛盾的新邏輯、新論述和新組合。這個過程貌似發芽，讓人聯想到植物界和動物界某些生物的「局部」再生，就像是植物的基部分枝和嫁接，如草莓、紫羅蘭、海葵、海藻、單細胞及多細胞蕈類、黑莓扦插，以及某些海膽和棘皮動物，僅由殘肢就可以再生。這個操作很接近遊走於可見與不可見之間奇妙的兒童文藝創作。法齊尼的目光和她的筆帶來充滿活力的各種扭動、多變和起伏，呈現出有趣的視覺成果，而那些刻意留白的頁面彷彿在邀請下一位插畫家接續作畫。

虛構變形與反覆，跟觀察變形與反覆一樣，都需要能夠捕捉異與同的眼力，需要仰賴相似的和表面斷裂的意義，重建生命之流的流動與循環。需要假設邏

輯理論，連結不同形式，專注於引導目光在陌生風景中遇見已知符號時辨識新的路徑，科學和哲學的思維模式就是如此。探索進行中的線性發展，描述其變化，例如伊艾拉·馬俐畫出繭化成蝴蝶、雞蛋孵出小雞的轉化過程，她的意圖跟義大利哲學家特爾莫·皮耶瓦尼（Telmo Pievani, 2015）評論達爾文《演化筆記》[7] 時談及科學家研究類比、隱喻、心理實驗、理性心機的意圖相同。無聲書裡的變形，有時就是那本書的視覺主題，例如《紅氣球》；但有時也會是隱藏在細節或非主角人物身上的一個視覺圖案，例如《紅鯡魚》的一個矮樹叢。

《紅鯡魚》是一本「擁擠」的書，在豐富和完美間找到平衡點，書中有多條故事情節平行展開，有人類、動物、植物變形和超現實的命運及故事。這本紙本書的開本大小很重要，必須能夠耐得住被讀者反覆閱讀。繪本有一本附錄手冊，用文字簡短陳述繪本中幾個角色的祕密故事。其中一個故事描述青年詩人像氣球一樣飄浮在空中，綁在他身上的繩子握在一個小男孩手中；一位太太的導盲犬跑掉了，害她不知所措。在這個有形形色色各種年齡層的人和各種形式與功能的東西的公園裡，還有其他人的可愛小故事發生。

書中很顯眼的一個矮樹叢，在每一頁都長得不一樣，它是一顆球，是（有小鬍子的？）嘴巴，是一頂禮帽，是一把傘，是一隻蝴蝶，是一個小男孩玩躲貓貓的藏身處，是一個房子，是一隻抬腿撒尿彷彿在指路的小狗，是一隻小鳥，是一顆鑽石，是一顆心，最後變成了一條魚。讀者看第一遍的時候，一定會專注於尋找出現在書名、封面和每一頁的那條色彩鮮豔、形成對比的紅色鯡魚，接下來再次閱讀時，矮樹叢會是吸引讀者注意力的細節之一。這個安安靜靜的矮樹叢以其近乎超現實風格的形式變化，讓讀者清楚意識到，書裡面每一個東西都在改變、移動，每一個東西都有生命，你看見變化就能看見故事。

7　【譯註】《演化筆記》（*Tacchini della trasmutazione*）是義大利出版的達爾文論文合集，收錄他自 1836 年至 1844 年間的著作。

無字書接受的挑戰，是描述人性的基本特質，既是生理特質，也是心理特質，那就是變化。而無字書處理象徵、心理、視覺、夢境、移民範疇的議題時，這個特質極為關鍵。

勾勒並描繪這個特質，除了呈現可見的形式變化外，為了讓讀者能夠自行完成意義拼圖，還會提示結果是內在或文明的改變，或提示原因是我們持續積極接觸不斷改變的世界。

義大利於 2013 年由 Minedition 出版社發行硬紙板書《我們的地球》（*Our Planet*），書中有屬於大自然的形式，也有屬於文明的形式。這本書敘述地球的變形，它的變形並非不可避免，也不是自然演變，而是經過深思熟慮但飽受爭議的變形，於是地球表面變得愈來愈都市化和工業化。如此龐大的議題，真的可以用圖像向小朋友說明嗎？必須強調的是，無字書永遠會在進行結構嚴謹的平面設計之前，就先想好對象、主題、材質、語彙和文本，然後用形式論述。這本書的作者是韓裔法籍插畫家吉米・李（Jimi Lee），十分擅長以有效且優雅的方式與孩童交流。希爾瓦娜・索拉發表在 Zazienews 部落格上的一篇文章談到這本書（2013）：

　　這是一個讓人不得不深思的生態故事。清爽乾淨的方形開本，正中央有一個圓洞，環繞在圓洞外的便是我們這個世界。隨著時間，世界愈來愈熱衷於建設，綠地、樹木和植栽被抹去，把位子讓給冷冰冰的水泥叢林。有一些人開始動腦，採取行動，而他們漸漸成為多數人的榜樣。於是地球變了，在高樓大廈頂層出現了花園，在猶如巴別塔般高聳入雲霄的建築物旁邊長出了新的樹木，充滿蓬勃生命力。

以形式的和諧或不和諧為基本元素的這個故事，懂得如何與孩童對話，接納他們。作者用這個繪本說明他認為應該聆聽孩童的聲音，因為他們懂得用批

判角度看世界，能夠接受真實嚴肅的思想，願意探問事實。正如義大利教育專家法蘭克・羅倫佐尼（Franco Lorenzoni, 2014）撰文寫道，偉大思想也有孩童的功勞，因為小朋友也會思考大事情。我們今天身處在一個過度膨脹的溝通競賽之中，也就更需要實驗用單一語彙作純粹和極致溝通的可能性。閱讀無字圖畫書、沒有圖畫的文字書，以及圖文並茂的圖書，都可以是深入認識語彙、準則和形式之特定可能性的機會。

學校老師喬凡尼・卡斯塔鈕（Giovanni Castagno）說幼齡孩童閱讀《我們的地球》的反應十分熱烈，這個反應顯然與他們一邊聽老師說故事一邊發現每一頁圖像都在改變的敏銳觀察力有關。這位老師讓圖像有了聲音，讓書化為實體，當書頁空白的時候就自行發揮，雖然解釋文本但不會完全揭曉謎底。他主要跟小朋友分享的是接觸這個主題的喜悅，跟小朋友一起遊走在書頁間探險，在激動人心的閱讀體驗中，感受細膩觀察和整體理解的重要性。

先前說過，無字繪本提供機會讓孩童開始就截然不同的議題展開對話，讓人可以從不留空隙、令人焦慮的表演狀態下，得到一點靜默的平靜時刻（《無字之妙》一書引述倫納德・S・馬庫斯的話），吉米・李用這本乾淨完美的作品、形式簡單罕見的硬紙板繪本，邀請讀者帶領孩童一起思考環境永續和對未來世界負責的議題，透過書頁的虛與實看世界，世界是書中主角。

《線條》（*Lines Everywhere*）也是吉米・李的作品，書頁正中央有一條刀模加工的鏤空水平線條，這條線隨作者下筆的巧思，可以是衣架、漢堡、筷子、翹翹板、平衡木、桌子、平底鍋、拔河繩、高架橋或吹泡泡吸管，這個靜止不動的鏤空符號因其可靈活運用、意義多變的特質，在跟其他物品、形式、顏色和符號的關係中變化無窮。

出自法國平面藝術家法奈特・梅莉耶（Fanette Mellier）的《月亮》（*Dans la lune*）【圖 65】，紀錄的不是人給地球帶來的變化，而是地球衛星月亮的週期

圖 65：《月亮》內頁，法奈特·梅莉耶

變化。《月亮》採傳統的正方形開本，以簡單純粹的形式再現月亮的完整週期，是經過精心設計的作品，也是梅莉耶先前為探索彩色印刷的渲染力而舉辦的一次展覽結晶，她用八種墨色的組合具體而微地體現月相，也就是視覺可見從月缺到滿月再到殘月的循環，用不同效果呈現可見的月光大小及變化。

這本極其安靜的繪本，讓人想起對著天穹這個無盡空間沉思冥想時的「深層平靜」，梅莉耶說那是 11 月的三十個月亮。疊印加上不同的白色，還原了光的分層效果，並在紙上詮釋從地球觀看月光及月光可見度之間的關係。繪本封面是用鏡像印刷做出的滿月圖像。以無聲書形式展現天文觀測結果，如同在科學表現和平面印刷實驗之間遊走，與科學和文藝創作保持等距，尋求嚴謹敘事的可能性。《月亮》跟《紅鰰魚》都出現在蘭佩杜薩島繪本圖書館和羅馬展覽宮藝術書圖書館的書架上。

我們知道，月亮代表令人安心的母親形象，對童年的詩意想像而言極為珍貴，常常出現在兒童的睡前故事書裡，相關書目、報告和研究不勝枚舉。月亮被歸類為輕盈的代表之一，許多從「有翼少年」原型[8]衍生而來的展翼飛翔角色，以及那些擺脫地心引力飛向天空的人或物，例如風箏、飛鳥、飛機、雲彩、氣球也都是。輕盈與變形這個組合很有趣，一是因為跟飛行物的變化十分類似，一是因為它們本身具有的變動特質，以及後續必然引發幻想的特質。

說到以奇幻（及空中）變形為主題的無聲書，首推伊艾拉．馬俐的《紅氣球》【圖 66、67】，它既展現了物品有趣的變化，也道出了將真實與幻想隔開的那道屏障並非無堅不摧，而這正是孩童在建立世界觀時的重大議題，或許也可以說是一種哲學。伊艾拉．馬俐在她九本為幼齡孩童所設計的繪本裡，多次觸及

8　【譯註】「少年」（Puer）原型出自古羅馬詩人奧維德（Publius Ovidius Naso）集希臘、羅馬神話大全的《變形記》（*Metamorphoses*）書中一位永遠不老的孩童神祇。分析心理學大師榮格則用這個名詞指稱即便到了成人階段，內心仍處於青春期的人。

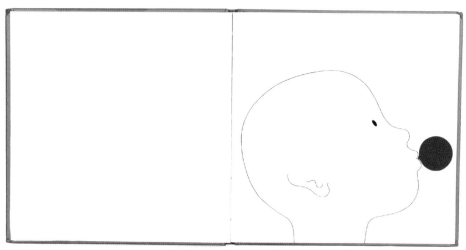

圖66：《紅氣球》內頁，伊艾拉・馬俐

圖67：《紅氣球》內頁

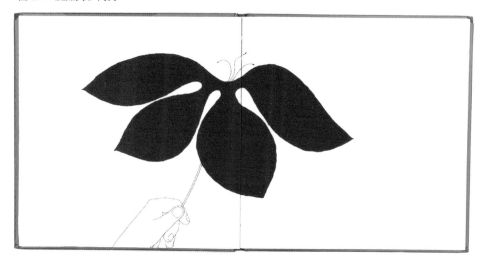

變形這個主題，包括她（文字很少）的圖文書也不例外，例如《圓形與海膽》（*Il tondo e Il riccio di mare*）。

《紅氣球》玩的是形式的類比遊戲，透過聯想，思索並探究美學的相似性。之後紅氣球變成一把雨傘，回到吹氣球的小男孩身邊，讓他知道這個變形不會帶來災難，也沒有任何後果，只是各種想像的可能性，象徵想像和思維可以跟著欲望的能量、符合邏輯或自相矛盾的發散，在圖像和形式的敘事中展現。氣球此一「創舉」將讀者的注意力從書中小男孩身上轉移到它自身創造的形式上。氣球經歷各種看似無可避免、自動自發的變形，形成了某種循環，變換了形式的氣球最終回到小男孩身邊，保護他免於被雨淋濕，陪伴他走向新的發現，在吐息間醞釀其他故事。伊艾拉・馬俐在一次訪談（Piccinini, Tontardini, 2010）中談及她在米蘭幾間幼稚園帶領小讀者閱讀的心得：

> 小朋友很重視每一個東西代表的意義。舉例來說，他們雖然看著紅氣球，心裡忍不住擔心小男孩是不是不見了，翻過幾頁後，當小男孩的手出現，將紅氣球變成的那朵花摘下來的時候，大家都鬆了一口氣；還有當他們看見小男孩出現在雨傘下的時候，也是如此。

蛻變本就是童年時期的基本課題，在這個時期，由身體開始，一切都以驚人速度不斷變化。這個肉眼可見的變化會隨著成長逐漸趨緩，但持續進行，有時候內在變化會為人所忽視。實際上，人生在不同階段皆有變化，不曾稍歇，直到晚年為止，被視為「以哲學角度研究人類變化」的教育學便是如此認為。人類這個物種的主要特徵之一在於「幼體延續」，這是指發育未完全、不成熟、不完整，「注定」要透過遊戲、學習、對外在世界產生歸屬感，而有所改變、變動及變化。

無論是生理、隱喻或心理的變形，都不可能是一種無痛體驗；與冒險犯難，

接受別離，害怕拋棄、離散和不確定，勇於或畏懼再次相信自己，都有深刻的辯證關係。每一次蛻變，面對的挑戰在於：很難在變化之初的欣喜之情（代表人物是文學作品中的「永恆少年」原型，永遠青春不老的有翼孩童，有創意，有遠見，無憂無慮）和已入暮年的農神（代表人物是年邁智者 Senex，是不抱任何幻想的成年人原型，一心只想維持可以獲得他人認可的行為準則、情感依歸和認知，維繫自身歷程的記憶和自明性的完整）之間找到平衡。文學作品中的彼得潘和虎克船長，就是這種對峙關係，和兩個極端之間持續對話試圖找到平衡，最教人難忘的代表人物。

　　一切都變了，但人生還是要繼續。根據物種演化邏輯和個人進化邏輯，每一個細節，即便是微不足道的細節，也有它存在的理由、意義，以及和其他形式的相似之處。每一個形式發出的聲音，無論是無聲，或與人類的語言不同，都應該被聆聽；即便肉眼看不見，或被不同的圖像和聲音淹沒，或在偌大的世界裡太過渺小，也應該被看見。包括無字童書在內的兒童文學一邊詮釋孩童思維，一邊說的就是類似的故事。我們本來就傾向於紀錄相去甚遠的事物意義的變化軌跡，尾隨在後開拓路徑留下記號，好知道在這個世界上何去何從。我們本來就會不斷出發，渴望在旅途中、在真實或虛幻的交會中找尋我們所不知道的，體驗充滿挑戰、危險、樂趣和茫然的一次又一次冒險，以及過程中產生的意義關係和意想不到的感受。如果我們能看見並認出那些形式，如果我們能與之建立情感及互動關係，我們就有能力質疑它們。

　　有些無法像變形那樣清楚界定的體驗，也跟不同形式之間的關聯和距離有關，例如夢境、遊戲和旅行體驗，會讓當事人有所改變，也許是暫時的，也可能是永久的。此三者是無聲文學偏愛的主題，因為可以啟動視覺或幻覺。夢境，無論是夜間作夢，或是在遊戲過程中作白日夢，都可以將真實、潛在的畫面轉化並融入變質、讓人迷失方向的景致。

我們會立刻聯想到小尼莫，這個漫畫主角如夢境般的幻覺，為 20 世紀初的圖畫故事書開創了一條全新的道路。大衛・威斯納的《夢幻大飛行》【圖 68、69】再次召喚夢男孩出場：繪本一翻開就是一個小男孩躺在床上睡覺，床旁邊的窗戶外是紐約街景。大衛・威斯納繪本裡的小男孩等手中那本地圖集的形式開始交融後，便啟動了他如夢似幻的「自由飛行」，封面變成田野，田野變成棋盤，棋盤上的人像西洋棋子先包圍他，之後帶他走過吊橋，走過一座又一座高塔，走向城堡，走著走著，原先以為的城堡其實是一條龍。隨後小男孩經過厚重書堆和書中人物，走入文藝復興建築裡，跟夢遊仙境的愛麗絲一樣變成巨人（特別讓人聯想到英國插畫家奧森柏莉［Helen Oxenbury］筆下的愛麗絲），而所有這些景致皆相互交融。威斯納在這個蛻變繪本中安排小男孩玩西洋棋不是出於偶然，因為遊戲正是蛻變的推手：

> 乍看之下只忙著解決抽象問題的西洋棋手自身就代表「變質」，他會有一段時間變成自己的對手，如此才能精準預測該出手打擊何處，哪裡會是問題所在。（瑪格麗特・尤瑟娜［Marguerite Yourcenar］，1991）

《夢幻大飛行》採用大衛・威斯納偏愛的橫向水平開本，彷彿快要失控的動感畫面連續二十六頁，呈現出長幅全景圖的效果。將一個完整畫面切割成不同瞬間的目的，是為了體現我們試圖用話語描述夢境的不容易。要想讓描述變得清晰易懂，得把書拆開來，一頁頁並排（要完成這個操作需要兩本書），像威斯納自己於 2008 年在夏爾佩羅國際學院演講時所作的示範，會得到一幅長達七公尺的單一畫面。這個單一畫面的構成邏輯跟荷蘭藝術家艾雪（Maurits Cornelis Escher）的錯視創作相同（最鮮明的例子是天鵝），是在非延續性空間裡做變形的擴張。最後夢境結束在小男孩被地心引力帶回到床上，被早餐喚醒，

圖68、69：《夢幻大飛行》（台灣版曾由遠流出版）內頁，大衛‧威斯納，張震洲攝

就像桑達克的《野獸國》，夢幻之旅的終點是一碗香氣撲鼻的熱湯。

西班牙出版的無字繪本《蛞蝓世界》（*Mondo Babosa*）【圖70】將旅行、夢境、藝術幻覺和變形一網打盡：一隻貓在幻境般的街區和風景中追逐一隻蝴蝶，而這個夢幻般的狩獵之旅，很可能是毛毛蟲的一場惡夢。變形不是只有演化、提升和可以預見會安安穩穩落回原點的縹緲夢境。變形不是只有花開、飛行或甦醒，還有物質的退化與衰敗，面對逆境的戲劇化反應，面對打破既定期待的事件的自我恢復能力，以或多或少悲觀的態度改變平衡與規劃，這些也往往被視為變革。

無聲書裡的圖像讓我們知道東西的形式會改變，跑來跑去，最後可以恢復原樣，也可以變得不一樣。據說可以在擁擠中維持本色，可以在混亂中找出熟

圖70：《蛞蝓世界》內頁，馬里亞諾·普列托

悉的細節，即便在空中、風中、鏡子中、漂浮中感到頭暈目眩，依然能找到方向、空間和景色以展開新的冒險，找到自身和他者新的形式，然後繼續改變。據說沒有活物不識改變為何物，在生物領域是如此，在人類領域亦是如此。

葡萄牙插畫家貝納多·卡瓦赫的《套管鏡》（*Trocoscopio*）讓一百四十二個不同形狀的圖案在書頁間跑來跑去，排出三十二頁全新的圖像。

安野光雅的《10個人快樂的搬家》繪本中十個小孩從左頁的家搬到右頁的家，透過我們看到的集體遷徙遊戲，所有小朋友穿過書頁分隔線，慢慢從左邊的家搬到右邊剛開始空無一人、之後住滿的家裡，探討孩童與家的關係這個偉大命題，義大利教育學者羅倫佐·康塔托雷（Lorenzo Cantatore, 2015）有專文討論。

英國插畫家佩特·哈群斯（Pat Hutchins）於 1971 年出版的《千變萬化》（*Changes, Changes*）【圖71】是藉由書中人物之手一頁頁展現形式變化的知名繪本，還拍成了動畫短片，用各種木頭當樂器負責配樂。《千變萬化》展現出

圖 71：《千變萬化》（台灣版曾由上誼文化出版）內頁，佩特·哈群斯

生活和愛情在面對意想不到的改變時如何發揮作用，可以攜手一起實驗，隨機應變，努力發明新的解決方案和交通工具，組合時發揮想像，懷抱期待和快樂，就像玩蓋房子遊戲一樣。一男一女兩個主角是木頭人偶玩具，那個世界裡還有方塊、圓柱體、圓拱和其他形狀的積木，他們用這些積木蓋了第一個房子，有拱門有窗戶，看得出來他們住在那裡很開心。

只不過，可以提供光與熱的火也有可能因為過熱讓房子燒起來，他們不慌不忙在濃煙中拆解積木，把房子變成有輪子和滅火設備的消防車，她負責駕駛，他負責拉起消防水帶控制火勢，最後成功滅火。問題是水愈積愈高，只好將消防車改成可以航行的船。大海終有盡頭，為了能在陸地上行進，必須再次改裝，讓船重新變成汽車繼續旅行。之後遇到引擎故障，汽車拋錨，就改成燒煤炭的蒸汽火車好開回家。

在動畫短片裡有一段特別的安排是，等他們的房子重建完工後，沒有足夠積木可以做完整的太陽，於是他們留了半塊高掛天空當月亮，另外半塊則拿來當作雙人吊床。

當這本精彩的兒童繪本敘述這一對夫妻如何齊心、發揮創意，面對生活中種種意外，創造運動的變形之美，藉此隱喻愛情和家庭的建立過程時，同樣在1971 年，同樣在英國，歌手大衛‧鮑伊發行了專輯《Hunky Dory》，以其中膾炙人口的〈改變〉歌頌時光、轉變、無常、自明性和渴望。

「體驗生活的多樣性」

渺小而偉大的詩意之作

一沙一世界，
一花一天空。
掌心握無限，
剎那即永恆。
威廉·布萊克（William Blake）

那些絕美的無聲書之中有一本其實有文字，不超過一百字，簡短但詩意盎然，偶爾出現，清楚簡單。《鳥兒》（*Gli uccelli, 2010*）【圖72、73】歌頌細微之處，歌頌小事，也歌頌小與大的關係，以及小所能發揮的改革能力，不但可以訓練眼力，也有教育和心理層次的意義。這本書的作者傑曼諾·祖羅在接受訪問時語帶歉意說，那些文字是自發性地出現在阿貝婷已經完成的圖畫上，而且只選擇了其中幾頁。他的文字類似電影劇本大綱，阿貝婷將故事背景設定在一片黃澄澄的沙漠裡，那片沙漠幾乎填滿了繪本打開後的左右兩頁，只有空無一人的道路從中穿過，地平線很高，地表那條弧線把天空擠到只剩窄窄一道，有點美國西部的感覺，叫人屏氣凝神。

第二幅圖畫裡，只見遠遠地出現了一輛小小的紅色貨車；第三幅圖畫中駛近的貨車變大了，準備往頁面右下角方向駛離，看不清駕駛座上的人長相。下一幅畫面變成了剖面，地平線和道路合而為一，道路前方是一道斷崖或深淵。

圖72、73：《鳥兒》（台灣版由上誼文化出版）內頁，阿貝婷、傑曼諾·祖羅

... appare.

讀者期待著接下來會發生的事，這時候畫外音說的話輕飄飄地飛了進來，彷彿在冥思，也或許是想起了什麼事的那句獨白跟即將要展開的事件結合，營造出一種不對稱的效果，能安撫也能刺激感官。

那個短句是「有些日子特別與眾不同」。只有這麼一句，隨後一片靜默，連續五頁，我們只能從畫面了解發生了什麼事：一個男人下車後轉到貨車後面打開後車廂的門，一群鳥兒從裡面飛了出來，這群鳥兒體型碩大，每隻都長得不一樣。一飛沖天的這個隊伍奇奇怪怪、彼此互異的形式讓人不禁聯想插畫家阿貝婷應該參考了米羅（Joan Miró）、索爾·斯坦伯格（Saul Steinberg）和保羅·克利等藝術家（Baroncini, 2011）。

但是貨車裡還有一隻鳥，一隻害羞的小鳥，看起來還不會飛。剛開始我們只看見牠在黑暗中睜著一雙眼睛，之後看見牠坐在體型比牠大上許多的那個男人旁邊。一人一鳥主要用眼神、肢體和手勢進行無聲的對話，他們一起耐心等待，分擔彼此的不安，透過眼神相互認可，尋找共同語彙的同時分享麵包，以及關鍵轉折時刻的來臨。男人笨手笨腳地向那隻烏鶇示範如何拍打翅膀，他滑稽的連續動作最後以下巴著地收場，烏鶇似乎不為所動一臉嚴肅地看著他，但隨後牠開始笨拙地飛向男人，愈飛愈穩，降落在他的額頭上。這些動作構成的畫面說明他們都很有責任感，也接受了對方的不足，同理心轉化成為友誼。

男人站在地上看著烏鶇愈飛愈遠，分離的苦樂參半心情因為看到小鳥學會飛翔而得到撫慰，故事原本可以在這裡結束，但翻開下一頁，儘管文字形容烏鶇「很小很小」，此刻牠的體型卻比男人大上許多，一邊飛一邊依依不捨回頭看，最後加入了那些長得跟牠很不一樣的鳥群。男人開車返回黃色沙漠中那條道路，開往地平線，然後小黑鳥又出現了，牠跟在貨車後面，而鳥群則跟在牠後面，將男人帶上天空。最後一頁是男人在飛，小小烏鶇站在他頭上，行進間保持完美平衡。《鳥兒》的完整內文如下：

看起來稀鬆平常的一天，今天卻多了一樣東西。這個東西不大。只是一個細節，微不足道的細節，通常不會被注意到的細節。因為細節本來就不引人注意，得有人發現。如果我們花時間去看它，它就會出現。出現在這裡，或那裡。很小很小。但突然間很有存在感……變得碩大無比。每個細節都是寶藏。真的寶藏。每個微小細節都是巨大寶藏。只要一個微不足道的細節就足以照亮一天。只要一個微不足道的細節就足以改變世界。

《鳥兒》由 1987 年成立的瑞士出版社 La Joie de Lire 於 2010 年出版，創辦人法蘭辛那‧布榭（Francine Bouchet）是歐洲歷史最悠久的其中一家童書店負責人，同時也是作家和詩人。今天這家出版社的出版目錄有四百多本繪本和文學書，因編輯經典作品的用心和美術設計不斷推陳出新屢獲大獎肯定。《鳥兒》在義大利是由頂尖畫家出版社發行，這個獨立出版社專攻兒童和青少年繪本，由先前多次提到的佐珀麗和保羅‧康托二人於 2004 年創辦。祖羅夫妻檔合作完成的《鳥兒》於 2012 年獲選為十大最佳繪本，另一個作品《我的小人兒》（*Mon tout petit*）人物、故事都走極簡風格，獲得 2016 年波隆那兒童好書獎。

為何要將一本有字書放入無聲書的書架上呢？因為《鳥兒》傳達的詩意宣言也適用於許多只有圖沒有字的繪本：不僅宣揚小與大、細節與世界之間的詩意關係，同時突顯了每個個體，無論是個人或集體的一份子，在賦予日常點滴意義的時候，凝視和手勢的重要性。

學者羅貝托‧法內在《樂趣與益處》書中引述 20 世紀初義大利實證主義哲學家羅貝托‧阿迪戈（Roberto Ardigò）從教育角度思索圖像的功能。阿迪戈是 17 世紀教育家康米紐斯（Johann Amos Comenius）直觀教學理念的支持者，認為藉由感官經驗傳授知識遠比言語更有效。阿迪戈肯定圖像的功能之一，就是將無法用直接觀察驗證的東西間接交給感官處理。圖像可以透過某些方法讓原

本難以展現的事物某些面向得以被人看見，例如讓物品變透明就可以看見它的內部，或是用一組連續動作展現運動的細節。阿迪戈說，最特別的是圖像可以讓人捕捉到「過於微小的動態」，也就是移動速度太快以至於難以察覺的一切，例如蜂鳥拍打翅膀，馬奔跑時四肢的動作；圖像也可以讓人捕捉到「過於巨大的動態」，例如星球和宇宙的運動、一棵樹木的生長或一朵花的綻放，因為所需時間太長，感官無法捕捉到其連續性。

序列圖像是將動態現象定格，引導視線，讓人能看見並看懂，跟電影一樣，透過「機器」的運動讓我們觀察那些現象的速度放慢或加快、距離拉近或拉遠，而機器運動就是觀點，也是對世界提出的批判性假設，試圖從哲學、藝術或科學角度去看無法立即被看見的，同時展現原本不可見的東西。

生物學家大衛・哈思克（David G. Haskell）在《森林祕境》（*The Forest Unseen*）開頭，描述西藏僧侶小心翼翼地用彩沙作顏料砌繪沙曼荼羅，從正中央開始，一邊用黃銅窄管讓沙子流瀉而下，一邊按照設計圖添加具體而微的細節和圖案，是一個同心結構。眾所周知，砌繪沙曼荼羅需要耐心和熟練技巧，要有數人同時進行，其構圖會讓人想到人生歷程、宇宙生成及佛光普照的再現。砌繪兼顧美學和心靈的沙曼荼羅的意義是，在一小方空間裡創造出整個宇宙。花幾天時間完成後，按照儀式傳統要將沙曼荼羅掃起來撒入河流中。哈思克描述有幾名在上生態學課的美國學生受邀參觀作畫過程，因為接下來就輪到他們去森林裡創造一塊曼荼羅地，在地上畫一個圓，然後留在現場觀察那一塊土地數個小時。

梵文「曼荼羅」有多重涵義，指群落，也指能夠以小窺大的圓形土台。哈思克為了證明發生在那片偌大森林裡的萬象都包羅在跟曼荼羅同大的土地裡，花了一年時間觀察直徑約一公尺的一塊圓形林地，那是位於田納西州山間老生林裡的一塊土地。《森林祕境》是他的科學觀察日記，也是研究那片森林裡的

生物群落三個不同領域所有可見和不可見元素之間的關係，既廣博又深入的一份精采調查報告。哈思克之所以憑直覺做此假設，是因為在微小事物中尋求宇宙真理，探索無限小與無限大之間的關係，不僅是西藏曼荼羅的經典主題，也是西方文化神祕主義的傳統，例如神祕主義代表人物諾里奇的朱利安修女終其一生思索一顆榛果，思索詩歌，因此我們也可以說她思索的還有兒童文學，因為兒童文學裡的形式、人物、體系和插圖都是大與小的一種辯證式對比，一群藝術家設定以小朋友為對象，試圖為他們用一頁說完整個世界的故事，用圖像敘事展現所有可見和不可見的繪本也是。

如果說《森林祕境》是生物學家對為何要將一本有字書放入無字書的書架上這個問題所提供的答案，有些作者則選擇用繪本回答。《鳥兒》說的無非也是這個：關於「小」的重要性，關於敘事如何徹底改變這個世界。還有，對於一天之中各種具體細節付出時間和注意力是多麼重要，因為對日常生活進行美學和詩意研究，總會發現令人驚喜的面向。

想想阿迪戈和哈思克的論述，將他們的推論延伸到繪本，我們可以假設有兩個類別：「過小的詩意」和「過大的詩意」，無論在真實生活中或想像世界裡，都可以被視為是所有基本元素的度量單位，但有可能被忽略——因為看起來並不重要，因為太小所以視而不見，因為是小孩所以微不足道，因為不同所以看不見；或是因為太大無法測量，或需要時間和空間才能理解，然而察覺細節和冥想所需要的時間和空間卻往往遭到否決，而且是從小便被否決。

所謂的「過」，指的自然只是人類沒有像以往那般藉由藝術、科學、文學和旅行以十足詩意去體驗生活，去探索不同領域時必須承擔的責任風險，是教育和政治風險。要想反對壓抑經驗的抽象功能主義，必須冒風險，這個風險的存在勢必會讓我們思索從身體到環境、從情感到觀點、從語彙到經驗多元性的全方位教育的方法。

這些無聲書佳作的敘事題材、形式、觀點和情節千變萬化，但大多會探討對立關係，例如細節和大局，英文分別是 little picture 和 big picture，可以說這些藝術家，也就是圖像作家，發自內心認同布萊克、哈思克和西藏曼荼羅的觀點。小與大對立的原型是少年與老者，也就是童年與成年，在所有辯證關係中必然存在，原型心理學派創始人詹姆斯·希爾曼（James Hillman）認為這是正常的，但條件是兩者處於一種有來有往的平衡狀態，就像視覺焦點可以放在細節上，也可以看向遠方，可以變焦，可以廣角，也可以調整取中間值。在目光狹隘、凡事講求標準流程的時代，無聲書讓人重新關注細節和距離、變化和寂靜、空白和擁擠，彷彿邀請我們去辨識並敘述日常生活的多樣性，這個多樣性是由微小細節、偉大冥想、驚喜與變形、喜悅與期待、分離與相聚、茫然與滿足所組成，而這些正是兒童文學一直以來所體現的。

「過小的詩意」可以是一天之中的某個瑣事，或日常生活裡的一個動作，例如起床或上床睡覺，但是對每個小朋友和我們每一個人而言，這個動作和儀式可是一件大事，這就是澳洲插畫家珍·奧莫羅得（Jan Ormerod）的《早安》（Sunshine）【圖 74】和《晚安》（Moonlight）要說的故事：我們怎麼醒來，早餐的氣氛，一個眼神，一個手勢，就足以改變那一天，甚至我們的人生。

有些細節會帶領我們發現在我們家和我們手中的書以外的世界，例如莉茲·博伊德的《在裡面·在外面》【圖 75】，書上的洞是窗戶，是門，帶你走到花園，帶你回來然後再出去，就像在學校裡，戶外活動結束後，會把石頭、樹葉和其他寶貝擺在書桌上，彷彿那是一個博物館，又彷彿是為了證明一切都是連續的，我們生活的空間可以延伸到教室、圍牆和道路外。

「過大的詩意」可以指人與人之間的距離，因為實質或隱喻的藩籬、邊界，或是除了發揮創意攜手合作否則無解的衝突而分離，例如先前介紹過的妮可·德寇可的《彼岸》。

圖 74：《早安》（台灣版由英文漢聲出版）內頁，珍‧奧莫羅得

　　《彼岸》是第一屆《無聲書，終點站蘭佩杜薩島》計畫遴選的十大好書，
國際特赦組織特別提及這本書的得獎原因：

　　　　兩個主角分別住在一條河的左右兩岸，河流象徵差異，往往是人
　　與人之間分離和衝突的代名詞，也是瀕臨同一片海洋（包括地中海）
　　的不同國家間的實質界線。儘管困難重重，但書中兩位主角從未放棄
　　相遇的可能。我們希望這個富有詩意的故事能夠激勵不分年齡大小的
　　所有讀者，「誠應和睦相處，情同手足」（《世界人權宣言》第一條）。

　　為了交流，為了實現共同目標，他們各自埋頭苦幹，同步在貌似瞭望塔的家
中研擬計畫，過程中會犯錯，遭遇阻礙，反覆思索，修正改進。他負責船身，她

圖75：《在裡面‧在外面》（台灣版曾由小天下出版），莉茲‧博伊德，張震洲攝

負責船帆。導致他們分離的因素很多，第一個具體屏障是河流和距離，但是他們耐心十足縫合差距，一邊設計一邊動手做，靠著信鴿在兩扇窗戶間拉起一條線，尋找各種交談的方式，最後成功打造讓他們一起出發旅行的小船。【圖76】

「過小」或許是伊艾拉‧馬俐《草叢裡的小動物》（*Animali nel prato*）的

圖 76：《彼岸》內頁，妮可‧德寇可

生活寫照【圖 77】，翻開書頁，裡面藏著一個可奔跑的空間，瓢蟲在賽跑時落到最後一名，有人在諸多角色中是輸家。「過大」是月亮變身之謎，是旅行時茫然失去方向，是對小女孩而言遙不可及的遠方。人類不斷遷徙的原因，大到無法解釋，但陳志勇用「獨特」細節搭配「普世觀點」娓娓道來。有可能被遺忘

圖 77：《草叢裡的小動物》內頁，伊艾拉・馬俐

或忽視的「過小的詩意」，是遺留在雪地、樹林和記憶裡的線索，細碎瑣事和神祕巨大、獨特和普遍，是大人和孩童時期的自己之間的關係，也是孩童和他透過遊戲及玩具建構的世界觀之間的關係。

　　先前談過的兩本經典無字繪本《小丑找新家》和《小猴子》主角都是一個想像出來的朋友。《小丑找新家》的作者是昆汀・布萊克，獲得 1996 年波隆納書展兒童好書獎，這個奇妙的故事隱喻發生在英國首都倫敦被邊緣化、被忽視的不幸童年遭遇，主角是一個被丟棄的玩偶，四處尋求協助好跟自己的同伴重新聚首。這個無聲故事的開頭是一個垃圾桶，被丟棄的玩偶看起來很無助，不認輸的小丑歷經許多磨難和挫折，最後終於得到救贖。【圖 78】

　　似乎只有小孩才能看見小丑，大人對小孩態度敷衍，誤以為小丑是戴著面具的小男孩，讓他跟其他喬裝打扮的小朋友一起拍照留念。之後小丑被人用力一扔，從窗戶飛進一戶人家，那間公寓家徒四壁、髒亂不堪，家裡只有一個小女孩在照顧大哭的弟弟，小丑不發一語從小事著手，展現互助、關懷和修正錯

圖78：《小丑找新家》（台灣版曾由台灣麥克出版），昆汀・布萊克，張震洲攝

誤的有效步驟。首先，小丑表演起各種雜耍特技，逗笑年幼的小寶寶，再協助小女孩整理、打掃家裡；他們三個一起出門去拯救被丟棄在垃圾桶裡的玩具後，走路回家的路上，倫敦在美麗的夕陽餘暉中顯得分外明亮。小丑貼心地在小女孩的頭髮上綁了一條藍絲帶，還從垃圾堆裡撿了一束花帶回家，好迎接她的母親下班。

　　一些小小舉動，心照不宣的團結合作，懂得欣賞美好，為了拯救並維護美好而努力，嬉戲之餘不忘溫馨關懷，讓小女孩和小丑之間建立了某種默契，讓他們的生活更有意義，也更快樂。可想而知，在小女孩的母親面前，小丑會變回那個沒有生命的玩偶，跟漫畫《凱文和虎伯》（Calvin and Hobbes）一樣。但是對小孩而言，玩具是他們忠實的夥伴，不僅有生命，而且聰明，懂得愛。

《小猴子》的主角是一個猴子布玩偶，作者是荷蘭插畫家迪特爾·舒伯特。這位多產作家與妻子攜手創作了許多繪本，包括之前介紹過的《紅雨傘》。鄉間遠足因突如其來的雷雨中斷，小男孩心愛的猴子玩偶掉下腳踏車不見了。小男孩哭了，媽媽陪他回頭去找，但是找不到。然後舒伯特把我們變小，好讓大家都能進到猴子被藏起來的老鼠窩裡。舒伯特邀請我們進入一個樹洞，那裡有好多老鼠，似乎忙著討論接下來該怎麼辦，一邊用紅色的尾巴將猴子綑住。

第二天，跑來一隻刺蝟將猴子帶走，讓自己的孩子小刺蝟抱著它睡覺。猴子布偶經歷這段冒險依然完好如初，這時候飛來一隻喜鵲劫走它，帶去牠堆滿各種寶貝的鳥巢裡，但沒多久就來了一群大蟲子把猴子推下去，掉進池塘裡。猴子布偶躺在池底，魚兒在它旁邊游來游去，之後它被一個玩具修理師釣起來帶回工作室，用針線修補完畢，清洗過後吹乾，放到商店櫥窗裡。當小男孩經過櫥窗的時候發現了他心愛的同伴，修理師便將那個代表巨大情感的小小猴子還給了男孩。

這些孩童與玩具的故事，說明了情感關係與年齡和大小無關，重要的是觀察細節、耐心行事和渲染的能力，以及心理學所說的復原力，也就是面對逆境時能在變化中恢復最初完整性的因應能力。韓國動畫導演兼插畫家鄭有美（Yumi Joung）的繪本作品《灰塵孩子》（*Dust Kid*，也是動畫短片）【圖 79】於2014 年獲得波隆那童書展新視野單元大獎，故事描述主角家中出現了一個無所不在的灰塵小孩，令人苦惱。

在這個視覺敘事裡，揮之不去的微小生物代表的是我們內心的煩惱、恐懼和執念，小到可以待在火柴盒裡，很像 1979 年義大利流行的火柴盒小洋娃娃。雖然那隻大手一次又一次把灰塵小孩丟掉，但是它還是會再回來。於是這個灰塵小孩從原本的焦慮形象變成了童話故事裡調皮搗蛋、毛茸茸、固執不聽話教人頭痛的家庭小惡魔，想要被看見、被認可、被接受，然後才能獲得平靜。

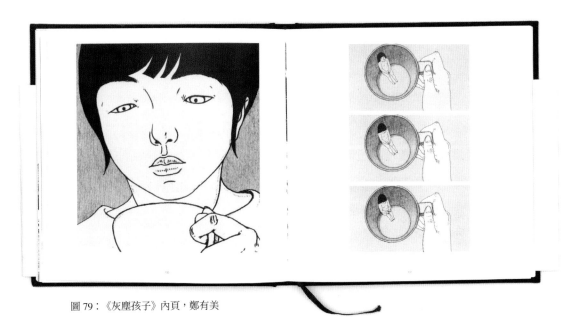

圖 79：《灰塵孩子》內頁，鄭有美

面對宇宙，人類若能接受自己無論內在或外在的脆弱、不堪一擊、不完美和渺小，就可以笑著與自己和解，這個生存之道展現出人類的韌性，是摔倒後可以再站起來的基本條件。大家耳熟能詳的「于洛先生」（Monsieur Hulot）則是個大人，這個角色總是叼著菸斗，騎著腳踏車，身穿米白色風衣，是法國導演兼默劇演員賈克・大地（Jacques Tati）原創的電影人物，比利時插畫家大衛・梅爾吉爾（David Merveille）以三本無聲書向他致敬。

于洛先生用肢體、手勢、姿勢和臉部表情說話，他似乎覺得身處在這個世界不需要太過嚴肅，只要玩耍，不要害怕不確定或失敗，一切都可以輕鬆優雅地克服。于洛先生在沙灘上跟躺椅吵架，頭腳顛倒躺下後，躺椅零件鬆脫害他摔倒，他從不開口說話，卻跟孩童默契十足，因為就某個角度而言，他自己就是小孩。喜感不會來自與事物的直接關係，而是來自具有實驗性、純真的、間接的、難以言說的關係，那種關係在試圖找到動態平衡的時候有能力翻轉意義

和無意義。

　　古希臘哲學家亞里斯多德在《詩學》中寫道，詩談的是細節，歷史談的是大局。不過有一本童書兩者兼有，同時顧及了視野和人生故事的廣度、層次和敏感度。無聲圖像文學在不同領域和感官間持續橫向穿梭，用圖像代替言語，避開既定陳規，帶著反抗意味的敘事行為讓我們每天都能生出新的視角和語彙。美國攝影師兼童書作家塔娜‧霍本（Tana Hoban）用形式、色彩和質感與插畫圖像看似相仿的攝影圖片創作，讓兩者對話之餘，激發出意想不到的情境，也製造了驚喜。

　　關於深層形似，或視角轉換更有助於明白世界的多樣性，是塔娜‧霍本以形式和色彩為主題的攝影書探索的議題，邀請讀者一起欣賞用影像寫成的詩。只有無字書才能提供如此特別的沉浸式體驗，所以我們可以將霍本的攝影圖像書也視為一種無字書繪本，因為那些影像在萬千變化中總蘊含無限詩意。

　　2000 年，法國瓦勒德馬恩省議會決定送給省內所有新生兒一本無字圖像書，是由獨立出版社 Thierry Magnier 出版，凱蒂‧古萍和安東奈‧路夏兩位藝術家攜手創作的系列作品第一本《大千世界》【圖 80】。之後陸續問世的主題有食物、花園、認識羅浮宮。《大千世界》採正方形小開本，頁數多，是結合了觀點、概念、修辭手法和圖像的一次視覺散步，運用了不同技法和語彙，包括攝影、圖畫、油畫、拼貼、紙藝、光影畫、版畫、蝕刻版畫和壓克力板畫。

　　這是一本叫人驚豔的書，也是談視覺和所有帶領讀者做想像力練習和圖像閱讀的元素間關係的一本論文集，除了引用翡冷翠藝術家馬力歐‧馬里歐提的手部彩繪，還有其他經典作品，橫跨文學、音樂和藝術。運用類比、隱喻、矛盾和變形等蒙太奇編排手法，大膽地跳脫傳統邏輯，作出令人忐忑不安的對比，呈現出人生不同年齡的面容樣貌，不同物品和觀念、關係與形式之間的相似與相異，可以看到洋娃娃的臉和一位女士的臉神似，還有胎兒的臉如何演變成小

圖 80：《大千世界》內頁，凱蒂・古萍、安東奈・路夏

女孩的臉。扉頁和最後一頁都有同一個紙偶手中捧著一本我們正在看的《大千世界》縮小版。這是一個富有詩意的後設文本，有豐富的敘事和美學意涵，於1999 年出版，書中許多創舉為日後其他的無聲書創作指引了方向。

面對新世紀到來，出版社、藝術家和官方機構無不從教育角度著眼，想要嘗試新的敘事方式，向所有人傾訴所有。《大千世界》書名若從字面翻譯為義大利文，意為「全世界」，說明這其實是一本視覺目錄，回應讀者對於繪畫的、想像的、設計的、敘事的、夢想的或被發現的「畫中世界」（Orbis pictus）未被滿足的渴望，給他們驚喜，主動出擊，思索以微小中空原子構成的我們可見的軀體有限或無限存在的矛盾性。扉頁和最後一頁的圖像說明這本書的主題是我們與世界可見性的關係，而且全書來回反覆突顯此一需求，很像「分形」這個物理概念，因為最後一頁的紙偶讀者換了一個姿勢看著（我們正在看的）這本書縮小版扉頁中的自己。

《大千世界》包含了因閱讀經驗、視覺經驗和圖像多樣性而生的諸多敘事可能，有空白、相異、相似、變形、靜默、推論、迷失、與不可見的關係、律動、

遊戲、笑容和驚喜。無字繪本說的正是這樣的故事，可以超越距離建立聯繫，形式與情感之間可以有深層的相似性，可以體現新的敘事觀點，可以抹去遮蔽視線的塵埃，不再對位於邊緣、不可見的一切視而不見，讓關於這個世界的故事煥然一新。老子說「千里之行，始於足下」，每一個讀者都可以從一本小小的純圖像書開始一次嶄新的旅行。

致謝

感謝 Valentina Allodi, Francesca Archinto, Evelyn Arizpe, Daniele Barbieri, Sandra Beckett, Isabella Benedettelli, Sophie Benini Pietromarchi, Noemi Bermani, Valerio Berruti, Emy Beseghi, Francesca Bossini, Sara Bugli, Luca Capuano, Chiara Carrer, Katia Caruso, Sara Colaone, Patty Dean, Nicole De Cock, Agata Diakoviez, Ellen Dysart, Vittoria Facchini, Roberto Farné, Orietta Fatucci, Elena Fierli, Walter Fochesato, Franco Fornaroli, Giulia Franchi, Teresa Genova, Ferruccio Giromini, Nicoletta Gramantieri, Giorgia Grilli, Steven Guarnaccia, Anna Marina Imperatrice, Ji Hyeon Lee, Jiwone Lee, Vincenza Leone, Valentina Manchia, Leonard S. Marcus, Vera Martinelli, Carmen Martínez-Roldán, Ilaria Micheletti, Alessandro Molina, Elena Morando, Riccardo Nicoli, Elena Pasoli, Emanuela Piga, Dolores Prades, Elena Rambaldi, Paolo Ravelli, Sara Rognoni, Francesco Satta, Luigi Serafini, Silvana Sola, Sandro Stefanelli, Gaia Stock, Cataldo Terrusi, Claudia Terrusi, David Tolin, Davide Tranchina, Marco Trotta, Sophie Van der Linden, Paola Vassalli, Giulia Zucchini。

特別感謝 Federica Iacobelli、Grazia Gotti，以及我在烏爾比諾工藝設計高等學院（Istituto superiore per le industrie artistiche, Urbino）2013 至 2017 學年度繪本史課堂上的學生。

謹在此對所有提供圖片授權的出版社表達感謝之意，此外要感謝我的編輯 Gianluca Mori 和他的團隊。

最後要感謝的是任職以下單位的所有工作人員：波隆那薩拉博沙兒童圖書館、里米尼千足社服中心（Cooperativa il Millepiedi, Rimini）、波隆那大學生活品質研究學系（Dipartimento di Scienze per la qualità della vita dell'Università di Bologna）、波隆那大學喬凡尼貝爾廷教育學系（Dipartimento di Scienze dell'educazione Giovanni Maria Bertin dell'Università di Bologna）、國際兒童圖書評議會義大利分會、羅馬展覽宮、哥倫比亞大學師範學院圖書館（Teachers College Library-Columbia University）、MOMA 博物館圖書館。

Chiara Carrer 繪圖

參考書目

以下標有「*」記號者為插圖書；標有「**」記號者為無字書／無聲書。資料首字有「id.」字樣意為「作者同上」。

Accame V. (a cura di) (1989), *Valentino Bompiani. Idee per la cultura*, Electa, Milano.

Adam h. C. (2001), *Eadweard Muybridge: The Human and Animal Locomotion Photographs*, Taschen, Köln.

Ajubel (2008), *Robinson Crusoe. Una novela en imágenes inspirada en la obra de Daniel Defoe*, Media Vaca, Valencia.**

Albertine (2014), *Bimbi*, La Joie de Lire, Genève.**

Albertine, Zullo G. (2008), *La rumeur de Venise*, La Joie de Lire, Genève.**

id. (2015), *Mon tout petit*, La Joie de Lire, Genève.

Amnesty international (2013), *Amnesty International Italia aderisce all'iniziativa "Libri senza parole. Destinazione Lampedusa"*, http://www.amnesty.it/news/amnesty-international-italia-aderisce-a-libri-senza-parole-destinazione-lampedusa.

Andersen H. C. (2012), *Il libro muto, in Id., Fiabe e storie*, Feltrinelli, Milano.

Anno M. (1984), *Bric à Brac*, Emme Edizioni, Milano.**

Ardizzone E. (2008), *Johnny's Bad Day*, Nissan, London.**

Arizpe E. (2009), *Sharing Visual Experiences of a New Culture: Immigrant Children's Responses to Picturebooks and Other Visual Texts*, in J. Evans (ed.), *Talking beyond the Page: Reading and Responding to Picturebooks*, Routledge, London-New York.

id. (2010), *"It Was All about Books": Picturebooks, Culture and Metaliterary Awareness*, in Colomer, Kümmerling-Meibauer, Silva-Díaz (2010).

id. (2013a), *Meaning-Making from Wordless (or Nearly Wordless) Picturebooks: What Educational Research Expects and what Readers Have to Say*, in "Cambridge Journal of Education", 43, 2.

id. (2013b), *Meaning-Making from Wordless Picturebooks: An Overview of Historical, Critical and Educational Perspectives*, in B. Kümmerling-Meibauer (ed.), *Aesthetic and Cognitive Challenges of the Picturebook*, Routledge, London.

Arizpe E., Colomer T., Martínez-roldán C. (eds.) (2014), *Visual Journeys through Wordless Narratives: An International Inquiry with Immigrant Children and the Arrival*, Bloomsbury Academic, London-New York.

Arizpe E., Farrell M., Mcadam J. (eds.) (2013), *Picturebooks: Beyond the Borders of Art, Narrative and Culture*, Routledge, London.

Arizpe E., Styles M. (2003), *Children Reading Pictures: Interpreting Visual Texts*, RoutledgeFalmer, London.

id. (2008), *A Critical Review of Research into Children's Response to Multimodal Texts*, in J. Flood, D. Lapp, S. Brice Heath (eds.), *Handbook of Research in Teaching Literacy through the Visual and Communicative Arts*, 2, Erlbaum, New York-London.

id. (2011), *Crossing Visual Borders and Connecting Cultures: Children's Response to the Photographic Theme in David Wiesner's Flotsam*, in "New Review of Children's Literature and Librarianship", 17, 2.

Arnheim R. (1984), *Arte e percezione visiva*, Feltrinelli, Milano.

id. (2013a), *Film come arte*, Abscondita, Milano.

id. (2013b), *I baffi di Charlot. Scritti italiani sul cinema, 1932-1938*, Kaplan, Torino.

Bader B. (1976), *American Picturebooks from Noah's Ark to the Beast Within*, Macmillan, New York.

Baker J. (2008), *Belonging*, Walker Books, London.**

id. (2010), *Mirror*, Candlewick Press, Somerville.**

Ballenger C. (1998), *Teaching Other People's Children: Literacy and Learning in a Bilingual Classroom*, Teachers College Press, New York.

Ballester A. (1998), *No tinc paraules*, Media Vaca, Valencia.**

Bang M. (2016), *Picture This: How Pictures Works*, Chronicle Books, San Francisco (ca).

Banyai I. (2003), *Zoom*, Il Castoro, Milano.**

id. (2006), *Dall'altra parte*, Il Castoro, Milano.**

Barberini A. (2015), *Il cane e la luna*, Orecchio Acerbo, Roma.**

Barbieri D. (2010), *Il pensiero disegnato. Saggi sulla letteratura a fumetti europea*, Coniglio, Roma.

id. (2011a), *Guardare e leggere. La comunicazione visiva dalla pittura alla tipografia*, Carocci, Roma.

id. (2011b), *Il linguaggio della poesia*, Bompiani, Milano.

Baroncini E. (2011), *Straordinarietà dell'esistenza*, in "Liber 90", aprile-giugno.

Barros B. (2015), *The Carpenter*, White Balloon, Teixeira de Freitas/Mainz.**

Barthes R. (1980), *La camera chiara. Nota sulla fotografia*, Einaudi, Torino.

Bateson G. (1995), *Verso un'ecologia della mente*, Adelphi, Milano.

Baum W. (1975), *La spedizione*, Emme Edizioni, Milano.**

Becker A. (2014), *Viaggio*, Feltrinelli, Milano.**

id. (2015), *Scoperta*, Feltrinelli, Milano.**

id. (2016), *Ritorno*, Feltrinelli, Milano.**

Beckett S. L. (ed.) (1999), *Transcending Boundaries: Writing for a Dual Audience of Children and Adults*, Garland, New York.

id. (2012), *Wordless Picturebooks*, in Id., *Crossover Picturebooks: A Genre for All Ages*, Routledge, London-New York.

Bellei M. (2013), *Sassi animati*, Fatatrac, Firenze.*

Benaim R. (2007), *El vuelo*, La barca de la luna ediciones, Caracas.**

Benedictis A., Magoni C. (a cura di) (2010), *Teatri di guerra. Rappresentazioni e discorsi tra età moderna ed età contemporanea*, Bononia University Press, Bologna.

Berger J. (2003), *Sul guardare*, Bruno Mondadori, Milano.

id. (2007), *Sul disegnare, Scheiwiller*, Milano.

id. (2009), *Questione di sguardi. Sette inviti al vedere tra storia dell'arte e quotidianità*, il Saggiatore, Milano.

Berner Rotraut S. (2004), *Una giornata d'estate in città*, Emme Edizioni, Trieste.**

id. (2005), *Sommer-Wimmelbuch*, Gerstenberg Verlag, Hildesheim.**

Berruti V., Fenoglio B., Grahame K., Testa G. (2016), *Come il vento tra i salici*, Gallucci, Roma.*

Bertin G. M., Contini M. G. (2004), *Educazione alla progettualità esistenziale*, Armando, Roma.

Beseghi E., Grilli G. (2011), *La letteratura invisibile*, Carocci, Roma.

Billout G. (1974), *Bus 24*, Harlin Quist, Paris.**

Binet J. (2008), *Edmond*, Autrement Jeunesse, Paris.**

Blake Q. (1995), *Clown*, Red Fox Book-Random House Group, London.**

Blezza Picherle S. (2004), *Libri bambini ragazzi. Incontri tra educazione e letteratura*, Vita e Pensiero, Milano.

Bogucka K. (2015), *Rok W Miescie*, Nasza Ksiegarnia, Warszawa.

Bonanni V. (2012), *Hamelin*, Ad occhi aperti. Leggere l'albo illustrato; *Marcella Terrusi*, Albi illustrati.
   Leggere, guardare, nominare il mondo nei libri per l'infanzia, in "Between", 2, 3, maggio.

Borando S. (2014), *Forme in gioco*, Minibombo, Reggio Emilia.**

id. (2016), *Si vede non si vede*, Minibombo, Reggio Emilia.**

Borges G., Kondo D. (2009), *Tchibum!*, Cosacnaify, São Paulo.**

Bosch E. (2013), *Texts and Peritexts in Wordless and Almost Wordless Picturebooks*,
   in B. Kümmerling-Meibauer (ed.), *Aesthetic and Cognitive Challenges of the Picturebook*,
   Routledge, London.

Boyd L. (2013), *Inside Outside*, Chronicle Books, San Francisco (ca).**

id. (2014), *Flashlight*, Chronicle Books, San Francisco (ca).**

id. (2016), *Giochi di luce*, Terre di mezzo, Milano.**

Briggs R. (1979), *Il pupazzo di neve*, Edizioni el, Trieste.**

Brouillard A. (1998), *L'orage, Grandir*, Paris.**

id. (2013), *Voyage d'hiver*, Esperluète, Noville-sur-Mehaigne.**

Bruel C., Bozellec A. (1997), *Les Chatouilles*, Éditions Être, Paris.**

Bruel C., claveloux N. (1997), *Petit Chaperons Loups*, Éditions Être, Paris.**

Bruner J. (1997), *La cultura dell'educazione*, Feltrinelli, Milano.

Bruno P., Besora C. (2015), *Buñuelos de Huracán*, A Buen Paso, Barcelona.**

Bussolati E. (2009), *Tararì tararera. Storia in lingua Piripù per il puro piacere di raccontare storie ai
   Piripù Bibi*, Carthusia, Milano.*

id. (2013), *Rulba Rulba! Una nuova storia in lingua Piripù per il puro piacere di raccontare storie ai Piripù
   Bibi*, Carthusia, Milano.*

Caccia M. (2011), *C'è posto per tutti*, Topipittori, Milano.**

Caillois R. (1986), *Ricorrenze nascoste*, Sellerio, Palermo.

id. (1999), *L'occhio di Medusa. L'uomo, l'animale*, la maschera, Feltrinelli, Milano.

Calvino I. (1982), *Orbis Pictus*, in "fmr", 1; poi in Id., *L'enciclopedia di un visionario*, in Id., *Collezione
   di sabbia*, Mondadori, Milano 2015.

id. (1999), *Lezioni americane. Sei proposte per il nuovo millennio*, Mondadori, Milano.

id. (2015a), *La Colonna traiana raccontata*, in Id., Collezione di sabbia, Mondadori, Milano.

id. (2015b), *L'avventura di un poeta*, in Id., *Collezione di sabbia*, Mondadori, Milano.
   Campagnaro M., dallari m. (2013), *Incanto e racconto nel labirinto delle figure. Albi illustrati e relazione
   educativa*, Erickson, Trento.

Cancilleri A. (2016), *Il tagliaboschi*, Il Leone verde Piccoli, Torino.**

Canseliet E. (a cura di) (1995), *Mutus Liber. L'Alchimia e il suo Libro Muto*, rist. it. prima e integrale
   dell'ed. originale di La Rochelle, 1677, completata dalle tavole di J.-J. Manget, 1702, Edizioni Arkeios,
   Roma.**

Cantatore L. (2015), *Parva sed apta mihi. Studi sul paesaggio domestico nella letteratura per l'infanzia del
   xix secolo*, ets, Pisa.

Capdevila R. (1994), *El camp*, La Galera editorial, Barcelona.**

Cardarello R., Chiantera A. (a cura di) (1989), *Leggere prima di leggere. Infanzia e cultura scritta*, Atti delle
Giornate di studio irpa (Bologna, 8-9 aprile 1988), La Nuova Italia, Firenze.

Carroll R. (1932), *What Wiskers Did*, Macmillan, New York.**

Carvalho B. (2010), *Trocoscópio*, Planeta Tangerina, Carcavelos.**

id. (2011), *Praia Mar*, Planeta Tangerina, Carcavelos.**

Castagnoli A. (2014), *Analisi di "Bàrbaro" di Renato Moriconi. Brasile*, http://www.lefiguredeilibri.
   com/2014/06/19/analisi-di-barbaro-di-renato-moriconi-brasile/.

id. (2016), *Manuale dell'illustratore. Come pubblicare album per bambini*, Bibliografica, Milano.

Celija M. (2006), *Chiuso per ferie*, Topipittori, Milano.**

Charlip R. (1957), *It Looks Like Snow*, Greenwillow Books, New York.*

Chiesa Mateos M. (2010), *Migrando*, Orecchio Acerbo, Roma.**

Cineteca di Bologna (a cura di) (2016), *Lumière! L'invenzione del cinematografo*, Cineteca di Bologna, Bologna.

Coat J. (2012), *La sorpresa*, La Margherita Edizioni, Milano.**

Colomer T., Kümmerling-Meibauer B., Silva-Díaz C. (eds.) (2010), *New Directions in Picturebooks Research*, Routledge, London-New York.

Colón R., *Draw!*, Simon & Schuster, New York.**

Cooperativa culturale giannino stoppani (2005), *Alla lettera emme. Rosellina Archinto editrice*, Giannino Stoppani, Bologna.

Couprie K., Louchard A. (1999), *Tout un monde*, Éditions Thierry Magnier, Paris.**

Cremaschi E. (2012), *Notebook bcbf 2012. L'isola*, http://gavrocheblog.blogspot.it/2012/05/notebook-bcbf-2012-lisola.html.

Cremaschi E., Mirandola G., Tontardini I. (a cura di) (2014), *Catalogone 7. Le parole e le immagini del 2014*, Topipittori, Milano.

Cristini E., Puricelli L. (1977), *Il papavero*, Emme Edizioni, Milano.**

Cruz A. (2014), *Capital*, Pato Lógico, Lisboa.**

Cuvellier V., Mathy V. (2008), *La plus grande bataille de polochons du monde*, Éditions Gallimard Jeunesse, Paris.**

Dallari M., Francucci C. (2001), *L'esperienza pedagogica dell'arte*, La Nuova Italia, Firenze.

D'ascenzo M., Vignoli R. (2008), *Scuola, didattica e musei tra Otto e Novecento. Il museo didattico "Luigi Bombicci" di Bologna*, clueb, Bologna.

Dé C. (2006), *Ouvre les yeux!*, Panama, Paris (rist. Les Grandes Personnes, Paris 2011).**

De Cock N. (2006), *Aan de overkant*, Gottmer, Haarlem.**

Deleuze G. (2000), *Che cos'è un dispositivo?*, Cronopio, Napoli.

Dematons C. (2003), *Il pallone giallo, Lemniscaat*, Milano.**

id. (2015), *Holland op z'n mooist op reis met de Haagse school*, Leopold Gementemuseum, Den Haag.**

Demonti I. (2014), *Sur le file*, Lirabelle, Nîmes.**

Demozzi S. (2011), *La struttura che connette. Gregory Bateson in educazione*, ets, Pisa.

Devernay L. (2011), *Concerto per alberi*, Terre di mezzo, Milano.**

id. (2016), *Parola d'autore*, http://libri.terre.it/libri/collana/19/libro/322/Concerto-per-alberi.

Didi-huberman G. (2005), *Immagini malgrado tutto*, Raffaello Cortina, Milano.

id. (2015), *Il passo leggero dell'ancella. Sul sapere eccentrico delle immagini*, edb, Bologna.

Dolci D. (1970), *Il limone lunare*, Laterza, Bari.

Dorfles G. (1964), *L'intervallo perduto*, Einaudi, Torino.

id. (2004), *Ultime tendenze nell'arte d'oggi. Dall'informale al neo-oggettuale*, Feltrinelli, Milano.

Dorrian M., Pousin F. (eds.) (2013), *Seeing from Above: The Aerial View in Visual Culture*, I. B. Tauris, London.

Durand M., Bertrand G. (1975), *L'image dans le livre pour enfants*, École des Loisirs, Paris.

Eco U. (1979a), *Lector in fabula*, Bompiani, Milano.

id. (1979b), *The Role of the Reader: Explorations in the Semiotics of Texts*, Indiana University Press, Bloomington (in).

id. (a cura di) (2004), *Storia della bellezza*, Bompiani, Milano.

id. (2005), *Sei passeggiate nei boschi narrativi*, Bompiani, Milano.

Eggars D. (2005), *La fame che abbiamo*, Mondadori, Milano.

Eisner W. (1978), *A Contract with God, and Other Tenement Stories: A Graphic Novel*, Baronet Publishing Co., New York.*

Elzbieta (1997), *L'enfance de l'art*, Rouergue, Paris.

Emili E. A. (a cura di) (2016), *Linguaggi per una scuola inclusiva*, Libri Liberi, Firenze.

Evans J. (ed.) (1998), *What's in the Picture? Responding to Illustrations in Picture Books*, Chapman, London.

id. (2015), *Challenging and Controversial Picturebook: Creative and Critical Responses to Visual Texts*, Routledge, London.

Fabbri M. (2008), *Problemi di empatia. La pedagogia delle emozioni di fronte al mutamento degli stili educativi*, ets, Pisa.

Facchini V. (2012), *Coucou le cailloux! Cahier de dessins et de coloriages*, Éditions Gallimard Jeunesse, Paris.**

Faeti A. (1972), *Guardare le figure. Gli illustratori italiani dei libri per l'infanzia*, Einaudi, Torino (rist. Donzelli, Roma 2011).

Falcinelli R. (2011), *Guardare pensare progettare. Neuroscienze per il design*, Stampa Alternativa & Graffiti, Roma.

id. (2014), *Critica portatile al visual design*, Einaudi, Torino.

Farina L. (2010), *Iela Mari*, in Hamelin (a cura di), *Iela Mari. Il mondo attraverso una lente*, Babalibri, Milano.

id. (a cura di) (2013), *La casa delle meraviglie. La Emme Edizioni di Rosellina Archinto*, Topipittori, Milano.

Farné R. (2002), *Iconologia didattica. Le immagini per l'educazione: dall'Orbis Pictus a Sesame Street*, Zanichelli, Bologna.

id. (2006), *Diletto e giovamento. Le immagini e l'educazione*, utet Università, Torino.

Fassari G. (2016), *Il desiderio di imparare attraverso l'arte. Proposte per la scuola primaria*, Armando, Roma.

Feinberg J. (2012), *Understanding the Holocaust through Arts and Artifacts*, The Jewish Museum's Education Department, New York, guide book, http://www.holocaustresources.org/wp-content/uploads/2012/02/UnderstandingthruArt-JM.pdf.

Felix M. (1980), *C'era una volta un topo chiuso in un libro…*, Edizioni el, Trieste.**

Ferrari M., Morandi M., Platé E. (2011), *Lezioni di cose, lezioni di immagini: studi di caso e percorsi di riflessione sulla scuola italiana tra 19. e 21. secolo*, Junior, Parma.

Ferrer v. (2006), *No tinc paraules*, http://www.mediavaca.com/index.php/es/miscelanea/lecturas/193-no-tinc-paraules.

Fitzgerald B. (2014), *Bounce bounce*, Carthusia, Milano.**

Ford L. (2016a), *"For the Sake of the Prospect": Experiencing the World from Above in the Late 18th Century*, http://publicdomainreview.org/2016/07/20/for-the-sake-of-the-prospect-experiencing-the-world-from-above-in-the-late-18th-century/.

id. (2016b), *"Unlimiting the Bounds": the Panorama and the Balloon View*, https://publicdomainreview.org/2016/08/03/unlimiting-the-bounds-the-panorama-and-the-balloon-view/.

Franchi G., Laboratorio d'arte-palazzo delle esposizioni, IBBY italia (a cura di) (2013), *Libri senza parole. Destinazione Lampedusa/Silent Books: Final Destination Lampedusa*, http://www.palazzoesposizioni.it/categorie/mostra-libri-senza-parole.

Frazee M. (2014), *The Farmer and the Clown*, Beach Lane Books, New York.**

Fusillo M. (2016), *Letteratura, metamorfosi e meraviglioso*, http://www.griseldaonline.it/temi/metamorfosi/letteratura-meraviglioso-metamorfosi.html.

Galeano E. H. (1996), *Il libro degli abbracci*, Bompiani, Milano.

Gardini N. (2014), *Lacuna. Saggio sul non detto*, Einaudi, Torino.

Geisert A. (2005), *Licht aus!*, Gerstenberg, Hildesheim.**

id. (2006), *Eau glaceé*, Autrement, Paris.**

Gi-hoon L. (2014), *Bikpiswi (Big Fish)*, Bir Publishing, Seoul.**

Ginzburg C. (2000), *Miti, emblemi, spie. Morfologia e storia*, Einaudi, Torino.

Ginzburg N. (1998), *Silenzio* (1951), in Id., *Le piccole virtù*, Einaudi, Torino.

Girolami A. (2013), *Codex Seraphinianus. Tutti i segreti del libro più strano del mondo*, intervista a Luigi Serafini, http://daily.wired.it/news/cultura/2013/10/21/codex-seraphinianus-tutti-i-segreti-del-libro-piu-strano-del-mondo.html.

Giromini F. (a cura di) (1996), *Gulp! 100 anni a fumetti*, catalogo della mostra (Genova, 12 ottobre 1996-12 gennaio 1997), Electa, Milano.

id. (2016), *Numeri e silenzio. Il disegno nero di Thomas Ott*, in "Artribune", giugno, http://www.artribune.com/2016/06/libro-disegno-thomas-ott/.

Giromini F., Taverna C. (a cura di) (1994), *Figure per gioco. Le illustrazioni per l'infanzia di Altan e Luzzati*, catalogo della mostra (Milano, 1995), Nuages, Milano.

Gobel D., Knorr P. (2015), *Unser Zuhause. Eine Wimmelbilder-Geschichte*, Beltz-Gelberg, Weinheim.**

Goffin J. (1991), *Oh!*, Lello & Irmão-Rainbow Graphics International, Porto.**

Gopnik A. (2010), *Il bambino filosofo. Come i bambini ci insegnano a dire la verità, amare e capire il senso della vita*, Bollati Boringhieri, Torino.

Gotti G. (2013), *A scuola con i libri. Avventure di una libraia-maestra*, bur Ragazzi, Milano.

id. (2015), *Ne ho vedute tante da raccontar*, Giunti, Firenze.

Gramantieri N. (2012), *L'albo illustrato e il suo lettore*, in Hamelin (2012).

Grandi W. (2015), *La vetrina magica. 50 anni di BolognaRagazzi Awards, editori e libri per l'infanzia/The Magic Showcase: 50 Years of BolognaRagazzi Awards, Publishers and Children's Books*, ets, Pisa.

Grilli G., Terrusi M. (2014a), *A (Visual) Journey to Italy*, in Arizpe, Colomer, Martínez-Roldán (2014).

id. (2014b), *Migrant Readers and Wordless Books: Visual Narratives' Inclusive Experience*, in "Encyclopaideia", 18, 38, https://encp.unibo.it/article/view/4508.

Gronesteen T. (2011), *Il sistema fumetto*, ProGlo, Genova.

Gubbins B. (1999), *In Visible Silence: Alexey Brodovitch*, in "Print", 53, 5.

Guerra M. (a cura di) (2015), *Fuori. Suggestioni nell'incontro tra educazione e natura*, FrancoAngeli, Milano.

Guojing (2015), *The Only Child*, Schwartz & Wade Books, New York.**

Gamblyn R. (2001), *L'invenzione delle nuvole*, Rizzoli, Milano.

Gamelin (a cura di) (2012), *Ad occhi aperti. Leggere l'albo illustrato*, Donzelli, Roma.

Handford M. (2013), *Dov'è Wally?*, L'Ippocampo, Milano.**

Haskell G. D. (2014), *La foresta nascosta. Un anno trascorso a osservare la natura*, Einaudi, Torino.

Hill P. (2001), *Edweard Muybridge*, Phaidon, London.

Hillman J. (1999), *Puer Aeternus*, Adelphi, Milano.

Hoban T. (1999), *Regarde bien*, Kaléidoscope, Paris.**

Hsu Y. (2014), *Boundary*, Grimm Press, Taiwan.**

Hutchins P. (1971), *Changes, Changes*, Simon & Schuster, New York.**

Hyun-iung J. (2015), *Chirrup*, Bandal Publishing, Seoul.**

Idle M. (2013), *Flora e il fenicottero*, Gallucci, Roma.**

id. (2015), *Flora e il pinguino*, Gallucci, Roma.**

Ignerska M. (2014), *Plus moins*, La Joie de Lire, Genève.**

Je C. (2010), *Temporama*, Nobrow Press, London.**

Jeffries J. (1786), *A Narrative of the Two Aerial Voyages of Doctor Jeffries with Mons. Blanchard; with Meteorological Observations and Remarks […]*, Printed for the author and sold by J. Robson, London.

Jo A. (2011), *The Rocket Boy*, Hansol soo book, Seoul.**

Johnson C. (2000), *Harold e la matita viola*, Einaudi, Torino.*

Kastelic M. (2015), *Decek in hisa*, Mladinska knjiga, Zalozba, Ljubljana.**

Kim N. (2013), *Jump Up*, Somebooks Publishing, Seoul.**
Komagata K. (1991), *Little Eyes n. 4: One for Many*, One Stroke, Tokyo.**

L'album sans texte (2008), *Hors Cadre[S]*, 3, numéro monographique.
Lavater W. (1965), *Petit Chaperon rouge*, Adrien Maeght, Paris.**
id. (2008), *Petit Chaperon rouge en Braille*, Adrien Maeght & Les Doigts Qui Rêvent, Paris.**
Lawson J. A., Smith S. (2015), *Sidewalk Flowers*, Groundwood Books, Toronto.**
Lear E. (1889), *Nonsense Botany and Nonsense Alphabets*, Frederick Warne & Co., London-New York.*
Lee Jimi (2013a), *Un pianeta che cambia*, Minedition, Milano.**
id. (2013b), *In linea*, Minedition, Milano.**
Lee Jiwone (2013), *Dinamica Corea, dinamici picturebook*, in G. Grilli (a cura di), *Bologna. Cinquant'anni di libri per ragazzi da tutto il mondo*, Bononia University Press, Bologna.
Lee J. H. (2015), *La piscina*, Orecchio Acerbo, Roma.**
Lee S. (2008), *L'onda*, Corraini, Mantova.**
id. (2010), *Ombra*, Corraini, Mantova.**
id. (2012), *La trilogia del limite*, Corraini, Mantova.
id. (2016), *Mirror*, Corraini, Mantova.**
Lehman B. (2007), *Il libro rosso*, Il Castoro, Milano.**
Lepman J. (2009), *La strada di Jella. Prima fermata Monaco*, Sinnos, Roma.
Letria A. (2011), *Destino*, Pato Lógico, Lisboa.**
Lewis D. (2001), *Reading Contemporary Picturebooks: Picturing Text*, Routledge, London-New York.
Lionni L. (1976), *La botanica parallela*, Adelphi, Milano.*
Liu Jae Soo, dong il sheen (2001), *The Yellow Umbrella*, Jaimimage, Seoul.**
Lorant-jolly A., Van der linden S. (2006), *Images des livres pour la jeunesse. Lire et analyser*, Éditions Thierry Magnier, Paris.
Lorenzoni F. (2014), *I bambini pensano grande. Cronaca di un'avventura pedagogica*, Sellerio, Palermo.
Loup J. J. (1977a), *L'architetto*, Emme Edizioni, Milano.**
id. (1977b), *Patatrac*, Emme Edizioni, Milano.**

Machado J. (1975), *Un'avventura invisibile*, Emme Edizioni, Milano.**
Maffei G. (2002), *Munari. I libri*, Corraini, Mantova.
Majrani M. (1999), *Aerostati – Veloci come il vento*, leggeri più dell'aria, Edizioni dell'Ambrosino, Milano.
Makarova E. (2001), Friedl Dicker-Brandeis, *Vienna 1898-Auschwitz 1944: The Artist Who Inspired the Children's Drawings of Terezin*, exhibition catalogue, Tallfellow/Every Picture Press, Los Angeles (ca).
Marcus L. S. (2002), *Ways of Telling: Conversations on the Art of the Picture Book*, Dutton Children's Books, New York.
id. (2008), *A Caldecott Celebration: Seven Artists and Their Path to the Caldecott Medal*, Walker & Co., New York.
id. (2013a), *Randolph Caldecott: The Man Who Could not Stop Drawing*, Farrar Straus Giroux, New York.
id. (2013b), *Show Me a Story! Why Picture Books Matter: Conversations with 21 of the World's most Celebrated Illustrators*, Candlewick, Somerville (ma).
Mari E., Mari I. (1960), *La mela e la farfalla*, Bompiani, Milano.**
id. (2004a), *La mela e la farfalla*, Babalibri, Milano.**
id. (2004b), *L'uovo e la gallina*, Babalibri, Milano.**
Mari I.(1974a), *Il riccio di mare*, Emme Edizioni, Milano.*
id. (1974b), *Il tondo*, Emme Edizioni, Milano.*
id. (2004), *Il palloncino rosso*, Babalibri, Milano.**
id. (2007), *L'albero*, Babalibri, Milano.**
id. (2011), *Animali nel prato*, Babalibri, Milano.**

id. (2014), *Mangia che ti mangio*, Babalibri, Milano.**

Mariotti G. (2006), *Mister Fantasy*, in aa.vv., *Decodex*, vol. allegato a L. Serafini, *Codex Seraphinianus*, Rizzoli, Milano.

Mariotti M. (1980), *Animani*, La Nuova Italia, Firenze.**

id. (1989), *Hanimations*, Kane-Miller, New York.**

Martin W. P. (2015), *Wonderfully Wordless: The 500 most Recommended Graphic Novels and Picture Books*, Rowman & Littlefield, New York.

Matoso M. (2011), *Et puorquoi pas toi?*, Éditions Notari, Genève.**

Mayer M., Mayer M. (1993), *A Boy, a Dog and a Frog*, Puffin Books, New York.**

Mccay W. (1994), *Little Nemo in Slumberland*, Garzanti, Milano.*

Mccloud S. (2007), *Capire il fumetto. L'arte invisibile*, Pavesio, Torino.

Mcphail D. (2009), *No!*, Roaring Brook Press-Macmillan, New York.**

Mellier F. (2010), *Dans la lune*, Centre culturel pour l'enfance de Tinqueux, Tinqueux.**

id. (2015), *Au soleil*, Éditions du livre, Paris.**

Mello R. (2010), *Selvagem*, Global Editora, São Paolo.**

Merveille D. (2008), *Il pappagallo di Monsieur Hulot*, Excelsior 1881, Milano.**

id. (2011), *Buongiorno Monsieur Hulot*, Excelsior 1881, Milano.**

id. (2015), *Monsieur Hulot à la plage*, Rouergue, Arles.**

Messenger N. (1995), *Making Faces*, Dorling Kindersley Publishing, New York.**

id. (2014), *Immagina...*, White Star, Milano.**

Mirandola G. (a cura di) (2007), *Catalogone 2007*, Topipittori, Milano.

id. (2010), *Un pianeta abitato/The Inhabited Planet*, in Hamelin (a cura di), *Iela Mari. Il mondo attraverso una lente*, Babalibri, Milano.

id. (2012), *Libri senza parole? Li voglio subito*, in Hamelin (2012).

id. (2014), *Terre di mezzo editore, una panoramica*, in Cremaschi, Mirandola, Tontardini (2014).

Mirandola G., Terrusi M. (a cura di) (2008), *Le parole e le immagini. Catalogone numero 2*, Beisler-Topipittori-Babalibri, Roma-Milano.

Mirzoeff N. (2007), *Introduzione alla cultura visuale*, Meltemi, Roma.

Mitsumasa A. (1990), *Il viaggio incantato*, Emme Edizioni, Trieste.**

id. (1997), *Anno's Journey*, Putnam & Grossett Group, New York.**

id. (2012), *Dix Petits Amis déménagent*, École de Loisirs, Paris**.

Miura T. (2007), *Lavori in corso*, Corraini, Mantova.**

Miyares D. (2015), *Float*, Simon & Schuster, New York.**

Moon J. (2012), *Wave*, Somebooks Publishing, Seoul.**

Moriconi R. (2014), *Telefono senza fili*, Gallucci, Roma.**

id. (2015), *Il barbaro*, Gallucci, Roma.**

Moure G., Varela A. (2012), *El arenque rojo*, Ediciones sm, Madrid.**

Muller G. (2001), *Indovina che cosa succede. Una passeggiata invisibile*, Babalibri, Milano.**

id. (2004), *Indovina chi ha ritrovato Orsetto: una passeggiata invisibile*, Babalibri, Milano.**

Müller J. (1974), *Dove c'era un prato*, Emme Edizioni, Milano.*

id. (1996), *Der standshafte Zinnsoldat*, Sauerländer Verlag, Arau-Frankfurt am Main.**

Munari B. (2008), *Da lontano era un'isola*, Corraini, Mantova.*

id. (2009), *Libro illeggibile "Mn1"*, Corraini, Mantova.**

id. (2011), *Nella notte buia*, Corraini, Mantova.*

id. (2016a), *I prelibri*, Corraini, Mantova.**

id. (2016b), *Le macchine di Munari*, Corraini, Mantova.*

Mussapi R. (2015), *Il "minuto di silenzio". Ecco come nacque*, in "Avvenire", 6 febbraio.

Negri M. (2012), *Lo spazio della pagina, l'esperienza del lettore. Per una didattica della letteratura nella scuola primaria*, Erickson, Trento.

Nielander A. (2016), *La gara delle coccinelle*, Terre di mezzo, Milano.**

Nières-chevrel I. (2010), *The Narrative Power of Pictures: L'Orage (The Thunderstorm) by Anne Brouillard*, in Colomer, Kümmerling-Meibauer, Silva-Díaz (2010).

Nikolajeva M., Scott C. (2001), *How Picturebooks Work*, Garland, New York-London.

Nodelman P. (1988), *Words about Pictures: The Narrative Art of Children's Picture Books*, University of Georgia Press, Athens (ga).

Nyhout A., O'neill D. K. (2013), *Mothers' Complex Talk when Sharing Books with Their Toddlers: Book Genre Matters*, in "First Language", 33, 2.

Nyström B. O. (2006), *Mr Alting*, Gylndendal, Copenhagen.**

Okamura S. (2008), *Underground*, La Joie de Lire, Genève.**

Orengo N., Lobel A. (1982), *Sulla strada del mercato*, Emme Edizioni, Milano.**

Ormerod J. (1982), *Moonlight*, Frances Lincoln, London.**

id. (2005), *Sunshine*, Frances Lincoln, London.**

Orsini S. G. (2013), *Le musiciens de la ville de Brême*, Lirabelle, Nîmes.**

Pacovská K. (2001), *Teatro a mezzanotte*, Nord-Sud Edizioni, Milano.*

Pallottino P. (1974), *Weekend*, Emme Edizioni, Milano.**

id. (1988), *Storia dell'illustrazione italiana*, Zanichelli, Bologna.

Pantaleo S. (2008), *Exploring Student Response to Contemporary Picturebooks*, Toronto University Press, Toronto.

Pantoja Ó., Pluk J. (2014), *Tumaco*, Rey Naranjo Editores, Bogotá.**

Perondi L. (2012), *Sinsemie. Scritture nello spazio*, Stampa Alternativa, Viterbo.

Petrosino S. (2012), *Lo stupore*, Interlinea, Novara.

Pica E., Clerici L., Borando S. (2013), *Il libro bianco*, Minibombo, Reggio Emilia.**

Piccinini G., Tontardini I. (2010), *Conversazioni silenziose intorno al mondo di Iela Mari*, in Hamelin (a cura di), *Iela Mari. Il mondo attraverso una lente*, Babalibri, Milano.

Piga E. (2014), *Mediamorfosi del romanzo popolare. Dal feuilleton al Serial tv*, in "Between", 4, 8, http://ojs.unica.it/index.php/between/article/download/1374/1707.

Pinkney J. (2009), *The Lion and the Mouse*, Little Brown, London.**

Pinkola estés C. C. (1992), *Donne che corrono coi lupi*, Frassinelli, Roma.

Piovani T. (2015), *Evoluzione*, in Guerra (2015).

Pontecorvo C. (1999), *Come si dice? Linguaggio e apprendimento in famiglia e a scuola*, Carocci, Roma.

Pontecorvo C., Messina A. M., Zucchermaglio C. (2004), *Discutendo si impara. Interazione sociale e conoscenza a scuola*, Carocci, Roma.

Ponti C. (1986), *L'album d'Adèle*, Éditions Gallimard Jeunesse, Paris.**

Prendergast K. (2015), *Dog on a Train: The Special Delivery*, Old Barn Books, Fittleworth.**

Prieto M. D. (2012), *Mondo babosa*, Adriana Hidalgo Editora, Buenos Aires.**

Ramstein A.-M., Aregui M. (2014), *Prima dopo*, L'Ippocampo, Milano.**

Raschka C. (2011), *A Ball for Daisy*, Schwartz & Wade Books, New York.**

Reisman S. (2009), *Time Flies*, Dar Onboz, Beirut.**

Rémi C. (2011), *Reading as Playing: The Cognitive Challenge of the Wimmelbook*, in B. Kümmerling-Meibauer (ed.), *Emergent Literacy: Children's Books from 0 to 3*, John Benjamins, Amsterdam.

Ricci F. M. (1981), *L'editore al lettore, ora in aa.vv., Decodex, vol. allegato a L. Serafini, Codex Seraphinianus, Rizzoli*, Milano 2006.

Richey V. H., puckett K. E. (1992), *Wordless/almost Wordless Picture Books: A Guide*, Libraries Unlimited, Englewood (co).

Riva M. (2010), *La storia a colpo d'occhio. Panorami di guerra nell'epoca risorgimentale*, in Benedictis, Magoni (2010).

Rodari G. (1973), *La grammatica della fantasia*, Einaudi, Torino.

Rodriguez B. (2011), *Il ladro di polli*, Terre di mezzo, Milano.**

id. (2013), *Una pesca straordinaria*, Terre di mezzo, Milano.**

Rohmann E (1994), *Time Flies*, Crown Publishers, New York.**

Rowe A. (1996), *Voices Off: Reading Wordless Picture Books*, in M. Styles, E. Bearne, V. Watson (eds.), *Voices Off: Texts, Contexts and Readers*, Cassell, London.

Ruiz johnson M. (2015), *Mentre tu dormi*, Carthusia, Milano.**

Sadat M. (2011), *Il mio leone*, Terre di mezzo, Milano.**

Salisbury M. (2004), *Illustrating Children's Books: Creating Pictures for Publication*, A & C Black, London.

id. (2015), *100 Great Children's Picture Books*, Laurence King, London.

Salisbury M., Styles M. (2012), *Children's Picturebooks: The Art of Visual Storytelling*, Laurence King, London.

Sanna A. (2012), *Abbracciami*, Emme Edizioni, Milano.**

id. (2013), *Fiume lento. Un viaggio lungo il Po*, Rizzoli, Milano.**

Schössow P. (2010), *More!*, Carl Hanser Verlag, München.**

Schubert D. (2015), *Monky* (1986), Lemniscaat, Milano.**

Schubert D., Schubert I. (2010), *L'ombrello rosso*, Lemniscaat, Milano.**

Sendak M. (1965), *Hector Protector*, Harper, New York.*

id. (1982), *Baldo Ribaldo*, Emme Edizioni, Milano.*

id. (1988), *Caldecott and Co.: Notes on Books and Pictures*, Farrar, Straus and Giraux, New York.

id. (1999), *Nel paese dei mostri selvaggi*, Babalibri, Milano.*

Serafini L. (1981), *Codex Seraphinianus*, Franco Maria Ricci Editore, Parma (ried. Rizzoli, Milano 2013; Mondadori Electa, Milano 2017).**

id. (1983), *Codex Seraphinianus*, Abbeville, New York.**

Sharp M., Mckie R. (1960), *Mélisande*, Collins, London.**

Sipe L. R. (2008), *Storytime: Young Children Literary Understanding in the Classroom*, Teachers College Press, New York.

Sipe L. R., Pantaleo S. (eds.) (2008), *Postmodern Picturebooks: Play, Parody, and Self-Referentiality*, Routledge, London.

Sobral C. (2014), *Vazio*, Pato Lógico, Lisboa.**

Sola S. (2013), *La forza ecologista del silent book*, http://zazienews.blogspot.it/2013/03/la-forza-ecologista-del-silent-book.html.

Sola S., Terrusi M. (a cura di) (2009), *La differenza non è una sottrazione. Libri per ragazzi e disabilità*, Lapis, Roma.

Sola S., Vassalli P. (a cura di) (2014), *I nostri anni'70. Libri per ragazzi in Italia*, Corraini, Mantova.

Sontag S. (1978), *Sulla fotografia. Realtà e immagine nella nostra società*, Feltrinelli, Milano.

Spiegelman A. (2010), *Reading Pictures*, Introduction to L. Ward, Six Novels in Woodcuts, Library of America, New York.

Spier P. (1982), *Peter Spier's Rain*, Doubleday, New York.**

Starkoff V. (2014), *Flores en el desierto*, Nostra Ediciones, Ciudad de México.**

Steinlen T.-A. (1961), *The Sad Tale of Bazouge*, Museum of Fine Arts, Boston.**

Sun J. (2016), *Perdersi a Pechino*, in "Il Sole-24 Ore Cultura", Milano.**

Tahvili N. (2015), *Kâgittan Sehir (Paper City)*, Kidz, Instanbul.**

Tan S. (2011), *The Accidental Graphic Novelist*, in "Bookbird: A Journal of International Children's Literature", 49, 4 (l'articolo tradotto da Federica Viti si trova nel blog di Anna Castagnoli: http://www.lefiguredeilibri.com/2012/03/05/the-accidental-graphic-novelist-di-shaun-tan-parte-1/).

id. (2014a), *Foreword*, in Arizpe, Colomer, Martínez-Roldán (2014).

id. (2014b), *Per chi sono questi libri?*, in "Andersen", 309, gennaio-febbraio (trad. it. di M. Terrusi).

id. (2014c), *Tales from a Diverse Universe – Gallery*, http://www.theguardian.com/childrens-books-site/gallery/2014/oct/17/shaun-tan-the-arrival-diverse-books-gallery.

id. (2016), *L'approdo*, Tunué, Latina.**

Terrusi M. (2007), *Straordinario racconto di sole immagini*, in "LiBeR", 77.

id. (2012), *Albi illustrati. Leggere, guardare, nominare il mondo nella letteratura per l'infanzia*, Carocci, Roma.

id. (2013), *L'orizzonte nelle pagine*, in *Nei libri il mondo. Figure e parole per l'incontro*, catalogo della mostra (Bologna, 26 marzo-28 aprile 2013), Giannino Stoppani, Bologna.

id. (2014a), *Si cresce solo se sognati*. Reportage da Lampedusa, in "Andersen", 309.

id. (2014b), *Silent book per tutti i lettori in ascolto*, in "Andersen", 309.

id. (2015), *Muto di bellezza*, in "LiBeR", 108.

id. (2016), *Il possibile, il visibile e il discutibile. Libri imprevisti (o senza parole) a scuola*, in Emili (2016).

Thébaud-sorger M. (2013), *Thomas Baldwin's Aeropaidia, or the Aerial View in Color*, in M. Dorrian, F. Pousin (eds.), *Seeing from Above: The Aerial View in Visual Culture*, I. B. Tauris, London.

Thibaudet A., Proust M. (2014), *Lo stile di Flaubert*, Elliot, Roma.

Thomson B. (2010), *Chalk*, Marshall Cavendish, New York.**

Tolman M., Tolman R. (2010), *La casa sull'albero*, Lemniscaat, Milano.**

id. (2012), *L'isola*, Lemniscaat, Milano.**

Tontardini I. (2013), *Senza parole. Il respiro delle immagini*, in Farina (2013).

Torseter Ø. (2009), *Avstikkere*, Cappelen Damm, Oslo.**

Trinci M. (2009), *Il silenzio, la voce e… l'ombelico*, in Hamelin (a cura di), *Metafore d'infanzia*, catalogo della mostra (Bologna 23 marzo-11 aprile 2009), Compositori, Bologna.

Turcowski E. (2012), *Als die Häuser heimwärts schwebten*, Mixtvision, München.**

Tuwim J., Gurowska M., Ruszczyk J. (2013), *Lokomotywa*, Ideolo-Fundacja Sztuczna/Witwornia, Warszawa.*

Tuzzi H. (2006), *Libro antico libro moderno. Per una storia comparata*, Bonnard, Milano.

Ungerer T. (2014), *Schnecke, wo bist du?*, Diogenes, Zürich.*

Valentino Merletti R., Paladin L. (2012), *Libro fammi grande. Leggere nell'infanzia*, Idest, Campi Bisenzio (fi).

Valéry P. (1960), La conquête de l'ubiquité (1928), in Id., *Oeuvres, 2, Pièces sur l'art*, Gallimard, Paris.

Van der Linden S. (2006a), *Les albums "sans"*, in C. Boulaire (éd.), *Le livre pour enfants. Regards critiques offerts à Isabelle Nières-Chevrel*, pur, Rennes.

id. (2006b), *Lire l'album*, L'Atelier du Poisson Soluble, Paris.

id. (éd.) (2007), *L'album sans texte – Hors Cadre[S]. Observatoire de l'album et deslittératures graphiques*, n. 3, L'Atelier du Poisson Soluble, Paris.

id. (2013), *Album[S]*, De Facto-Actes Sud, Arles.

id. (2015), *Hors Cadre[S]*, in "bbf. Bulletin des Bibliothèques de France", 6, http://bbf.enssib.fr/consulter/bbf-2015-06-0034-004.

Varrà E. (2012), *Albo e tempo*, in Hamelin (2012).

Vassalli P. (2005), *La principessa del colore*, in B. Alemagna, K. Pacovská, C. Raschka, *Il libro illustrato è una galleria d'arte*, Giannino Stoppani, Bologna.

Von holleben J. (2015), *Konrad Wimmel ist da*, Gabriel, Stuttgard.**

Ward L. (1973), *The Silver Pony*, Houghton Mifflin Co., Boston.**

id. (2010), *Gods' Man, Madman's Drum, Wild Pilgrimage*, Literary Classics of the United States, New York.**

Watterson B. (2015), *Calvin & Hobbes*, Panini, Modena.*

Wierstra A. (2013), *De grote dag*, Gottmer, Harleem.**

Wiesner D. (1988), *Free Fall*, Harper Collins, New York.**

id. (1991), *Tuesday*, Houghton Mifflin Co., New York.**

id. (1992), *Caldecot Speech 1992*, http://www.davidwiesner.com/why-frogs-why-tuesday/.

id. (2001a), *The Three Pigs*, Clarion Books, New York.**

id. (2001b), *Sector 7*, Il Punto d'incontro, Vicenza.**

id. (2006), *Flotsam*, Clarion Books, New York.**

id. (2016), *Martedì*, Orecchio Acerbo, Roma.**

Yang G. (2008), *Graphic Novels in the Classroom*, in "Language Arts", 85, 3.

Yourcenar M. (1991), *Postfazione*, in R. Callois, *Vocabolario estetico*, Bompiani, Milano.

id. (1993), *L'uomo che amava le pietre*, in Id., *Pellegrina e straniera*, Einaudi, Torino.

Yumi J. (2011), *Dust Kid*, Kim Kihyun, Seoul.**

Zizioli E. (2017), *I tesori della lettura sull'isola dell'accoglienza*, Sinnos, Roma.

Zoboli G. (2013), *Una casa editrice internazionale*, in Farina (2013).

id. (2016a), *Lettera a un sasso*, http://www.doppiozero.com/rubriche/1543/201606/lettera-un-sasso.

id. (2016b), *Provvisto di occhi*, vai, http://www.doppiozero.com/materiali/provvisto-di-occhi-vai.

Zoja L. (2007), *Giustizia e Bellezza*, Bollati Boringhieri, Torino.

Zullo G., albertine (2010), *Gli uccelli*, Topipittori, Milano*.

圖像出處

1-2   S. Tan, *L'approdo*, ©Tunué, Latina 2016

3-6   D. Wiesner, *Flotsam*, Clarion Books, New York 2006 ©2006 by David Wiesner. Stampato su licenza Houghton Mifflin Harcourt Publishing Company. Tutti i diritti riservati

7   M. Caccia, *C'è posto per tutti*, ©Topipittori, Milano 2011

8   N. De Cock, *Aan de overkant*, Gottmer, Haarlem 2006, per gentile concessione dell'autrice ©NicoleDeCock

9   G. Franchi, Laboratorio d'arte-Palazzo delle esposizioni, IBBY Italia (a cura di), taccuino bibliografico realizzato in occasione di *Libri senza parole destinazione Lampedusa/Silent books final destination Lampedusa*, Roma 2013, per gentile concessione dei curatori

10   D. Wiesner, *Flotsam*, Clarion Books, New York 2006 ©2006 by David Wiesner. Stampato su licenza Houghton Mifflin Harcourt Publishing Company. Tutti i diritti riservati

11   R. Briggs, *Il pupazzo di neve*, ©Edizioni el, Trieste 1979

12   C. Bruel, A. Bozellec, *Les Chatouilles*, ©Éditions Thierry Magnier, Paris 2012

13   K. Couprie, A. Louchard, *Tout un monde*, ©Éditions Thierry Magnier, Paris 2000

14   A. Ballester, *No tinc paraules,* ©Media Vaca, Valencia 1998

15   Ajubel, *Robinson Crusoe. Una novela en imágenes inspirada en la obra de Daniel Defoe*, ©Media Vaca, Valencia 2008

16   D. Wiesner, *Martedì*, ©Orecchio Acerbo, Roma 2016

17   S. Berner Rotraut, *Sommer-Wimmelbuch*, ©Gerstenberg Verlag, Hildesheim 2005

18   G. Muller, *Indovina che cosa succede. Una passeggiata invisibile*, ©Babalibri, Milano 2001

19   I. Banyai, *Dall'altra parte*, ©Il Castoro, Milano 2006

20   E. Mari, I. Mari, *La mela e la farfalla*, ©Babalibri, Milano 2004

21   M. Celjia, *Chiuso per ferie*, ©Topipittori, Milano 2006

22   E. Muybridge, *The Horse in Motion*, 1878, immagine resa disponibile da Library of Congress Prints and Photographs Division

23   E. Canseliet (a cura di), *Mutus Liber. L'alchimia e il suo Libro Muto*, rist. it. prima e integrale dell'ed. originale di La Rochelle, 1677, completata dalle tavole di J.-J. Maget, 1702, ©1995 by Edizioni Arkeios, Roma (Gruppo Editoriale Edizioni Mediterranee srl).

24   C. Spurgeon, *Men of the day no. 16* , in "Vanity Fair", 10 dicembre 1870

25   C. Spurgeon, *Wordless Book*, London 1866

26-27   B. Munari, *Libro illeggibile "Mn1"*, Corraini, Mantova 2009

28   L. Ward, *Gods' Man, Madman's Drum, Wild Pilgrimage*, Literary Classics of the United States, New York 2010

29   R. Carroll, *What Whiskers Did*, Collins, London 1967

30   T.-A. Steinlen, *The Sad Tale of Bazouge*, Museum of Fine Arts, Boston 1961

31   E. Mari, I. Mari, *La mela e la farfalla*, ©Babalibri, Milano 2004

32   M. Sharp, R. McKie, *Mélisande*, ©Collins, London 1960

33   L. Serafini, *Codex Seraphinianus*, ©2013 rcs Libri S.p.A./Rizzoli, Milano; Libri Illustrati Rizzoli, ©2017 Mondadori Electa S.p.A., Milano

34-35   S. Tan, *L'approdo*, ©Tunué, Latina 2016

36 S. Lee, *La trilogia del limite*, ©Corraini, Mantova 2012

37 M. Sendak, *Baldo Ribaldo*, ©Emme Edizioni, Milano 1982

38 S. Borando, *Si vede non si vede*, ©Minibombo, Reggio Emilia 2016

39 L. Boyd, *Flashlight*, ©Chronicle Books LLC, San Francisco 2014

40 I. Mari, *Mangia che ti mangio*, ©Babalibri, Milano 2014

41 V. Berruti, *Come nel principio*, affresco su juta, 110 × 110cm, 2004, per gentile concessione dell'autore

42 B. Carvalho, *Praia Mar*, ©Planeta Tangerina, Carcavelos 2011

43 I. Mari, *Il palloncino rosso*, ©Babalibri, Milano 2004

44 *A Circular View from the Balloon at Its Greatest Elevation*, in T. Baldwin, Airopaidia, 1786

45 C. Dematons, *Il pallone giallo*, ©Lemniscaat, Milano 2003

46 A. Mitsumasa, *Il viaggio incantato*, ©Emme Edizioni, Trieste 1990

47 D. Schubert, I. Schubert, *L'ombrello rosso*, ©Lemniscaat, Milano 2010

48 A. Sanna, *Fiume lento. Un viaggio lungo il Po*, ©Rizzoli, Milano 2013

49-50 J. Coat, *La sorpresa*, ©La Margherita Edizioni, Milano 2012

51 S. Lee, *Ombra*, ©Corraini, Mantova 2010

52-53 C. Bruel, N. Claveloux, *Petit Chaperons Loups*, ©Éditions Être, Paris 1997

54 R. Moriconi, *Il barbaro*, ©Gallucci, Roma 2015

55-56 J. Goffin, *Oh!*, ©Lello & Imao, Porto; Rainbow Graphics International Baronian Books, Bruxelles, 1992, c1991

57 Ajubel, *Robinson Crusoe. Una novela en imágenes inspirada en la obra de Daniel Defoe*, ©Media Vaca, Valencia 2008

58 Liu Jae Soo, Dong Il Sheen, *The Yellow Umbrella*, ©Jaimimage, Seoul 2001

59 M. Idle, *Flora e il fenicottero*, ©Gallucci, Roma 2013

60 S. Lee, *Wave*, © Chronicle Books LLC, San Francisco 2008

61-63 J. H. Lee, *La piscina*, ©Orecchio Acerbo, Roma 2015

64 T. Ungerer, *Schnecke, wo bist du?*, ©Diogenes, Zurich 2014

65 F. Mellier, *Dans la lune*, ©Éditions du livre, Strasbourg 2014

66-67 I. Mari, *Il palloncino rosso*, ©Babalibri, Milano 2004

68-69 D. Wiesner, *Free Fall*, ©HarperCollins, New York 1988

7 M. D. Prieto, *Mondo babosa*, ©Adriana Hidalgo Editora, Buenos Aires 2012

71 *CHANGES, CHANGES*, copyright © 1971 by Pat Hutchins. Used by permission of Simon & Schuster LLC

72-73 G. Zullo, Albertine, *Gli uccelli*, ©Topipittori, Milano 2010

74 J. Ormerod, *Sunshine*, ©Frances Lincoln, London 2005

75 L. Boyd, *Inside Outside*, ©Chronicle Books, San Francisco 2013

76 N. De Cock, *Aan de overkant*, Gottmer, Haarlem 2006, ©NicoleDeCock per gentile concessione dell'autrice

77 I. Mari, *Animali nel prato*, ©Babalibri, Milano 2011

78 Q. Blake, *Clown*, ©Red Fox Book-Random House Group, London 1995

79 J. Yumi, *Dust Kid*, ©Kim Kihyun, Seoul 2011

80 K. Couprie, A. Louchard, *Tout un monde*, ©Éditions Thierry Magnier, Paris 2000

本書第24、30、68、164、266頁插圖由 Chiara Carrer 創作，出自 IBBY Italia（國際兒童讀物聯盟·義大利分會）策畫、羅馬展覽宮藝術書藝術圖書館舉辦，由 Giulia Franchi 主編的「無聲書，終點站蘭佩杜薩島」計畫（Libri senza parole destinazione Lampedusa）活動小冊。謹此致謝。
書中照片由 Luca Capua 工作室（義大利方面）拍攝。部分由張震洲拍攝，另標示於圖說。
原書小部分原文詞句或刊名引用法語，謹此感謝法語譯者江灝先生提供翻譯諮詢協助。